Ernest Hemingway

Die grünen Hügel Afrikas

Rowohlt

Die Originalausgabe erschien bei Charles Scribner's Sons, New York,
unter dem Titel «Green Hills of Africa»
Autorisierte Übertragung aus dem Amerikanischen
von Annemarie Horschitz-Horst
Umschlaggestaltung Büro Hamburg
(Foto: Gerd Pfeiffer / Süddeutscher Verlag Bilderdienst)

181.–184. Tausend Februar 1995

Veröffentlicht im Rowohlt Taschenbuch Verlag GmbH,
Reinbek bei Hamburg, Juni 1964

Satz Garamond (Linotron 505 C)
Gesamtherstellung Clausen & Bosse, Leck
Printed in Germany
790-ISBN 3 499 10647 7

Für Philip, für Charles und für Sully

Im Gegensatz zu vielen Romanen ist in diesem Buch weder eine Person noch ein Ereignis erfunden. Wem nicht genug Liebe vorkommt, dem steht es frei, beim Lesen all das hineinzulegen, was er oder sie im Augenblick an Liebe empfindet. Der Autor hat versucht, ein wirklich wahres Buch zu schreiben, um festzustellen, ob die Eigenart eines Landes und die Eindrücke eines vierwöchigen Jagdunternehmens bei wahrheitsgetreuer Darstellung neben einem Werk der Phantasie bestehen können.

Jagd und Unterhaltung

I

Wir saßen in dem Schirm, den Wandorobbo-Jäger aus Ästen und Zweigen am Rand der Salzlecke errichtet hatten, als wir den Lastwagen kommen hörten. Zuerst war es weit entfernt, und keiner wußte, was es für ein Geräusch war. Dann hörte es auf, und wir hofften, daß es nichts gewesen sei oder vielleicht nur der Wind. Dann kam es langsam näher, unverkennbar jetzt, lauter und lauter, bis es mit einem qualvollen Getöse von lauten, unregelmäßigen Explosionen dicht hinter uns vorbeikam, um auf der Straße weiterzufahren. Der theatralische von den beiden *trackern* stand auf.

«Es ist aus», sagte er.

Ich legte die Hand vor den Mund und bedeutete ihm sich zu ducken.

«Es ist aus», sagte er noch mal und spreizte die Arme.

Ich hatte ihn nie gemocht, und jetzt mochte ich ihn noch weniger.

«Später», flüsterte ich.

M'Cola schüttelte den Kopf. Ich blickte auf seinen kahlen schwarzen Schädel, und er drehte den Kopf ein wenig, so daß ich die dünnen Chinesenhaare in seinen Mundwinkeln sah.

«Nix gut», sagte er. *«Hapana m'uzuri.»*

«Warte etwas», sagte ich zu ihm.

Er zog den Kopf wieder ein, damit er über den toten Zweigen nicht zu sehen war, und wir saßen da in dem staubigen Loch, bis es zu dunkel war, um das Korn meines Gewehres zu sehen, aber es kam nichts weiter. Der theatralische *tracker* war ungeduldig und ruhelos. Kurz bevor die letzte Helligkeit verschwunden war, flüsterte er M'Cola zu, daß es jetzt zum Schießen zu dunkel sei.

«Mund halten, du», sagte M'Cola zu ihm. «Der B'wana können schießen, wenn du nicht können sehen.»

Der andere *tracker*, der gebildete, gab wieder einmal einen Beweis seiner Bildung, indem er mit einem spitzen Zweig seinen Namen Abdullah auf die schwarze Haut seines Beines kratzte. Ich sah ohne Bewunderung zu, und M'Cola betrachtete das Wort ohne eine Spur von Ausdruck auf dem Gesicht. Nach einer Weile kratzte es der *tracker* weg.

Schließlich visierte ich ein letztes Mal gegen das, was noch an Licht geblieben war, und sah, daß es keinen Zweck hatte, selbst nicht mit der großen Kimme.

M'Cola sah mir zu.

«Nix gut», sagte ich.

«Ja», stimmte er auf Suaheli zu. «In Lager gehen?»

«Ja.»

Wir standen auf und suchten uns einen Weg aus dem Schirm heraus und zwischen den Bäumen hindurch, gingen auf dem sandigen Lehmboden und ertasteten uns den Weg zwischen Bäumen und unter Ästen auf die Straße zurück. Eine Meile entfernt stand unser Wagen auf der Straße. Als wir herankamen, schaltete Kamau, der Fahrer, die Scheinwerfer ein.

Der Lastwagen hatte es verdorben. An jenem Nachmittag hatten wir das Auto auf der Straße zurückgelassen und uns sehr behutsam der Salzlecke genähert. Den Tag zuvor hatte es ein wenig geregnet, doch nicht genug, um die Lecke unter Wasser zu setzen, die einfach eine Lichtung zwischen den Bäumen war, mit einer in tiefen Kreisen ausgetretenen Sandfläche, deren Ränder dort, wo die Tiere an der Erde nach Salz geleckt hatten, ausgehöhlt und ausgebuchtet waren, und wir hatten sowohl die langen, herzförmigen, frischen Fährten von vier großen Kuduböcken gesehen, die in der vergangenen Nacht am Salz gewesen waren, wie auch viele frisch eingetretene Fährten von kleinen Kudus. Auch ein Rhinozeros war da gewesen, das, den Fährten und dem aufgeworfenen Hügel von strohigem Dung nach, jede Nacht dorthin kam. Die Schanze war einen kurzen Pfeilschuß entfernt von der Lecke errichtet, und während wir so, in einer mit Asche und Erde halbvollen Mulde zurückgelehnt, dasaßen – Knie hoch, Kopf tief – und durch die trockenen Blätter und dünnen Äste beobachteten, hatte ich einen kleinen Kudubock aus dem Unterholz bis an den Rand der Lichtung, wo das Salz war, heraustreten sehen, und dort stand er plump-nackig, grau und prächtig, und seine Hörner spiralten gegen die Sonne, während ich auf seine Brust zielte und dann auf den Schuß verzichtete, weil ich den großen Kudu nicht vergrämen wollte, der bestimmt in der Dämmerung kommen würde. Aber ehe wir den Lastwagen hörten, hatte der Bock es gehört und war davongelaufen in den Wald, und alles übrige, was sich im Busch auf der Ebene bewegte hatte oder zwischen den Bäumen von den kleinen Hügeln herunter und auf das Salz zugekommen war, hatte bei jenem explodierenden, rasselnden Geräusch haltgemacht. Später, in der Dunkelheit, würden sie kommen, aber dann würde es zu spät sein.

Und jetzt, als wir so im Auto auf der Straße in der sandigen Spur entlangfuhren und die Scheinwerfer die Augen der Nachtvögel aufglänzen ließen, die dicht im Sand hockten, bis die Masse des Autos beinah über ihnen hing und sie sich in gelinder Panik erhoben, als wir an den Feuern der Wandernden vorbeikamen, die tagsüber alle auf dieser Straße westwärts zogen und das Gebiet der Hungersnot, das vor uns lag, verließen, als ich mit dem Kolben des Gewehrs auf dem Fuß, mit dem Lauf in der Beuge meines linken Arms, mit einer Whiskyflasche zwischen den Knien dasaß und den Whisky in einen Blechbecher goß und ihn in der Dunkelheit über die Schulter M'Cola hinhielt, damit er Wasser aus der Feldflasche hinzugoß, und ich dies trank, den ersten Whisky des Tages, den besten, den es gibt, und den dichten Busch beobachtete, an dem wir im Dunkel vorbeikamen, und den kühlen Nachtwind spürte und den guten Geruch von Afrika roch, war ich ganz und gar glücklich.

Dann sahen wir ein großes Feuer vor uns, und als wir herankamen und vorüberfuhren, machte ich einen Lastwagen an der Straße aus. Ich ließ Kamau anhalten und zurücksetzen, und als wir rückwärts in den Feuerschein kamen, stand da inmitten von Eingeborenen ein stämmiger, krummbeiniger Mann mit einem Tirolerhut, kurzer Lederhose und offenem Hemd vor einer aufgeklappten Motorhaube.

«Können wir helfen?» fragte ich ihn.

«Nein», sagte er. «Außer, wenn Sie ein Autoschlosser sind. Er hat eine Abneigung gegen mich gefaßt. Alle Motoren haben eine Abneigung gegen mich.»

«Glauben Sie, daß es die Zündung sein kann? Es klang, als ob es ein Zündfehler sein könnte, als Sie an uns vorbeikamen.»

«Ich halte es für etwas viel Ärgeres. Es klingt, als ob es etwas Schlimmes ist.»

«Falls Sie bis zu unserem Lager kommen können, wir haben einen Autoschlosser mit.»

«Wie weit ist es?»

«Ungefähr zwanzig Meilen.»

«Morgen früh werde ich es versuchen. Jetzt trau ich mich nicht, ihn mit diesen Sterbegeräuschen da drinnen zum Weiterfahren zu zwingen. Es versucht zu sterben, weil er mich nicht leiden kann. Na, ich kann ihn auch nicht leiden. Allerdings, wenn ich draufginge, würde es ihn nicht stören.»

«Mögen Sie einen Schluck?» Ich hielt ihm die Hüftflasche hin. «Ich heiße Hemingway.»

«Kandisky», sagte er und machte eine Verbeugung. «Hemingway ist ein Name, den ich schon mal gehört habe. Wo? Wo habe ich ihn gehört? Ach ja. Der Dichter. Kennen Sie Hemingway, den Dichter?»

«Wo haben Sie etwas von ihm gelesen?»

«Im *Querschnitt.*»

«Das bin ich», sagte ich hocherfreut. Der *Querschnitt* war eine deutsche Zeitschrift, für die ich ein paar recht unanständige Gedichte geschrieben hatte, und in der, viele Jahre, bevor ich irgend etwas in Amerika verkaufen konnte, eine lange Geschichte von mir veröffentlicht worden war.

«Das ist sehr merkwürdig», sagte der Mann mit dem Tirolerhut. «Sagen Sie mir, was halten Sie von Ringelnatz?»

«Der ist großartig.»

«Also, Sie mögen Ringelnatz. Gut. Was halten Sie von Heinrich Mann?»

«Der taugt nichts.»

«Ist das Ihre Überzeugung?»

«Ich weiß nur, daß ich ihn nicht lesen kann.»

«Er taugt überhaupt nichts. Ich sehe, wir haben allerhand gemeinsam. Was tun Sie hier?»

«Jagen.»

«Hoffentlich nicht Elfenbein.»

«Nein, Kudus.»

«Warum sollte irgendein Mensch einen Kudu schießen wollen? Sie, ein intelligenter Mensch, ein Dichter, und schießen Kudus!»

«Bisher habe ich noch keinen geschossen», sagte ich. «Aber seit zehn Tagen sind wir hart hinter ihnen her. Heute abend hätten wir einen erwischt, wenn Ihr Lastwagen nicht gewesen wäre.»

«Der arme Lastwagen. Aber Sie sollten ein ganzes Jahr lang auf Jagd gehen. Wenn das rum ist, haben Sie alles erlegt, und es tut Ihnen leid. Auf ein besonderes Tier Jagd machen ist Unsinn. Warum tun Sie das?»

«Weil es mir Vergnügen macht.»

«Natürlich, wenn es Ihnen *Vergnügen* macht. Sagen Sie mal, was halten Sie eigentlich von Rilke?»

«Ich habe nur die eine Sache von ihm gelesen.»

«Was?»

«Den Cornet.»

«Gefiel's Ihnen?»

«Ja.»

«Ich hab keine Geduld für so was. Es ist mir zu versnobt. Valéry, ja. Bei Valéry weiß ich, worauf es hinauswill, obschon auch bei ihm viel Snobismus dabei ist. Na, wenigstens schießen Sie keine Elefanten.»

«Einen, der groß genug ist, würde ich schießen.»

«Wie groß?»

«Einen Siebzigpfünder. Vielleicht auch einen kleineren.»

«Ich seh schon, daß es Dinge gibt, in denen wir nicht übereinstimmen. Aber es ist mir ein Vergnügen, einen von der guten alten *Querschnitt*-Clique zu treffen. Erzählen Sie mir, wie ist Joyce eigentlich? Ich hab nicht das Geld, um ihn mir zu kaufen. Sinclair Lewis taugt nichts. Den hab ich gekauft. Nein, nein. Erzählen Sie's mir morgen. Es macht Ihnen nichts aus, wenn ich in Ihrer Nähe kampiere? Sind Sie mit Freunden hier? Haben Sie einen weißen Jäger?»

«Mit meiner Frau. Wir würden uns sehr freuen. Jawohl, einen weißen Jäger.»

«Wieso ist er nicht mit Ihnen unterwegs?»

«Er findet, Kudus soll man allein jagen.»

«Noch besser, man jagt sie überhaupt nicht. Was ist er? Ein Engländer?»

«Ja.»

«Ein Sau-Engländer?»

«Nein. Er ist sehr nett. Er wird Ihnen gefallen.»

«Sie müssen jetzt gehen. Ich will Sie nicht aufhalten. Vielleicht sehen wir uns morgen. Es war schon sehr seltsam, daß wir einander begegnet sind.»

«Ja», sagte ich. «Lassen Sie morgen Ihren Lastwagen von meinen Leuten nachsehen. Wir stehen ganz zu Ihrer Verfügung.»

«Gute Nacht», sagte er. «Gute Fahrt.»

«Gute Nacht», sagte ich.

Wir fuhren los, und ich sah, wie er auf das Feuer zuging und mit einem Arm den Eingeborenen winkte. Ich hatte ihn nicht gefragt, wieso er zwanzig Eingeborene aus dem Innern bei sich hatte noch wohin er unterwegs war. Wenn ich's mir überlege, hatte ich ihn überhaupt nichts gefragt. Ich stelle ungern Fragen, und dort, wo ich aufgewachsen bin, gilt es nicht für höflich. Aber wir hatten nun zwei Wochen keinen Weißen gesehen, keinen, seit wir Babati verlassen hatten, um nach Süden zu ziehen und dann einem auf dieser Straße in die Arme zu laufen, auf der man nur gelegentlich einem indischen Händler und den aus dem Hungergebiet auswandernden Eingeborenen begegnete, und daß er in seiner Tiroler Tracht wie eine Karikatur von Benchley aussah, und daß er meinen Namen kannte, und daß er mich einen Dichter nannte, daß er den *Querschnitt* gelesen hatte, daß er Joachim Ringelnatz bewunderte, und daß er sich über Rilke unterhalten wollte, das war zu phantastisch, um es schnell abzutun. Und gerade da, um dieser Phantasterei die Krone aufzusetzen, beleuchteten die Scheinwerfer des Autos drei große, kegelförmige Haufen von etwas, was auf der Straße vor uns rauchte. Ich gab Kamau ein Zeichen anzuhalten, und als er die Bremsen anzog, schlitterten wir direkt vor sie. Sie waren zwei bis drei Fuß hoch, und als ich einen berührte, war er ganz warm.

«Tembo», sagte M'Cola.

Es war der Dung von Elefanten, die gerade die Straße überquert hatten, und in der Kälte des Abends konnte man ihn dampfen sehen. Kurz darauf waren wir im Lager.

Am nächsten Morgen war ich vor Tagesanbruch auf und unterwegs zu einer anderen Salzlecke. Auf der Lecke stand ein Kudubock, als wir uns zwischen den Bäumen näherten, und er gab ein lautes Bellen von sich, wie das eines Hundes, nur schriller und sehr kehlig, und dann war er fort, zunächst geräuschlos, und erst als er gehörig weit weg war, brach er krachend durchs Unterholz, und wir sahen ihn nicht einmal. Diese Lecke hatte einen unmöglichen Zugang. Um die offene Fläche wuchsen Bäume, so daß eigentlich das Wild im Schirm war und man selbst sich über offenes Gelände ihm nähern mußte. Es bestand nur eine Möglichkeit, es zu schaffen, und zwar mußte man allein gehen und herankriechen, und dann war es immer noch unmöglich, so etwas wie einen Nahschuß durch die verflochtenen Bäume anzubringen, ehe man nicht bis auf zwanzig Meter dran war. Natürlich hatte man einen wunderbaren Platz, wenn man erst zwischen den schützenden Bäumen und im Schirm war, denn alles, was zum Salz wollte, mußte, von jeder Deckung aus, auf die 25 Meter offenes Gelände herauskommen. Aber es kam nichts, obschon wir bis elf Uhr blieben. Wir glätteten den Boden der Lecke sorgfältig mit den Füßen, so daß, wenn wir zurückkamen, jede neue Fährte zu sehen sein würde, und gingen die zwei Meilen bis zur Straße. Seit das Wild hier gejagt wurde, hatte es gelernt, nur nachts zu kommen und vor Tagesanbruch zu verschwinden. Ein Bock war geblieben, und daß wir ihn an jenem Morgen vergrämt hatten, würde es jetzt noch schwieriger machen.

Dies war der zehnte Tag, an dem wir auf große Kudus Jagd machten, und ich hatte noch keinen ausgewachsenen Bock gesehen. Wir hatten nur noch drei Tage, weil die Regenperiode mit jedem Tag von Rhodesien aus weiter nach Norden vordrang, und wenn wir nicht gewillt waren, die Regenzeit über zu bleiben, wo wir waren, mußten wir, bevor sie einsetzte, wenigstens Handeni erreicht haben. Wir hatten den 17. Februar als den letzten sicheren Termin für den Aufbruch angesetzt. Jeden Morgen brauchte jetzt der schwere, wollige Himmel etwa eine Stunde länger, um sich aufzuhellen, und man konnte die Regenzeit, wie sie stetig nordwärts vorrückte, so sicher kommen fühlen, als ob man sie auf einer Wetterkarte verfolgte.

Gewiß macht es Spaß, auf etwas, was man sehr gern haben will, eine lange Zeit hindurch Jagd zu machen, überlistet und übertölpelt zu werden und am Ende eines jeden Tages seinen Mißerfolg festzustellen, wenn die Jagd weitergeht und man weiß, daß jedesmal, wenn man draußen ist, sich früher oder später das Glück wenden kann und daß die Chance, auf die man wartet, kommen wird. Aber es ist kein Spaß, wenn eine Frist gesetzt ist, in der man seinen Kudu kriegen muß oder vielleicht niemals einen kriegen, ja vielleicht nicht einmal einen *sehen* wird. So sollte man nicht jagen. Das ähnelt viel zu sehr jenen Jungens, die man damals auf zwei Jahre nach Paris schickte, in denen sie sich als Maler oder Schriftsteller bewähren mußten, und die danach, wenn sie nichts geleistet hatten, nach Hause kommen und in das Geschäft ihres Vaters eintreten konnten. Richtig jagen, das heißt, so lange wie man lebt, so lange wie es dieses oder jenes Tier gibt, zu jagen, wie richtig malen so lange malen heißt, wie es dich und Farben und Leinwand gibt, und schreiben so lange schreiben heißt, wie man leben darf und es Bleistifte und Papier oder Tinte oder irgendeine Maschine gibt, mit der man es tun kann, und es irgend etwas gibt, über das man gern schreiben möchte, und man kommt sich wie ein Narr vor, und man ist ein Narr, wenn man es auf andere Art tut. Aber hier waren wir nun, und die Zeit, die Jahreszeit und die Ebbe in unserer Kasse hatten uns am Kragen, so daß, was uns an jedem Tag das gleiche Vergnügen gemacht haben sollte, ob wir nun etwas erlegten oder nicht, in jene äußerst aufregende Entstellung des Lebens gezwängt war, die Notwendigkeit nämlich, etwas in kürzerer Zeit zu bewerkstelligen, als dafür tatsächlich zugestanden werden mußte. Darum fing ich an nervös zu werden, als ich mittags zurückkam – ich war seit zwei Stunden vor Tagesanbruch auf und hatte nur noch drei Tage vor mir –, und dort am Tisch unterm Netz des Eßzeltes saß der Tirolerhosen-Kandisky und redete drauflos. Ich hatte ihn völlig vergessen.

«Tag, Tag», sagte er. «Keinen Erfolg gehabt? Ging's nicht? Wo ist der Kudu?»

«Er hat einmal gehustet, und weg war er», sagte ich. «Tag, mein Mädchen.»

Sie lächelte. Sie machte sich auch Gedanken. Sie und Pop hatten seit Tagesanbruch auf einen Schuß gewartet. Die ganze Zeit darauf gewartet, selbst als unser Gast gekommen war, darauf gewartet, während sie Briefe schrieb, darauf gewartet, während sie las, darauf gewartet, als Kandisky zurückkam und redete.

«Sie haben ihn nicht erlegt?»

«Nein, nicht mal gesehen.» Ich merkte, daß auch Pop sich Gedanken machte und ein bißchen nervös war. Offensichtlich hatte man das Ganze reichlich hin und her erörtert.

«Trinken Sie ein Bier, Colonel», sagte er zu mir.

«Wir haben einen vergrämt», berichtete ich. «Keine Chance, zu Schuß zu kommen. Es waren reichlich Fährten da. Aber es kam nichts weiter. Der Wind schlug dauernd um. Lassen Sie sich's von den Boys erzählen.»

«Wie ich gerade zu Colonel Phillips sagte», begann Kandisky, verlagerte sein mit der Lederhose bekleidetes Hinterteil und schlug ein dickwadiges, üppig behaartes, nacktes Bein über das andere, «Sie dürfen hier nicht zu lange bleiben. Sie müssen sich darüber im klaren sein, daß die Regenzeit kommt. Jenseits von hier, wo wir sind, sind zwölf Meilen, durch die kommen Sie niemals durch, wenn es regnet. Es ist einfach unmöglich.»

«Das hat er mir gesagt», sagte Pop. «Übrigens bin ich ein ‹Mister›. Wir benutzen diese militärischen Titel nur als Spitznamen. Nichts für ungut, falls Sie selbst ein Colonel sind.» Dann zu mir: «Diese verdammten Salzlecken. Wenn Sie die abschrieben, würden Sie einen bekommen.»

«Sie machen alles noch schwieriger», pflichtete ich ihm bei. «Man ist so sicher, daß man früher oder später auf der Lecke zu Schuß kommt.»

«Jagen Sie nun auch in den Hügeln.»

«Das werd ich tun, Pop.»

«Und was ist schon groß daran, wenn man einen Kudu schießt?» fragte Kandisky. «Sie sollten es nicht so wichtig nehmen. Das ist gar nichts. In einem Jahr schießt man zwanzig.»

«Ist jedoch besser, wenn Sie der Jagdbehörde nichts davon erzählen», sagte Pop.

«Sie haben mich mißverstanden», sagte Kandisky. «Ich wollte sagen, daß man das in einem Jahr *könnte*. Natürlich würde kein Mensch so was wollen.»

«Selbstverständlich», sagte Pop, «könnte man's, wenn man im Kuduland lebte. Es ist die allergewöhnlichste große Antilopenart hier im Buschland. Nur eben, wenn man einen sehen will, sieht man keinen.»

«Wissen Sie, ich töte gar nichts», erzählte uns Kandisky. «Warum haben Sie nicht mehr Interesse für die Eingeborenen?»

«Haben wir ja», versicherte ihm meine Frau.

«Die sind wirklich interessant. Hören Sie –» sagte Kandisky, und er redete weiter auf sie ein.

«Das Verteufelte daran ist», sagte ich zu Pop, «daß ich, sobald ich in den Hügeln jage, überzeugt davon bin, daß die Mistviecher dort unten auf dem Salz sind. Die Tiere sind in den Hügeln, aber ich glaube nicht, daß die Böcke jetzt bei ihnen sind. Und dann kommt man abends hin, und da sind die Fährten. Sie *waren* auf dem lausigen Salz. Ich glaube, sie kommen irgendwann.»

«Wahrscheinlich stimmt das.»

«Ich bin überzeugt davon, daß mehrere Böcke dorthin kommen. Wahrscheinlich kommen sie nur alle paar Tage zum Salz. Sicher sind einige von ihnen vergrämt, weil Karl den einen geschossen hat. Wenn er ihn nur sauber geschossen hätte, statt ihn durch die ganze verdammte Gegend zu verfolgen. Herrgott noch mal, wenn er doch irgend etwas sauber schießen würde. Mal werden ja andere, neue herkommen. Alles, was wir zu tun haben, ist abwarten. Natürlich können nicht alle davon wissen. Aber er hat das Land hier reinweg verhext.»

«Er regt sich so schrecklich auf», sagte Pop. «Aber er ist ein guter Kerl. Wissen Sie, den Leoparden hat er mit einem wunderbaren Schuß erlegt. Noch sauberer braucht man keinen zu schießen. Lassen Sie nur alles wieder zur Ruhe kommen.»

«Gewiß. Und es bedeutet auch gar nichts, wenn ich auf ihn schimpfe.»

«Wie wär's, wenn Sie mal den ganzen Tag über im Schirm blieben?»

«Der verflixte Wind kam plötzlich von allen Seiten. Er trug unsere Witterung in jede Scheißrichtung. Nutzt verflucht wenig, dazusitzen und es per Funk zu verbreiten. Wenn der verflixte Wind anhalten würde! Abdullah hatte heute eine Blechbüchse mit Asche mit.»

«Ich sah ihn damit losziehen.»

«Es war kein bißchen Wind, als wir uns an das Salz heranpirschten, und es war gerade hell genug zum Schießen. Den ganzen Weg über prüfte er mit Asche, wie der Wind stand. Ich ging allein mit Abdullah und ließ die anderen zurück, und wir sind leise gegangen. Ich hatte die Stiefel mit den Kreppsohlen an, und es ist weicher, mullartiger Boden. Wir haben das Mistviech auf fünfzig Meter vergrämt.»

«Haben Sie je ihre Ohren gesehen?»

«Ob ich je ihre Ohren gesehen habe? Wenn ich die Ohren von so 'nem Mistviech sehen kann, kann's der Abhäuter bearbeiten.»

«Es sind Mistviecher», sagte Pop. «Mir ist diese ganze Salzleckengeschichte zuwider. Sie sind gar nicht so gewitzt, wie wir denken. Das Dumme ist, daß Sie sich gerade hier, wo sie gewitzt sind, mit ihnen abplacken müssen. Seitdem dort Salz ist, hat man dort auf sie geschossen.»

«Gerade das macht mir Spaß», sagte ich. «Ich würde es gern einen ganzen Monat lang tun. Ich sitze gern fest auf meinem Hintern beim

Jagen. Kein Schweiß. Kein gar nichts. Dasitzen und Fliegen fangen und damit die Ameisenlöwen am Boden füttern. Ich mag das. Aber woher die Zeit nehmen?»

«Das ist es ja gerade. Die verfluchte Zeit.»

«Also», sagte Kandisky gerade zu meiner Frau, «das sollten Sie sehen. Die großen Ngomas. Die großen, einheimischen Tanzfestlichkeiten. Die echten.»

«Hören Sie mal», sagte ich zu Pop, «die andere Salzlecke, wo ich gestern abend war, ist narrensicher, bis auf die Nähe der verdammten Straße.»

«Die *tracker* sagen, daß das eigentlich das Revier der kleinen Kudus ist. Und sie ist außerdem sehr weit weg. Hin und zurück sind's achtzig Meilen.»

«Ich weiß, aber ich hab die Spuren von vier *großen* Böcken gesehen. Das steht fest. Wenn der Lastwagen gestern abend nicht gewesen wäre! Wie wär's, wenn ich heute nacht dort bliebe? Dann hätte ich die Nacht da und den frühen Morgen, und dann hätte diese Lecke hier mal Ruhe. Außerdem ist dort ein großes Rhinozeros. Auf jeden Fall eine große Spur.»

«Gut», sagte Pop. «Schießen Sie auch noch das verdammte Rhino.» Er konnte es nicht ausstehen, wenn irgend etwas getötet wurde, auf das wir nicht tatsächlich Jagd machten. Kein Töten so nebenbei, kein dekoratives Töten, kein Töten um des Tötens willen; nur wenn der Wunsch danach stärker war als der Wunsch, es nicht zu töten, nur wenn die Beute für sein Renommee als erster in seinem Beruf notwendig war – und ich wußte, daß er mir zu Gefallen das Rhino opferte.

«Ich schieße es nur, wenn es wirklich gut ist», versprach ich.

«Legen Sie den Scheißkerl um», sagte Pop und machte ihn mir zum Geschenk.

«Aber Pop», sagte ich.

«Legen Sie ihn um», sagte Pop. «Es wird Ihnen Spaß machen, wenn Sie allein sind. Sie können das Horn verkaufen, wenn Sie's nicht haben wollen. Sie haben noch eines auf Ihrem Jagdschein.»

«So», sagte Kandisky, «also haben Sie einen Kriegsplan ausgeheckt. Haben Sie sich entschieden, auf welche Art man die armen Tiere überlisten kann?»

«Ja», sagte ich. «Was macht der Lastwagen?»

«Der Lastwagen ist erledigt», sagte der Österreicher. «Irgendwie bin ich ganz froh darüber. Er war das reine Symbol. Er war alles, was von meiner Shamba übrig war. Jetzt ist alles hin, und es ist viel einfacher.»

«Was ist eine Shamba?» fragte A. O. M., meine Frau. «Seit Monaten höre ich von ihnen. Aber ich genier mich, nach der Bedeutung von Wörtern zu fragen, die alle benutzen.»

«Eine Plantage», sagte er. «Es ist nichts mehr davon übrig außer dem Lastwagen da. Mit dem Lastwagen befördere ich Arbeiter auf die Shamba eines Inders. Es ist ein sehr reicher Inder, der Sisal pflanzt. Ich bin als Verwalter bei diesem Inder. Ein Inder vermag aus einer Sisalpflanzung einen Profit rauszuschlagen.»

«Aus allem», sagte Pop.

«Ja, wo wir versagen, wo wir verhungern würden, da macht er Geld. Dieser Inder ist jedoch besonders gescheit. Er schätzt mich. Ich repräsentiere die europäische Organisationsfähigkeit für ihn. Ich habe jetzt gerade die Rekrutierung der Eingeborenen organisiert. Dazu braucht man Zeit. Es ist eindrucksvoll. Ich bin seit drei Monaten von meiner Familie fort. Die Organisation ist organisiert. Es läßt sich genausogut in einer Woche machen, aber es ist nicht so eindrucksvoll.»

«Und Ihre Frau?» fragte meine.

«Sie wartet in meinem Haus, dem Haus des Verwalters, mit meiner Tochter auf mich.»

«Liebt sie Sie sehr?» fragte meine Frau.

«Das muß sie wohl, sonst wäre sie längst auf und davon.»

«Wie alt ist Ihre Tochter?»

«Sie ist jetzt dreizehn.»

«Es muß reizend sein, eine Tochter zu haben.»

«Sie wissen gar nicht, wie reizend es ist. Es ist wie eine zweite Frau. Meine Frau weiß jetzt alles, was ich denke, alles, was ich sage, alles, was ich glaube, alles, was ich tun kann, und alles, was ich nicht tun und nicht sein kann. Ich weiß auch über meine Frau Bescheid – ganz und gar. Aber jetzt ist immer jemand da, den man nicht kennt und der einen nicht kennt, der einen in Unwissenheit liebt und der uns beiden fremd ist. Jemand sehr Anziehendes, der einem gehört und nicht gehört, und der die Unterhaltung, ja, wie soll ich sagen? Ja, es ist, als ob – wie nennen Sie's noch? – was Sie hier bei sich haben, Sie beiden – jawohl, hier. Es ist der Heinzsche Tomato-Ketchup auf dem täglichen Essen.»

«Das ist ausgezeichnet», sagte ich.

«Wir haben Bücher», sagte er. «Jetzt kann ich keine neuen Bücher kaufen, aber unterhalten können wir uns immer. Ideen und Gedankenaustausch sind sehr anregend. Wir diskutieren über alle Dinge, über alles. Wir haben ein sehr anregendes Geistesleben. Früher auf der Shamba hielten wir den *Querschnitt*. Das gab einem das Gefühl, dazu zu gehören, irgendwie ein Teil dieser geistsprühenden Gruppe von Menschen zu sein. Menschen, mit denen man verkehren würde, wenn man mit denen verkehren könnte, mit denen man verkehren möchte. Kennen Sie all diese Leute? Sie kennen sie bestimmt.»

«Einige von ihnen», sagte ich. «Einige in Paris. Einige in Berlin.»

Ich wollte nichts von dem, was dieser Mann besaß, zerstören, und darum ließ ich mich, was diese geistsprühenden Menschen anlangte, nicht auf Einzelheiten ein.

«Sie sind fabelhaft», sagte ich und log.

«Ich beneide Sie um ihre Bekanntschaft», sagte er, «und sagen Sie mir, wer ist der bedeutendste Schriftsteller in Amerika?»

«Mein Mann», sagte meine Frau.

«Nein. Lassen Sie mal allen Familienstolz beiseite. Ich meine, wer wirklich? Gewiß nicht Upton Sinclair. Gewiß nicht Sinclair Lewis. Wer ist Ihr Thomas Mann? Wer ist Ihr Valéry?»

«Wir haben keine bedeutenden Schriftsteller», sagte ich. «In einem gewissen Alter passiert unseren guten Schriftstellern irgendwas. Ich kann es erklären, aber es ist eine ziemlich lange Geschichte und wird Sie vielleicht langweilen.»

«Bitte, erklären Sie's mir», sagte er. «So was macht mir wirklich Vergnügen. Das ist der beste Teil des Lebens. Das Leben des Geistes. Das ist nicht wie Kudus schießen.»

«Sie haben's noch nicht gehört», sagte ich.

«Aber jetzt kommt's. Trinken Sie doch noch mehr Bier. Das macht die Zunge locker.»

«Die ist locker», sagte ich zu ihm. «Die ist immer nur zu verflucht locker. Aber *Sie* trinken ja gar nichts.»

«Nein. Ich trinke nie. Es ist nicht gut für den Geist. Es ist überflüssig. Aber erzählen Sie. Bitte, erzählen Sie.»

«Schön», sagte ich. «Wir haben in Amerika geschickte Schriftsteller, Könner gehabt. Poe ist ein Könner. Bei ihm ist alles gekonnt, wunderbar konstruiert, aber es ist tot. Wir haben rhetorische Schriftsteller gehabt, die das Glück hatten, eine Spur von dem, wie Dinge wirkliche Dinge sein können, zum Beispiel Wale, in der Chronik eines anderen Mannes zu finden oder auch auf Reisen, und dies Wissen ist von Rhetorik eingehüllt wie Rosinen in Kuchenteig. Gelegentlich ist es allein da, nicht von Kuchenteig umgeben, und es ist gut. Zum Beispiel bei Melville. Aber die Leute, die ihn loben, loben ihn wegen seiner Rhetorik, die unwesentlich ist. Sie geheimnissen etwas hinein, was nicht da ist.»

«Ja», sagte er. «Ich verstehe. Aber es ist der Geist, der arbeitet, seine Fähigkeit zu arbeiten, durch die die Rhetorik entsteht. Rhetorik sind die blauen Funken aus dem Dynamo.»

«Manchmal. Aber manchmal gibt es nur blaue Funken, und was setzt der Dynamo in Gang?»

«Nun? Reden Sie weiter.»

«Ich weiß es nicht mehr.»

«Nein. Reden Sie weiter. Stellen Sie sich nicht dumm.»

«Sind Sie je vor Tageslicht aufgestanden –?»

«Jeden Morgen», sagte er. «Reden Sie weiter.»

«Schön. Es gab noch andere Schriftsteller, die schrieben wie Kolonialengländer im Exil über ein England, von dem sie nie ein Teil waren, für ein neueres England, das sie gerade schufen. Großartige Leute mit der beschränkten, dürren und ausgezeichneten Weisheit von Unitariern; Gelehrte, Quäker mit Humor.»

«Wer waren die?»

«Emerson, Hawthorne, Whittier und dergleichen. All unsere früheren Klassiker, die keine Ahnung hatten, daß ein neuer Klassiker nicht die geringste Ähnlichkeit mit einem früheren Klassiker hat. Da kann alles geklaut werden, das besser, aber nicht klassisch ist; jeder Klassiker tut das. Manche Schriftsteller sind nur auf der Welt, um einem anderen Schriftsteller dazu zu verhelfen, einen einzigen Satz zu schreiben. Aber es darf weder von einem früheren Klassiker stammen noch ihm ähnlich sehen. Dazu kam, daß all diese Leute Gentlemen waren oder sein wollten. Sie waren alle höchst achtbar. Sie benutzten nicht die Worte, die jedermann beim Sprechen benutzt, die Worte, die in einer Sprache lebendig bleiben. Man könnte sich kaum vorstellen, daß sie Körper gehabt hätten. Sie hatten Verstand, jawohl. Einen netten, trockenen, fein-säuberlichen Verstand. All das ist sehr langweilig. Ich würde es nicht erwähnt haben, wenn Sie mich nicht dazu herausgefordert hätten.»

«Weiter.»

«Es gibt einen zu jener Zeit, der wirklich gut sein soll: Thoreau. Ich kann Ihnen nichts weiter erzählen, weil ich ihn noch nicht lesen konnte. Aber das besagt gar nichts, denn ich kann andere naturalistische Schriftsteller nur lesen, wenn sie außergewöhnlich exakt und unliterarisch sind. Die Naturalisten sollten alle für sich allein arbeiten, und irgend jemand anders sollte dann ihre Erkenntnisse zusammenfassen. Jeder Schriftsteller sollte für sich allein arbeiten. Sie sollten nur miteinander sprechen, wenn die Arbeit getan ist, und auch dann nicht zu oft. Sonst werden sie wie die Schriftsteller in New York. Lauter Angelwürmer in einer Flasche, die Wissen und Nahrung aus dem Kontakt mit den anderen und der Flasche zu ziehen suchen. Manchmal hat die Flasche die Gestalt von Kunst, manchmal von Volkswirtschaft, manchmal von Wirtschaftsreligion. Aber wenn sie erst mal in der Flasche sind, bleiben sie dort. Außerhalb der Flasche fühlen sie sich einsam. Sie wollen nicht einsam sein. Sie haben Angst, mit ihrem Glauben allein zu sein, und keine Frau könnte einen von ihnen genug lieben, um es ihm zu ermöglichen, seine Einsamkeit in dieser Frau zu ertränken. Sie mit der ihren zusammen zu tun oder mit ihr etwas anzufangen, was alles übrige unwichtig macht.»

«Aber was war mit Thoreau?»

«Sie müssen ihn lesen. Vielleicht werde ich es später einmal können. Ich kann fast alles ‹später einmal›.»

«Trink lieber noch ein bißchen Bier, Papa.»

«Schön.»

«Und was ist mit den guten Schriftstellern?»

«Die guten Schriftsteller sind Henry James, Stephen Crane und Mark Twain. Das ist keine Rangordnung. Es gibt keine Rangordnung für gute Schriftsteller.»

«Mark Twain ist ein Humorist. Die anderen kenne ich nicht.»

«Die ganze moderne amerikanische Literatur stammt von einem Buch von Mark Twain ab, das *Huckleberry Finn* heißt. Wenn Sie's lesen, müssen Sie da aufhören, wo man dem Jungen den Nigger Jim fortholt. Das ist der wirkliche Schluß. Das übrige ist einfach Schwindel. Aber es ist das beste Buch, das wir gehabt haben. Die ganze amerikanische Schriftstellerei kommt daher. Vorher gab's nichts. Danach hat es nichts gleich Gutes gegeben.»

«Und die anderen?»

«Crane hat zwei ausgezeichnete Geschichten geschrieben. *Im Rettungsboot* und *Das blaue Hotel*. Das zweite ist sein bestes.»

«Und was ist aus ihm geworden?»

«Er starb. Ganz einfach. Er lag von Anfang an im Sterben.»

«Und die anderen zwei?»

«Beide haben ein hohes Alter erreicht, aber sie sind mit dem Älterwerden nicht weiser geworden. Ich weiß nicht, was sie in Wirklichkeit wollten. Wissen Sie, wir machen nämlich etwas ganz Merkwürdiges aus unseren Schriftstellern.»

«Das verstehe ich nicht.»

«Wir zerstören sie auf alle mögliche Art und Weise. Zuerst wirtschaftlich. Sie verdienen Geld. Es ist reiner Zufall, wenn ein Schriftsteller Geld verdient, obschon gute Bücher schließlich immer mal Geld einbringen. Dann, sobald unsere Schriftsteller etwas Geld verdient haben, verbessern sie ihre Lebenshaltung, und schon sind sie in der Falle. Sie müssen für den Unterhalt ihrer Hausstände, ihrer Frauen und so weiter schreiben und schreiben Schund. Sie schreiben nicht absichtlich Schund, sondern weil es so schnell gehen muß. Weil sie schreiben, wenn sie nichts zu sagen haben oder kein Wasser im Brunnen ist. Weil sie ehrgeizig sind. Dann, wenn sie sich einmal verkauft haben, suchen sie es zu rechtfertigen, und dann gibt es mehr

Schund. Oder aber sie lesen die Kritiken. Wenn sie den Kritikern glauben, wenn diese sagen, daß ihre Bücher großartig sind, dann müssen sie ihnen auch glauben, wenn sie sagen, daß sie miserabel sind, und verlieren ihr Selbstvertrauen. Im Augenblick weiß ich von zwei guten Schriftstellern, die nicht schreiben können, weil sie durch das Lesen von Kritiken ihr Selbstvertrauen verloren haben. Wenn sie schrieben, wäre es manchmal gut und manchmal nicht so gut, und manchmal wäre es recht schlecht, aber das Gute würde herauskommen. Aber sie haben die Kritiken gelesen, und sie müssen Meisterwerke schreiben. Die Meisterwerke, die sie den Kritikern zufolge geschrieben haben. Es waren natürlich gar keine Meisterwerke. Es waren einfach recht gute Bücher. Aber jetzt können sie überhaupt nicht mehr schreiben. Die Kritiker haben sie impotent gemacht.»

«Wie heißen diese Schriftsteller?»

«Ihre Namen würden Ihnen nichts sagen, und inzwischen haben sie vielleicht etwas geschrieben, haben Angst bekommen und sind von neuem impotent.»

«Aber was stößt den amerikanischen Schriftstellern denn zu? Klipp und klar, bitte.»

«Früher war ich nicht da, deshalb kann ich Ihnen nichts darüber sagen, aber jetzt sind es die verschiedensten Dinge. In einem gewissen Alter werden aus den männlichen Schriftstellern knauserige Haushälterinnen. Die weiblichen Schriftsteller werden Jungfrauen von Orléans ohne das Kämpferische. Sie werden Führer. Es ist gleich, wen sie führen. Wenn sie keine Jünger haben, erfinden sie welche. Es ist zwecklos, wenn die zu Jüngern Auserwählten Einspruch erheben. Dann klagt man sie des Verrats an. Teufel noch mal! Es gibt viel zuviel, was ihnen zustößt. Das ist nur eines. Andere suchen mit dem, was sie schreiben, ihre Seele zu retten. Das ist ein einfacher Ausweg. Andere wieder werden durch das erste Geld ruiniert oder das erste Lob, den ersten Angriff, oder wenn sie das erste Mal sehen, daß sie nicht schreiben können, oder wenn sie das erste Mal sehen, daß sie nichts anderes tun können, oder sonst kriegen sie's mit der Angst und treten Vereinen bei, die das Denken für sie besorgen. Oder sie wissen nicht, was sie wollen. Henry James wollte Geld verdienen. Hat er natürlich nie getan.»

«Und Sie?»

«Ich interessiere mich auch für andere Dinge. Ich führe ein angenehmes Leben, aber ich muß schreiben, denn wenn ich nicht eine gewisse Menge schreibe, kann ich mein sonstiges Leben nicht so genießen.»

«Und was wollen Sie?»

«So gut schreiben, wie ich kann, und ständig zulernen. Gleichzeitig leb ich mein Leben, das ich genieße, und es ist ein verdammt gutes Leben.»

«Kudus jagen?»

«Ja. Kudus jagen und viele andere Sachen.»

«Was für andere Sachen?»

«'ne Menge andere Sachen.»

«Und Sie wissen, was Sie wollen?»

«Ja.»

«Und das macht Ihnen wirklich Vergnügen, was Sie jetzt tun, diese Albernheit mit den Kudus?»

«Genausoviel Vergnügen, wie wenn ich in den Prado gehe.»

«Eines ist nicht besser als das andere?»

«Eines ist so notwendig wie das andere. Außerdem gibt es noch andere Dinge.»

«Natürlich. Muß es ja geben. Aber das hier bedeutet Ihnen wirklich was?»

«Wahrhaftig.»

«Und Sie wissen, was Sie wollen?»

«Genau, und ich bekomme es die ganze Zeit.»

«Aber man braucht Geld dafür.»

«Ich kann immer Geld verdienen, und außerdem hab ich großen Dusel.»

«Also sind Sie glücklich?»

«Außer wenn ich an andere Leute denke.»

«Dann denken Sie also an andere Leute?»

«O ja.»

«Aber Sie tun nichts für sie?»

«Nein.»

«Nichts?»

«Vielleicht ein bißchen was.»

«Finden Sie, daß Ihre Schriftstellerei der Mühe wert ist – ich meine als Selbstzweck?»

«O ja.»

«Sind Sie davon überzeugt?»

«Völlig überzeugt.»

«Das muß sehr erfreulich sein.»

«Ist es», sagte ich. «Es ist das einzige, was ganz und gar erfreulich daran ist.»

«Das wird ja furchtbar ernst», sagte meine Frau.

«Es ist ein verdammt ernstes Thema.»

«Da haben Sie's. Er nimmt wirklich etwas ernst», sagte Kandisky. «Ich wußte ja, daß er außer Kudus noch etwas ernst nimmt.»

«Der Grund, warum jeder jetzt versucht, es zu vermeiden und seine Wichtigkeit leugnet, und den Versuch, es zu tun, als eitle Bemühung hinstellt, ist, weil es so schwierig ist. Zu viele Faktoren müssen zusammenwirken, damit es möglich wird.»

«Wovon reden Sie denn?»

«Vom Schreiben, wie es heute möglich ist. Was sich mit Prosa machen läßt, wenn es einem ernst genug damit ist und man Glück hat. Es gibt eine vierte und fünfte Dimension, die man erreichen kann.»

«Glauben Sie das?»

«Ich weiß es.»

«Und wenn ein Schriftsteller sie erreicht?»

«Dann spielt nichts sonst eine Rolle. Es ist wichtiger als irgend etwas, was er tun kann. Es ist mit Wahrscheinlichkeit anzunehmen, daß er versagt. Aber es besteht eine Chance, daß es ihm gelingt.»

«Aber das, wovon Sie sprechen, ist doch Poesie.»

«Nein. Es ist viel schwieriger als Poesie. Es ist eine Prosa, die noch niemals geschrieben worden ist. Aber sie kann geschrieben werden – ohne Tricks und ohne Schwindel. Mit nichts, das später ranzig wird.»

«Und wieso ist diese Prosa nicht geschrieben worden?»

«Weil es sich um zu viele Faktoren handelt. Zuerst muß Talent da sein, viel Talent. Talent, wie es Kipling hatte. Dann muß man Disziplin haben. Disziplin wie Flaubert. Dann muß man eine Vorstellung haben, wie diese Prosa aussehen kann, und ein absolutes Gewissen besitzen, das so wenig wie das Pariser Meter irgendwelchen Schwankungen unterliegt, um Verfälschungen zu vermeiden. Ferner muß der Schriftsteller intelligent und nicht auf seinen eigenen Vorteil bedacht sein, und vor allem muß er am Leben bleiben. Finden Sie das mal alles in einem Menschen und lassen Sie ihn all die Einflüsse, die auf einen Schriftsteller eindringen, heil überstehen. Das Schwierigste ist, denn die Zeit ist so kurz, daß er am Leben bleibt und sein Werk zu Ende führen kann. Aber ich wünschte, wir hätten solch einen Schriftsteller, und ich könnte lesen, was er schreibt. Was meinen Sie? Wollen wir über etwas anderes reden?»

«Es ist interessant, was Sie da sagen. Natürlich bin ich nicht in allem Ihrer Meinung.»

«Natürlich.»

«Wie wär's mit einem Gimlet?» fragte Pop. «Meinen Sie nicht, daß vielleicht ein Gimlet helfen würde?»

«Sagen Sie mir erst noch, was sind die Dinge, die tatsächlichen, konkreten Dinge, die einem Schriftsteller schaden?»

Ich hatte die Unterhaltung satt, die zu einem Interview wurde.

Darum machte ich ein Interview daraus und beendete es. Der Zwang, jetzt vor dem Lunch tausenderlei Nichtgreifbares in einem Satz zusammenzufassen, war zu beschissen.

«Politik, Frauen, Suff, Geld, Ehrgeiz. Und das Fehlen von Politik, Frauen, Suff, Geld und Ehrgeiz», sagte ich tiefgründig.

«Jetzt macht er sich's viel zu bequem», sagte Pop.

«Suff? Davon versteh ich nichts. Das ist mir immer nur albern vorgekommen. Ich verstehe es als menschliche Schwäche.»

«Es ist eine von vielen Möglichkeiten, den Tag zu beschließen. Es hat große Vorzüge. Wollen Sie denn nie auf andere Gedanken kommen?»

«Na, trinken wir mal einen», sagte Pop. «M'Wendi!»

Pop trank niemals vor dem Lunch außer aus Versehen, und ich wußte, daß er mir beistehen wollte.

«Wir wollen alle mal einen Gimlet trinken», sagte ich.

«Ich trinke niemals», sagte Kandisky. «Ich geh schnell mal rüber zum Lastwagen und hol uns etwas frische Butter zum Lunch. Sie ist frisch aus Kandoa, ungesalzen. Ausgezeichnet. Heute abend gibt es eine Spezialität, eine Wiener Mehlspeise. Mein Koch hat gelernt, sie sehr gut zuzubereiten.»

Er verzog sich, und meine Frau sagte: «Du wurdest ja furchtbar tiefgründig. Was war das eigentlich mit all den Frauen?»

«Was für Frauen?»

«Als du über Frauen geredet hast.»

«Zum Teufel mit ihnen», sagte ich. «Das sind die, mit denen es zu Verwicklungen kommt, wenn man betrunken ist.»

«Also so was passiert dir?»

«Nein, ich laß mich mit niemand in Verwicklungen ein, wenn ich betrunken bin.»

«Aber, aber», sagte Pop. «Keiner von uns ist je betrunken. Mein Gott, was der Mann reden kann!»

«Er hatte keine Chance, was zu sagen, nachdem B'wana M'Kumba loslegte.»

«Ich hatte richtigen Rededurchfall», sagte ich. «Was macht denn sein Lastwagen? Können wir ihn in Schlepp nehmen, ohne unseren dabei kaputtzumachen?»

«Ich glaube ja», sagte Pop. «Sobald unserer aus Handeni zurückkommt.»

Beim Lunch unter dem grünen Netz des Eßzeltes, im Schatten eines großen Baumes, bei wehendem Wind, mit der viel bewunderten frischen Butter, Grant-Gazellenkoteletts, Kartoffelbrei und jungen Maiskolben und dann gemischtem Kompott als Nachtisch, erzählte uns Kandisky, wieso die Inder jetzt das Land übernähmen.

«Also sehen Sie, während des Krieges schickte man die indischen Truppen zum Kämpfen hierher, um sie aus Indien loszuwerden, weil man eine zweite Meuterei befürchtete. Man versprach dem Aga Khan, daß die Inder, weil sie in Afrika kämpften, sich hier später unbehindert ansiedeln und Geschäfte machen dürften. Man kann dies Versprechen nicht brechen, und jetzt treten die Inder hier an die Stelle der Europäer. Sie leben von nichts und schicken alles Geld nach Indien zurück. Sobald sie genügend verdient haben, um nach Hause zu fahren, verlassen sie das Land und schicken ihre armen Verwandten her, um ihren Platz einzunehmen und das Land weiter auszubeuten.»

Pop sagte nichts. Bei Tisch widersprach er keinem Gast.

«Es ist alles wegen dem Aga Khan», sagte Kandisky. «Sie sind Amerikaner, Sie können diese Machenschaften nicht verstehen.»

«Waren Sie bei von Lettow?» fragte ihn Pop.

«Von Anfang an», sagte Kandisky, «bis zum Schluß.»

«Er war ein großartiger Soldat. Ich bewundere ihn sehr.»

«Haben Sie gekämpft?» fragte Kandisky.

«Ja.»

«Ich mache mir nichts aus Lettow», sagte Kandisky. «Gekämpft hat er, jawohl, keiner jemals besser als er. Wenn wir Chinin brauchten, befahl er, welches zu erobern. Mit Proviant und allem andern das gleiche. Aber später hat er sich nicht um seine Leute gekümmert. Nach dem Krieg war ich in Deutschland. Ich wollte mich um die Entschädigung für meinen Besitz kümmern. ‹Sie sind Österreicher›, sagte man. ‹Ihre Sache muß durch österreichische Kanäle laufen.› Also fahre ich nach Österreich. ‹Aber warum haben Sie denn gekämpft?› fragte man mich. ‹Dafür können Sie uns doch nicht verantwortlich machen. Nehmen Sie mal an, Sie kämpfen in China mit. Das ist Ihre eigene Sache. Wir können nichts für Sie tun.›

‹Aber ich hab doch aus Patriotismus mitgemacht›, sage ich sehr törichterweise. ‹Ich kämpfe, wo ich kann, weil ich ein Österreicher bin und meine Pflicht kenne.› – ‹Tja›, sagen sie. ‹Das ist alles wunderschön. Aber Sie können uns nicht für Ihre edlen Gefühle verantwortlich machen.› Und sie schickten mich von einem zum andern und nix. Trotzdem liebe ich das Land sehr. Ich habe hier alles verloren, aber ich habe mehr, als irgendwer in Europa hat. Ich finde es immer interessant. Zum Beispiel die Eingeborenen und die Sprache. Ich habe eine Menge Aufzeichnungen über sie gemacht, und dann bin ich hier auch praktisch ein König. Das ist sehr angenehm. Wenn ich morgens aufwache, strecke ich einen Fuß raus, und der Boy stülpt ihm eine Socke über. Wenn ich soweit bin, strecke ich den anderen Fuß raus, und er zieht ihm die andere Socke an. Ich steige unter dem Moskitonetz hervor in meine Unterhose, die man mir hinhält. Finden Sie das nicht einfach großartig?»

«Ja, das ist großartig.»

«Wenn Sie später mal wiederkommen, müssen wir auf eine Safari gehen, um die Eingeborenen zu studieren, und nichts schießen, oder nur das, was zum Essen gebraucht wird. Sehen Sie mal her, ich werde Ihnen einen ihrer Tänze vorführen und ein Lied dazu singen.»

Er kauerte sich hin und hob und senkte die Ellbogen, bog die Knie und schlurfte um den Tisch und sang. Zweifellos war es ganz famos.

«Das ist nur einer von Tausenden», sagte er. «Jetzt muß ich mich für eine Weile verabschieden. Sie werden schlafen wollen.»

«Es hat gar keine Eile. Bleiben Sie doch noch.»

«Nein. Bestimmt wollen Sie schlafen. Ich auch. Ich werde die Butter mitnehmen, um sie kalt zu stellen.»

«Wir sehen uns zum Abendbrot», sagte Pop.

«Jetzt müssen Sie schlafen. Auf Wiedersehen.»

Nachdem er fort war, sagte Pop: «Wissen Sie, ich würde das über den Aga Khan an Ihrer Stelle nicht alles glauben.»

«Es klang recht plausibel.»

«Natürlich ist er verbittert», sagte Pop. «Wer würde es nicht sein? Von Lettow war ein Teufel von einem Kerl!»

«Er ist sehr gescheit», sagte meine Frau. «Er erzählt wunderbar von den Eingeborenen. Aber auf amerikanische Frauen ist er nicht gut zu sprechen.»

«Ich auch nicht», sagte Pop. «Er ist ein guter Kerl. Sie sollten jetzt lieber pennen. Sie müssen um 3 Uhr 30 aufbrechen.»

«Lassen Sie mich wecken.»

Molo hob das hintere Zeltende an, stützte es mit Stöcken ab, so daß der Wind hindurchwehte, und ich schlief über meinem Buch ein, während der Wind frisch und kühl unter der erhitzten Leinwand hereinkam.

Als ich aufwachte, war es Zeit, aufzubrechen. Am Himmel standen Regenwolken, und es war sehr heiß. Man hatte einige Obstkonserven, ein Fünfpfundstück gebratenes Fleisch, Brot, Tee, eine Teekanne und etwas Büchsenmilch mit vier Flaschen Bier zusammen in eine Whiskykiste gepackt. Daneben lag ein Wasserbeutel aus Leinwand und eine Gummiplane, die wir als Zelt benutzen konnten. M'Cola trug gerade mein großes Gewehr zum Auto.

«Sie brauchen sich mit der Heimkehr nicht zu beeilen», sagte Pop. «Wir werden nach Ihnen Ausschau halten, wenn wir Sie sehen.»

«Schön.»

«Wir werden den edlen Ritter da mit unserem Lastwagen nach Handeni abschleppen. Er schickt seine Leute zu Fuß voraus.»

«Meinen Sie bestimmt, daß der Lastwagen es aushält? Tun Sie's nicht etwa, weil er ein Bekannter von mir ist.»

«Müssen sehen, daß er hier rauskommt. Der Lastwagen wird heute abend hier sein.»

«Die Memsahib schläft noch», sagte ich. «Vielleicht kann sie nachher spazierengehen und ein paar Perlhühner schießen.»

«Ich bin hier», sagte sie. «Mach dir unseretwegen keine Sorgen. Ach, hoffentlich kriegst du welche.»

«Schick vor übermorgen niemand nach uns suchen», sagte ich. «Wenn die Chancen gut sind, bleiben wir.»

«Hals und Beinbruch.»

«Hals und Beinbruch, meine Süße. Auf Wiedersehen, Mr. J. P.»

2

Wir waren aus dem Schatten des Lagers heraus und im Sandfluß einer Straße und fuhren in die westliche Sonne; der Busch stand dicht, undurchdringlich wie ein Dickicht bis an den Rand des Sandes; niedrige Hügel erhoben sich dahinter, und die ganze Zeit über kamen wir an Menschentrupps vorbei, die auf der Straße nach Westen unterwegs waren. Manche waren nackt bis auf ein schmieriges Tuch, das über einer Schulter geknotet war, und trugen Bogen und verschlossene Köcher mit Pfeilen. Andere trugen Speere. Die Wohlhabenden trugen Regenschirme und waren in weiße Leinwand drapiert, und ihre Frauen gingen mit Töpfen und Pfannen hinter ihnen her. Bündel und Fellballen schwankten auf den Köpfen anderer Eingeborener vor uns. Alle waren unterwegs, um der Hungersnot zu entgehen. Und in der Hitze, als ich die Füße über die Seite des Autos hängen ließ, um sie vor der Hitze des Motors zu schützen, und den Hut gegen die Sonne tief über die Augen gezogen hatte und die Straße, die Leute und alle Lichtungen im Busch auf Wild hin beobachtete, fuhren wir in westlicher Richtung.

Einmal sahen wir drei kleine weibliche Kudus in einem Kahlschlag im Busch. Sie liefen geschwind in die Wälder, grau, großbäuchig, langhalsig, kleinköpfig mit großen Ohren, und waren verschwunden. Wir verließen das Auto und spürten ihnen nach, aber wir sahen keine Bockfährte.

Ein bißchen weiter trippelte eine Schar Perlhühner geschwind über die Straße; sie liefen mit steifgehaltenen Köpfen in trabender Gangart. Als ich aus dem Auto sprang und ihnen nachsetzte, stoben sie mit dicht unter dem schweren Leib angezogenen Beinen senkrecht auf, um die Bäume vor uns zu überfliegen; sie trommelten mit ihren kurzen Flügeln und schnatterten. Ich erlegte zwei, die schwer aufschlugen, als sie niederfielen, und als sie dalagen und mit den Flügeln schlugen, schnitt ihnen Abdullah die Köpfe ab, so daß sie legale Speise wurden. Er legte sie ins Auto, in dem M'Cola saß und sein gesundes Altmännerlachen lachte, sein mich verspottendes Lachen, sein Hühnerjagdlachen, das von früher, von einer Strähne wutentbrannter Fehlschüsse herrührte, über die er sich amüsiert hatte. Wenn ich jetzt traf, war es ein Witz, als ob wir eine Hyäne erlegten, was der allergrößte Witz war. Er lachte immer, wenn die Vögel herunterpurzelten, und wenn ich vorbeischoß, lachte er schallend und schüttelte wieder und wieder den Kopf.

«Fragen Sie ihn, worüber er lacht, zum Teufel noch mal», hatte ich einmal zu Pop gesagt.

«Über B'wana», sagte M'Cola und schüttelte den Kopf. «Über die kleinen Vögel.»

«Er findet Sie komisch», sagte Pop.

«Verflucht noch mal. Ich *bin* komisch. Aber zum Teufel mit ihm.»

«Er findet Sie sehr komisch», sagte Pop. «Aber die Memsahib und ich würden niemals lachen.»

«Schießt sie doch selber.»

«Nein. Du bist der Hühnerjäger. Der Hühnerjäger laut eigenem Geständnis», sagte sie.

Also wurde die Vogeljagd zu einem fabelhaften Witz. Wenn ich traf, waren die Vögel die Gefoppten, und M'Cola schüttelte seinen Kopf und lachte und ließ seine Hände kreisen und kreisen, um uns vorzumachen, wie sich die Vögel in der Luft überschlugen. Und wenn ich danebenschoß, war ich die komische Figur im Stück, und er würde mich ansehen und sich vor Lachen schütteln. Nur die Hyänen waren komischer.

Äußerst spaßhaft war die Hyäne, die bei Tageslicht obszön daherstolzierte und ihren vollen Bauch über die Ebene schleppte, die, von hinten angeschossen, in zunehmendem Tempo weiterhopste und sich dann überschlug. Die Hyäne, die an einem Alkalisee außer Schußweite stehen blieb, um zurückzublicken, und die, in die Brust getroffen, auf den Rücken fiel und alle viere und den vollen Bauch in die Luft streckte, forderte seine Heiterkeit heraus. Und nichts konnte spaßiger sein als die Hyäne, die mit keilförmigem Kopf plötzlich an einer *donga* stinkend aus dem hohen Gras herauskam und, auf zehn Meter getroffen, ihrem Schwanz in drei sich verkleinernden Kreisen nachraste, bis sie starb.

M'Cola fand es komisch, wenn er sah, wie eine Hyäne aus nächster Nähe getroffen wurde. Da war das drollige Aufschlagen der Kugel und die erregte Entrüstung der Hyäne, wenn sie den Tod in sich spürte. Es war noch komischer, mitanzusehen, wenn eine Hyäne aus großer Entfernung im Hitzeflimmern der Ebene getroffen wurde, zu sehen, wie sie sich rückwärts überschlug, zu sehen, wie jenes wahnsinnige Kreisen begann, jene blitzartige Geschwindigkeit zu sehen, die bedeutete, daß sie mit dem kleinen, vernickelten Tod in sich um die Wette jagte. Aber der größte Witz von allem, bei dem M'Cola mit den Händen vor seinem Gesicht herumfuhrwerkte und sich abwandte und den Kopf schüttelte und lachte und sich sogar für die Hyäne genierte, der Gipfel hyänischen Humors war die Hyäne, die klassische Hyäne, die, wenn sie beim Laufen zu weit hinten getroffen war, wie verrückt herumkreiselte, nach sich selbst schnappte und an sich zerrte, bis sie sich die eigenen Eingeweide herausriß und dann dastand und sie ruckweise herauszog und sie mit Genuß auffraß.

«Fisi», sagte dann M'Cola und schüttelte den Kopf in genießerischem Gram über die Existenz eines solch schauderhaften Viechs. *Fisi*, die Hyäne, die hermaphroditische, die sich selbst verspeisende Kadaverzehrerin, die kalbenden Kühen auf den Fersen Seiende, die Knieflechsen Durchbeißende, die dir nachts, während du schläfst, das Gesicht zerfressen konnte, die wehklagende Jaulerin, die stinkende, garstige Leichenfledderin mit Kinnbacken, die die Knochen zermalmen, die der Löwe liegen läßt, die mit schleppendem Bauch über die braune Ebene dahinhopst, die mit verschlagener Hundebastardfratze zurückblickt; Schlag aus dem kleinen Mannlicher, und dann begann das grausige Kreisen. *«Fisi»*, lachte M'Cola und schämte sich für sie und schüttelte den kahlen schwarzen Kopf. «*Fisi.* Frißt sich selbst. *Fisi.*»

Die Hyäne war ein dreckiger Witz, aber Hühnerjagd war ein harmloser Witz. Mein Whisky war ein harmloser Witz. Von dem Witz gab es eine Menge Variationen. Zu einigen kommen wir später. Über Mohammedaner und alle Religionen machten wir unsere Witze, Witze, die alle zum besten hielten, die eine hatten. Charo, der andere Gewehrträger, war gedrungen, sehr ernsthaft und äußerst religiös. Den ganzen Ramadan über schluckte er niemals vor Sonnenuntergang seinen Speichel hinunter, und wenn die Sonne beinahe untergegangen war, sah ich, wie er sie unruhig beobachtete. Er hatte eine Flasche mit einer Art Tee bei sich, und er befingerte sie und beobachtete die Sonne, und ich sah, wie M'Cola ihn beobachtete und so tat, als ob er nichts sah. Dies fand er nicht vorbehaltlos komisch. Dies war etwas, worüber er nicht frei herauslachen konnte, aber er fühlte sich hierüber erhaben und staunte über diese Albernheit. Der Islam war sehr in Mode, und alle Boys, die höhere soziale Ränge bekleideten, waren Mohammedaner. Es war etwas, das einem eine Kaste gab, etwas, woran man glauben konnte, etwas, was Mode war und einem einen Gott gab, um dessentwillen man jedes Jahr ein bißchen litt, etwas, wodurch man anderen Leuten überlegen war, etwas, was einem kompliziertere Eßsitten gab, etwas, was ich verstand, und was M'Cola nicht verstand, und was ihm auch nichts bedeutete, und er beobachtete Charo, wie dieser den Sonnenuntergang beobachtete, mit jenem leeren Ausdruck im Gesicht, den es bei allem annahm, an dem er keinen Anteil hatte. Charo war irrsinnig durstig und aufrichtig fromm, und die Sonne ging sehr langsam unter. Ich sah sie rot über den Bäumen stehen, versetzte ihm einen Rippenstoß, und er grinste. M'Cola bot mir gemessen die Wasserflasche an. Ich schüttelte den Kopf, und Charo grinste wieder. M'Colas Gesicht war ausdruckslos. Dann war die Sonne untergegangen, und Charo hatte die Flasche hochgekippt; sein Adamsapfel stieg und fiel gierig, und M'Cola blickte ihn an und blickte dann fort.

Im Anfang, ehe wir gute Freunde wurden, traute er mir überhaupt nicht. Wenn irgend etwas los war, zog er sich in seine Ausdruckslosigkeit zurück. Damals mochte ich Charo viel lieber. Wir verstanden einander, was Religion anbetraf, und Charo bewunderte mein Schießen und schüttelte mir immer die Hand und lächelte, wenn wir irgend etwas besonders Gutes erlegt hatten. Dies schmeichelte und gefiel mir. M'Cola hielt die ganze Schießerei der ersten Zeit für eine Reihe glücklicher Zufälle. Er setzte voraus, daß wir schießen konnten. Wir hatten noch nichts erlegt, was der Rede wert war, und eigentlich war er auch nicht mein Gewehrträger. Er war der Gewehrträger von Mr. Jackson Phillips, und er war mir nur geliehen. Ich bedeutete ihm nichts. Er hatte mich weder gern noch ungern. Karl gegenüber zeigte er höfliche Verachtung. Richtig gern hatte er Mama.

An jenem Abend, als wir den ersten Löwen geschossen hatten, war es dunkel, als das Lager in Sicht kam. Das Erlegen des Löwen war ein unbefriedigendes Durcheinander gewesen. Wir hatten vorher ausgemacht, daß A. O. M. den ersten Schuß abgeben sollte; da es aber der erste Löwe war, auf den irgendeiner von uns zu Schuß kam, und es sehr spät am Tage war, eigentlich zu spät, um den Löwen anzugehen, wollten wir, sobald er erst einmal angeschossen worden war, ihn alle angreifen, und es stand jedem frei, ihn zu erledigen. Dies war ein guter Plan, da die Sonne beinahe untergegangen war und, falls der Löwe verwundet in Deckung ging, es zu dunkel sein würde, irgend etwas zu tun ohne ein allgemeines Durcheinander. Ich erinnere mich, wie ich den Löwen gelb und großhäuptig und riesenhaft vor einem verkümmert aussehenden Baum in einer Art Fruchtbaumgebüsch erblickte und A. O. M. sich hinkniete, um zu schießen, und wie ich ihr sagen wollte, sie solle sich hinsetzen, um ihn ganz sicher zu treffen. Dann hörte ich den Knall der kurzläufigen Mannlicher, und der Löwe setzte sich nach links in Bewegung, in einem seltsamen, schwerprankigen, schwingenden Raubkatzenrollen. Ich traf ihn mit der Springfield, und er brach zusammen und überschlug sich, und ich gab einen zweiten Schuß ab, zu schnell, und warf eine Sandwolke über ihn. Aber da lag er ausgestreckt auf dem Bauch, und die Sonne stand gerade über den Baumspitzen, und das Gras war sehr grün, und wir näherten uns ihm wie ein Aufgebot von Polizisten oder ein Trupp von Black and Tans* schußbereit mit gespanntem Hahn, und wußten nicht, ob er betäubt oder tot war. Als wir dicht dran waren, warf M'Cola einen Stein nach ihm, der ihn in die Weiche traf, und aus der Art, wie er aufschlug, konnte man schließen, daß es ein totes Tier war. Ich war überzeugt davon, daß A. O. M. ihn getroffen hatte, aber wir fanden nur den Einschlag von einer Kugel ziemlich weit hinten, gerade unterhalb der Wirbelsäule, die vorwärtsgedrungen war und unter der Haut der Brust an die Oberfläche kam.

Man konnte die Kugel unter der Haut fühlen, und M'Cola machte einen Schlitz und schnitt sie heraus. Es war eine 220 *grain* Vollmantelpatrone aus der Springfield, die ihm durch Lungen und Herz gegangen war und ihn umgelegt hatte.

Ich war so überrascht über die Art, wie er nach dem Schuß tot auf die Seite gerollt war, nachdem wir auf einen Angriff, auf Heldentaten und Drama vorbereitet gewesen waren, daß ich eher enttäuscht als erfreut war. Es war unser erster Löwe, und wir waren ahnungslos, aber hierfür hatten wir unser Eintrittsgeld nicht bezahlt. Charo und M'Cola schüttelten beide A. O. M.s Hand, und dann kam Charo zu mir herüber und schüttelte auch mir die Hand.

«Feiner Schuß, B'wana», sagte er auf Suaheli. *«Piga m'uzuri.»*

«Hast du geschossen, Karl?» fragte ich.

«Nein. Ich wollte gerade, als du geschossen hast.»

«Pop, Sie haben nicht geschossen?»

«Nein. Das hätten Sie gehört.» Er öffnete den Verschluß und nahm die zwei großen 450 No. 2 heraus.

* Britische Truppen in Irland

«Ich bin sicher, daß ich daneben getroffen habe», sagte A. O. M.

«Ich war sicher, daß du ihn getroffen hast. Ich glaube immer noch, daß du ihn getroffen hast», sagte ich.

«Mama treffen», sagte M'Cola.

«Wo?» fragte Charo.

«Treffen», sagte M'Cola. «Treffen.»

«Sie haben ihn über den Haufen geschossen», sagte Pop zu mir. «Mein Gott, er schoß Kobolz wie ein Hase.»

«Ich habe meinen Augen nicht getraut.»

«Mama piga», sagte M'Cola. *«Piga Simba.»*

Als wir in der Dunkelheit vor uns das Lagerfeuer sahen, wie wir an jenem Abend zurückkamen, begann M'Cola plötzlich auf Wahamba in hohem Diskant einen Schwall schneller, singender Worte hervorzustoßen, die mit dem Wort «Simba» endeten. Jemand aus dem Lager rief ein Wort zurück.

«Mama», schrie M'Cola. Dann ein weiterer Wortschwall. Dann: «Mama! Mama!»

Durch die Dunkelheit kamen all die Träger, der Koch, der Abhäuter, die Boys und ihr Anführer.

«Mama», rief M'Cola laut. *«Mama piga Simba.»*

Die Boys kamen auf uns zu; sie tanzten, sie drängten sich, schlugen Takt und intonierten etwas, was ganz tief aus ihrer Brust kam, wie ein Husten anfing und wie *«Hey la Mama! Hay la Mama! Hey la Mama!»* klang.

Der kulleräugige Abhäuter hob A. O. M. hoch; der große Koch und die Boys hielten sie, und die anderen drängten vorwärts, um sie in die Höhe zu heben, und wenn nicht zu heben, sie wenigstens zu berühren und festzuhalten, und tanzten und sangen durch die Dunkelheit, um das Feuer und bis zu unserem Zelt.

«Hey la Mama! huh! huh! huh! Hay la Mama! huh! huh! huh!» Sie sangen den Löwentanz, in dem das tiefe, asthmatische Löwenhusten vorkommt. Dann setzten sie sie vor dem Zelt nieder, und jeder einzelne gab ihr schüchtern die Hand. Die Boys sagten *«M'uzuri, Memsahib»*, und M'Cola und die Träger sagten alle *«M'uzuri, Mama»* und betonten mit viel Gefühl das Wort ‹Mama›.

Später, als wir auf unseren Stühlen vor dem Feuer saßen und tranken, sagte Pop: «Sie haben ihn geschossen. M'Cola würde jeden umbringen, der etwa sagen würde, Sie hätten es nicht getan.»

«Wißt ihr, ich fühl mich so, als ob ich ihn geschossen habe», sagte A. O. M. «Ich glaube nicht, daß ich es aushalten könnte, wenn ich ihn *wirklich* geschossen hätte. Ich würde zu stolz sein. Triumph ist doch was Phantastisches, nicht?»

«Gutes, olles Mamachen», sagte Karl.

«Ich glaube, du hast ihn wirklich geschossen», sagte ich.

«Ach, das wollen wir nicht näher untersuchen», sagte A. O. M. «Ich fühl mich so fabelhaft, schon allein weil man denkt, daß ich ihn geschossen haben könnte. Wißt ihr, zu Hause hat man mich nicht sehr oft auf den Schultern getragen.»

«In Amerika weiß man nicht, wie man sich zu benehmen hat», sagte Pop. «Höchst unzivilisiert.»

«Wir werden dich in Key West auf den Schultern tragen», sagte Karl. «Armes, olles Mamachen.»

«Wir wollen nicht darüber reden», sagte A. O. M. «Ich find's zu schön. Sollte ich nicht vielleicht milde Gaben verteilen?»

«Sie haben's nicht deswegen getan», sagte Pop. «Aber es ist ganz in der Ordnung, ihnen etwas zu geben, damit sie feiern können.»

«Ach, ich möchte allen massenhaft viel Geld geben», sagte A. O. M. «Ist Triumph nicht einfach phantastisch?»

«Gutes, olles Mamachen», sagte ich. «Du hast ihn erlegt.»

«Nein, das hab ich nicht. Lüg mir nichts vor. Laß mich nur einfach meinen Triumph genießen.»

Auf jeden Fall traute mir M'Cola eine lange Zeit über nicht. Bis A. O. M.s Jagdschein ablief, war sie sein Liebling, und wir waren einfach eine Reihe Leute, die sich einmischten und Mama am Schießen hinderten. Als erst einmal ihr Jagdschein abgelaufen war und sie nicht mehr auf Jagd ging, sank sie für ihn in den Zivilistenstand zurück, und als wir anfingen, Kudus zu jagen, und Pop im Lager blieb und uns allein mit den *trackern* rausschickte, Karl mit Charo und mich mit M'Cola zusammen, sank auch Pop sichtlich in M'Colas Achtung. Natürlich war das nur zeitweilig. Er war in Pops Diensten, und ich glaube, seine Bewertungen galten nur von Tag zu Tag und erforderten eine ununterbrochene Serie von Ereignissen, um etwas zu besagen. Aber etwas war zwischen uns vorgefallen.

Jagd in der Erinnerung

1

Es datierte in die Zeit von Droopy zurück, als ich nach meiner Krankheit aus Nairobi zurückkam und wir zu Fuß auf eine Safari gegangen waren, um im Hochwald Rhinozerosse zu jagen. Droopy war ein richtiger Wilder mit Lidern, die seine Augen fast verdeckten, gut aussehend, mit unerhörtem Schmiß, ein ausgezeichneter Jäger und ein wunderbarer *tracker*. Er war ungefähr fünfunddreißig, würde ich denken, und er trug nichts außer einem Stück Leinwand, das auf einer Schulter geknotet war, und einem Fes, den ihm irgendein Jäger geschenkt hatte. Er trug immer einen Speer. M'Cola trug einen alten khakifarbenen amerikanischen Waffenrock, komplett mit Knöpfen, der ursprünglich für Droopy hervorgeholt, ihm aber nicht ausgehändigt worden war, weil er sich damals gerade anderswo aufhielt. Zweimal hatte Pop ihn für Droopy hervorgeholt, und schließlich hatte M'Cola gesagt: «Geben Sie ihn mir.»

Pop hatte ihm den Rock schließlich gegeben, und M'Cola hatte ihn seither ständig getragen. Dieser, eine kurze Hose, seine struppige Wollkräuslermütze und ein gestrickter Soldatensweater, den er trug, wenn er die Jacke wusch, waren die einzigen Kleidungsstücke, die ich je an dem alten Mann gesehen hatte, bis er sich meine Hühnerjagd-Joppe aneignete. Als Schuhe benutzte er Sandalen, die aus alten Autoreifen geschnitten waren. Er hatte schlanke, ansehnliche Beine mit gut geformten Knöcheln, in der Art wie die von Babe Ruth, und ich weiß noch, wie überrascht ich war, als ich ihn das erste Mal ohne Jacke sah und mir auffiel, wie alt sein Oberkörper war. Er hatte jenes gealterte Aussehen, das man auf den Fotografien von Jeffries und Sharkey sieht, als sie sich dreißig Jahre später in Positur stellten, häßliche Altmänner-Bizepse und eine eingefallene Brustmuskulatur.

«Wie alt ist M'Cola?» hatte ich Pop gefragt.

«Er muß über fünfzig sein», sagte Pop. «Er hat erwachsene Kinder im Eingeborenenreservat.»

«Wie sind seine Jungens?»

«Taugen nichts, wertlos. Er wird nicht mit ihnen fertig. Mit einem haben wir's als Träger versucht. Aber er taugt nichts.»

M'Cola war auf Droopy nicht eifersüchtig. Er wußte einfach, daß Droopy ein besserer Mann war als er selbst, ein besserer Jäger, ein schnellerer und geschickterer *tracker* und ein Meister in allem, was er tat. Er bewunderte Droopy genauso, wie wir es taten, und durch das Zusammensein mit ihm draußen kam es ihm zum Bewußtsein, daß er Droopys Jacke trug und daß er ein einfacher Träger gewesen war, ehe er ein Gewehrträger wurde, und plötzlich hörte er auf, einer von der alten Garde zu sein, und wir jagten zusammen. Er und ich jagten zusammen, und Droopy führte Regie.

Das war eine famose Jagd gewesen. Am Nachmittag jenes Tages, an dem wir in diese Gegend gekommen waren, gingen wir ungefähr vier Meilen vom Lager entfernt neben einer tiefen Rhinofährte her, die sich durch begraste Hügel, mit ihren nach einer verlassenen Obstplantage aussehenden Bäumen, so glatt und gleichmäßig hinabzog, als ob ein Ingenieur sie geplant hatte. Die Spur im Boden war einen Fuß tief und glatt ausgetreten, und wir verließen sie, wo sie sich durch einen Sattel zwischen den Hügeln wie ein ausgetrockneter Bewässerungsgraben hinabsenkte, und erkletterten schwitzend den kleinen, steilen Hügel zur Rechten, um dort mit dem Rücken gegen die Hügelkuppe gelehnt dazusitzen und die Gegend mit den Feldstechern abzusuchen. Es war eine grüne, hübsche Gegend mit Hügeln unterhalb des Hochwalds, der dicht auf einer Bergwand stand, und sie wurde von den Tälern verschiedener Wasserläufe durchschnitten, die zwischen dem dichten Baumbestand des Berges herabkamen. Ausläufer des Hochwaldes erstreckten sich bis auf die Höhe einiger Abhänge hinab, und es war dort, am Rande des Hochwaldes, wo wir auf das Heraustreten von Rhinos warteten. Wenn man vom Hochwald und von der Bergwand wegsah, konnte man die Wasserläufe und die hügelige Abdachung des Landes bis da hinab verfolgen, wo das Land flach wurde und das Gras braun und verdorrt war, und weit weg, jenseits eines ausgedehnten Landstrichs, war das braune Rift Valley und der Schimmer des Manyara-Sees.

Wir lagen alle dort am Hügelhang und suchten die Gegend sorgfältig auf Rhinos ab. Droopy war auf der anderen Seite der Hügelkuppe, hockte auf den Hacken und hielt Umschau, und M'Cola saß etwas tiefer als wir. Ein kühler Wind kam von Osten, und er blies Wellen im Gras auf den Hügelhängen. Man sah viele große weiße Wolken, und die riesigen Bäume des Hochwalds an der Berglehne standen so dicht und waren so stark belaubt, daß es aussah, als ob man über ihre Wipfel gehen konnte. Hinter diesem Berg war eine Schlucht und dann ein zweiter Berg, und dieser zweite Berg war dunkelblau bewaldet in der Ferne.

Bis fünf Uhr sahen wir nichts. Dann sah ich ohne Fernglas, wie sich etwas über den Ausläufer eines der Täler auf eine Waldzunge zu bewegte. Im Glas war es ein Rhino; es war sehr deutlich zu sehen, winzig auf die Entfernung, rotfarben in der Sonne, und es bewegte sich mit schnellem, wasserwanzenartigem Gang über den Hügel. Dann kamen noch drei von ihnen aus dem im Schatten liegenden dunklen Hochwald heraus, und zwei, die winzig klein im Glas miteinander kämpften, sich mit den Köpfen rammten und vor einer Gruppe von Büschen kämpften, während wir sie beobachteten und das Licht schwand. Es war zu dunkel, um den Hügel hinab durch das Tal und die schmale Böschung der Berglehne zu ihnen hinaufzuklettern und noch rechtzeitig zum Schuß zu kommen. Also gingen wir im Dunkeln den Hügel hinunter ins Lager zurück, kanteten hinab auf unseren Schuhen, und dann, als wir die Fährte glatt unter den Füßen spürten, gingen wir in jener tiefen Spur entlang, die sich durch die dunklen Hügel schlängelte, bis wir den Feuerschein zwischen den Bäumen sahen.

An dem Abend waren wir sehr aufgeregt, weil wir die drei Rhinos gesehen hatten, und früh am nächsten Morgen, während wir frühstückten, bevor wir aufbrachen, kam Droopy, um eine Büffelherde zu melden, die er äsend, knapp zwei Meilen vom Lager entfernt, am Rand des Hochwalds gefunden hatte. Wir gingen hin, in unseren Mündern klebte noch der Geschmack von Kaffee und Räucherhering, unsere Herzen pochten vor Aufregung; der Eingeborene Droopy hatte mit dem Beobachten aufgehört und wies auf eine Stelle, wo sie eine tiefe Schlucht überquert und eine Lichtung im Hochwald betreten hatten. Er sagte, daß zwei Stiere bei der zwölf- oder mehrköpfigen Herde gewesen seien. Wir folgten ihnen hinein, bewegten uns sehr leise auf den Wildspuren vorwärts, schoben die Schlingpflanzen beiseite und sahen die Fährten und Unmengen von frischem Dung, aber obgleich wir weiter in den Hochwald eindrangen, wo es zu dicht war, um einen Schuß abzugeben, und einen weiten Bogen beschrieben, konnten wir sie weder sehen noch hören. Einmal hörten wir die Madenhacker und sahen sie fliegen, aber das war alles. Es gab eine Unzahl von Rhinowechseln dort in den Wäldern und viele strohige Dunghaufen, aber wir sahen nichts außer den grünen Waldtauben und einigen Affen, und als wir herauskamen, waren wir bis zu den Hüften von Tau durchnäßt, und die Sonne stand ziemlich hoch. Der Tag war sehr heiß, jetzt, ehe sich ein Wind erhoben hatte, und wir wußten, daß was auch an Rhinos oder Büffeln draußen gewesen sein mochte, sich tief in den Hochwald zurückgezogen haben würde, um außerhalb der Hitze zu ruhen.

Die anderen machten sich mit Pop und M'Cola auf den Rückweg zum Lager auf. Wir hatten kein Wildbret im Lager, und ich wollte mit Droopy im Bogen zurückpirschen; vielleicht konnten wir etwas erlegen. Ich fing an, mich nach meiner Ruhr wieder wohl und kräftig zu fühlen, und es war ein Genuß, in dem leicht welligen Gelände zu gehen, einfach zu gehen und wieder jagen zu können, ohne zu wissen, worauf man stoßen würde, und das Wildbret, das wir brauchten, ungehindert schießen zu dürfen. Außerdem hatte ich Droopy gern, und ich mochte ihn gern beim Gehen beobachten. Er schritt locker aus und federte leicht, und ich mochte ihn gern beobachten und das Gras unter meinen dünnsohligen Schuhen spüren und das angenehme Gewicht des Gewehrs, dessen Lauf auf meiner Schulter ruhte und das ich dicht hinter der Mündung hielt, und die Sonne, die heiß genug war, mich ordentlich schwitzen zu lassen, während sie den Tau vom Gras aufsog, und dann kam ein Wind auf, und man ging durch das Land wie durch eine verlassene Obstplantage in New England. Ich wußte, daß ich wieder gut schoß, und ich wollte gern einen Schuß abgeben, der Droopy imponieren würde.

Vom Gipfel einer Anhöhe sahen wir zwei Kongonis, die sich auf einem Hügelhang, ungefähr eine Meile entfernt, gelb abhoben, und ich gab Droopy ein Zeichen, daß wir sie verfolgen wollten. Wir begannen den Abstieg und stießen plötzlich in einer Schlucht auf einen Wasserbock und zwei weibliche Stücke. Wasserböcke waren die einzigen Tiere, die man erlegen konnte, von denen ich wußte, daß ihr Fleisch nicht zum Essen taugte, und ich hatte bereits ein besseres Gehörn, als dieser trug. Ich visierte auf den Bock, als er davonraste, dachte an das ungenießbare Fleisch und das Gehörn, das ich hatte, und schoß nicht.

«Nicht schießen *kuro*?» fragte Droopy auf Suaheli. «*Doumi sana.* Guter Bock.»

Ich versuchte ihm klarzumachen, daß ich bereits einen besseren hatte und daß er nicht zum Essen taugte.

Er grinste. «*Piga kongoni m'uzuri.*»

Piga war ein großartiges Wort. Es klang genauso, wie der Befehl zu feuern oder die Meldung eines Volltreffers klingen sollte. *M'uzuri* bedeutete gut, wohl besser, hatte sich aber lange Zeit zu sehr wie der Name eines Staates angehört, und beim Gehen pflegte ich auf Suaheli Sätze mit Arkansas und M'uzuri zu bilden, aber jetzt kam es mir ganz natürlich vor, nicht mehr in der Anführung, genau wie alle Worte einem nach und nach als die natürlichen, passenden Worte erschienen, und es war auch nichts Merkwürdiges oder Unziemliches mehr in dem gewaltsamen Ausweiten der Ohren oder in den jedem Stamm eigentümlichen Narben oder daß ein Mann einen Speer trug. Die Stammesabzeichen und die tätowierten Stellen schienen ein natürlicher und schöner Schmuck, und ich bedauerte, daß ich nicht auch welche hatte. Meine eigenen Narben waren alle ganz unzeremonieller Art; manche spreizten sich unregelmäßig;

andere waren einfach wulstige Striemen. Ich hatte eine auf der Stirn, über die die Leute noch ihre Bemerkungen machten und mich fragten, ob ich mir den Kopf gestoßen hätte, aber Droopy hatte schöne, gutaussehende auf den Backenknochen und andere symmetrische und dekorative auf Brust und Bauch. Ich dachte gerade an die einzig wirklich gute, die ich hatte, eine Art reliefartigen Weihnachtsbaum an der Sohle meines rechten Fußes, die nur dazu diente, meine Socken schneller durchzuscheuern, als wir auf zwei Riedböcke stießen. Sie sprangen zwischen den Bäumen davon und blieben dann sechzig Meter entfernt stehen; der schmale, graziöse Bock blickte zurück, und ich traf ihn hoch und eine Spur hinter dem Blatt. Er machte einen Satz und jagte geschwind davon.

«Piga», lächelte Droopy. Wir hatten beide das Aufschlagen der Kugel gehört.

«Kufa», sagte ich zu ihm. «Tot.»

Aber als wir ihn auf der Seite liegend auffanden, klopfte sein Herz noch heftig, obschon er allem Anschein nach tot war. Droopy hatte kein Jagdmesser bei sich, und ich hatte nur ein Taschenmesser, um ihm den Fangstoß zu geben. Ich tastete mit den Fingern hinter dem Vorderlauf nach dem Herzen, und als ich es unter der Haut schlagen fühlte, ließ ich das Messer hineingleiten, aber es war kurz und schob das Herz beiseite. Ich konnte es heiß und gummiartig gegen meine Finger fühlen und fühlen, wie das Messer es fortschob, und ich tastete umher und durchschnitt die große Schlagader, und das Blut lief heiß über meine Finger. Nachdem er verblutet war, begann ich ihn mit dem kleinen Messer aufzubrechen, immer noch, um Droopy zu imponieren, und ich nahm ihn säuberlich aus, entfernte die Leber, schnitt die Galle weg und breitete die Leber auf einem kleinen Grashügel aus und legte die Nieren daneben.

Droopy ließ sich das Messer geben. Jetzt würde er mir etwas zeigen. Kunstgerecht schlitzte er den Magen auf und drehte das Innere, die Gedärmseite, nach außen, leerte das Gras, das darin war, aus auf die Erde und schüttelte ihn, dann legte er die Leber und die Nieren hinein und schnitt mit dem Messer eine Gerte von dem Baum, unter dem der Bock lag, und nähte den Magen mit der Weidenrute zusammen, so daß das Gedärm einen Sack bildete, um die anderen Delikatessen darin zu tragen. Dann schnitt er einen Ast ab und hängte den Sack an sein oberes Ende, indem er den Ast durch die Schlaufen hindurchsteckte, und er schulterte ihn in der Art, wie die Landstreicher auf den Hühneraugen-Pflaster-Plakaten von BLUE JAY in meiner Kindheit ihr ganzes Hab und Gut in einem Taschentuch am Ende eines Stocks trugen. Es war ein großartiger Trick, und es ging mir durch den Kopf, daß ich das irgendwann mal John Staib in Wyoming zeigen würde, und dann würde er sein Lächeln, das Lächeln des Tauben, lächeln (man mußte ihn mit Steinchen bewerfen, damit er stehenblieb, wenn man einen Hirsch röhren hörte), und ich wußte, was John sagen würde. Er würde sagen: «Ach Kott, Örnst, des is kanz kroße Glam.»

Droop reichte mir den Stock, dann zog er sein einziges Kleidungsstück aus, machte eine Schlinge und bugsierte den Bock auf seinen Rücken. Ich versuchte ihm zu helfen und schlug ihm durch Zeichen vor, daß wir einen Ast zurechtschneiden, ihn aufhängen und zwischen uns tragen wollten, aber er wollte ihn allein tragen. So brachen wir ins Lager auf, ich mit der Darmtasche am Ende eines Stocks über meiner Schulter, mein Gewehr übergehängt, und Droopy wankte stetig vor mir her und schwitzte heftig unter dem Bock. Ich suchte ihn dahin zu bringen, ihn in einem Baum aufzuhängen und dort zu lassen, bis wir ein paar Träger hinschicken konnten, und zu diesem Zweck brachten wir ihn in einer Baumgabelung unter. Aber als Droopy sah, daß ich vorhatte weiterzugehen und ihn dalassen wollte, anstatt ihn nur ausbluten zu lassen, holte er ihn wieder herunter und nahm ihn von neuem über die Schultern, und wir gingen weiter ins Lager, und die Boys, die um das Küchenfeuer saßen, lachten alle über die Eingeweidetasche über meiner Schulter, als wir zurückkamen.

Dies war die Sorte Jagd, die ich mochte. Keine Autofahrerei, abwechslungsreiches Gelände statt der Ebenen, und ich war völlig glücklich. Ich war richtig krank gewesen und hatte das angenehme Gefühl, daß ich jeden Tag kräftiger wurde. Ich hatte Untergewicht und einen Riesenappetit auf Fleisch und konnte soviel essen, wie ich wollte, und fühlte mich nicht vollgefressen. Jeden Tag schwitzte ich das aus, was wir abends, wenn wir am Feuer saßen, tranken, und jetzt lag ich in der Hitze des Tages im Schatten, mit einem leichten Wind in den Bäumen, und las, ohne Verpflichtung und ohne Drang zu schreiben, und war glücklich im Gedanken, daß wir um vier Uhr wieder zur Jagd aufbrechen würden. Ich schrieb noch nicht einmal einen Brief. Der einzige Mensch, aus dem ich mir außer den Kindern wirklich etwas machte, war bei mir, und ich spürte kein Verlangen, dieses Leben mit irgend jemand, der nicht hier war, zu teilen; nur leben wollte ich es, und ich war dabei vollkommen glücklich und sehr müde. Ich wußte, daß ich gut schoß, und ich hatte ein Gefühl von Wohlbefinden und Selbstvertrauen, und es ist sehr viel angenehmer, es zu haben, als davon zu hören.

Es machte sich dann so, daß wir kurz nach drei aufbrachen, um gegen vier auf dem Hügel zu sein. Aber es war beinahe fünf, ehe wir das erste Rhino geschäftig kurzbeinig über den Hügelkamm kommen sahen, fast an der gleichen Stelle, wo wir am vergangenen Abend das Rhino gesehen hatten. Wir sahen, wo es am Rand des Hochwalds hineinging in der Nähe der Stelle, wo wir die beiden Kämpfenden gesehen hatten, und dann schlugen wir einen Weg ein, der uns den Hügel hinab, durch die überwachsene Schlucht in der Tiefe und den Steilhang hinaufführte, wo ein Dornbaum mit gelben Blüten stand, der die Stelle markierte, an der wir das Rhino hatten hineingehen sehen.

Als ich steil – den Dornbusch vor mir – den Hang hinaufkam und der Wind über den Hügel wehte, suchte ich so langsam zu gehen, wie ich nur konnte, und legte ein Taschentuch innen um das Schweißband in meinem Hut, um den Schweiß von meiner Brille fernzuhalten. Jetzt mußte ich jeden Augenblick zu Schuß kommen, und ich wollte mein Tempo so weit verlangsamen, daß mein Herz nicht hämmerte. Wenn man Großwild jagt, besteht kein Grund, je danebenzuschießen, wenn man ungehinderte Sicht hat, schießen kann und weiß, wohin man schießen soll, es sei denn, man ist taumelig vom Laufen oder Klettern oder die Brille zerbricht oder ist beschlagen und man hat kein Stückchen Stoff oder Papier, um sie abzuwischen. Die Brille war die größte Gefahr, und ich pflegte vier Taschentücher bei mir zu tragen und sie von der linken in die rechte Tasche hinüberzuwechseln, wenn sie naß waren.

Wir näherten uns sehr vorsichtig dem gelbblühenden Baum wie Leute, die sich an ein Wachtelvolk anpirschen, das die Hunde durch Stehen angezeigt haben, aber das Rhino war nicht zu sehen. Wir durchstreiften den Waldsaum, der voller Wechsel und frischen Rhinodungs war, aber das Rhino war nicht da. Die Sonne war im Untergehen, und es wurde zu dunkel zum Schießen, aber wir gingen am Hochwald entlang um den Berghang und hofften, ein Rhino in einer Lichtung zu sehen. Als es zum Schießen fast zu dunkel war, sah ich, wie Droopy stehenblieb und sich hinkauerte. Mit eingezogenem Kopf gab er uns ein Zeichen, vorwärts zu gehen. Als wir herankrochen, sahen wir uns gegenüber jenseits von einem kleinen Tal ein großes Rhino und ein kleines bis über den Bauch in dichtem Gestrüpp stehen.

«Kuh und Kalb», sagte Pop leise. «Kann man nicht schießen. Ich will mir mal ihr Horn besehen.» Er nahm M'Cola das Jagdglas ab.

«Kann sie uns sehen?» fragte A. O. M.

«Nein.»

«Wie weit entfernt sind sie?»

«Müssen beinahe fünfhundert Meter sein.»

«Mein Gott, sieht die groß aus», flüsterte ich.

«Es ist ein großes Tier», sagte Pop. «Was wohl aus dem Bullen geworden ist?» Er war erfreut und erregt beim Anblick des Wildes. «Zu dunkel, um zu schießen, wenn wir nicht direkt auf ihn stoßen.»

Die Rhinos hatten kehrtgemacht und ästen. Sie schienen sich niemals langsam zu bewegen. Entweder tummelten sie sich geschäftig oder sie standen still.

«Wieso sind sie so rot?» fragte A. O. M.

«Sie wälzen sich im Lehm», antwortete Pop. «Wir machen uns besser auf den Weg, solange es noch hell ist.»

Die Sonne war untergegangen, als wir aus dem Hochwald herauskamen und den Abhang hinunter und zu dem Hügel hinüber blickten, von dem aus wir mit unseren Gläsern die Rhinos beobachtet hatten. Wir hätten zurück*tracken* und hinuntergehen, die tiefe Schlucht überqueren und die Fährte wieder hinaufklettern sollen, so wie wir gekommen waren, aber wir beschlossen wie Narren, die Bergwand unter dem Waldrand gerade zu überqueren. Also stiegen wir in der Dunkelheit, dieser eingebildeten Linie folgend, in steile Schluchten hinab, die einfach wie bewaldete Flecken aussahen, bis man in ihnen drin war, rutschten hinab, hielten uns an Schlingpflanzen fest, stolperten und kletterten und rutschten von neuem, tiefer und tiefer, dann steil und unmöglich bergan, hörten das Rascheln nächtlicher Dinge und das Husten eines Paviane jagenden Leoparden, und ich mit meiner Furcht vor Schlangen berührte jede Wurzel und jeden Ast im Dunkeln voller Schlangenangst.

Zwei Schluchten ging es auf allen vieren hinunter und hinauf, und dann hinaus ins Mondlicht, und dann kletterten wir den langen, zu steilen Bergvorsprung hinauf, einen Fuß hinter dem andern herziehend, einen Fuß hinter den andern setzend, immer nur einen Schritt auf einmal vorwärts, lehnten uns gegen den Hang und die Steigung, waren todmüde und Gewehr-überdrüssig, gingen im Gänsemarsch im Mondlicht über den Hang weiter, hinauf und zum Gipfel, wo das Gehen leicht war, wo sich das Land im Mondlicht ausbreitete, dann hinauf und hinunter und weiter, zwischen den kleinen Hügeln hindurch, müde, aber jetzt die Feuer in Sicht und weiter bis hinein ins Lager.

Und dann sitzt man wegen der Abendkühle gut verpackt ums Feuer bei einem Whisky Soda und wartet auf die Meldung, daß die Zeltbadewanne zu einem Viertel mit heißem Wasser gefüllt ist.

«Bathi B'wana.»

Und man sagt: «Verdammt noch mal, ich könnte nie wieder auf Bergschafe Jagd machen.»

«Das konnte ich nie», sagte A. O. M. «Ihr habt mich dazu gezwungen.»

«Du bist viel besser geklettert als irgendeiner von uns, verflucht noch mal.»

«Pop, glauben Sie, daß wir noch mal Bergschafe jagen könnten?»

«Schon möglich», sagte Pop. «Ich denke, es hängt von Ihrer körperlichen Verfassung ab.»

«Diese Fahrerei in den verdammten Autos ruiniert uns.»

«Wenn wir jeden Abend solch einen Weg machten, würden wir am dritten Abend zurückkommen und überhaupt nichts davon spüren.»

«Ja. Aber ich hätte genau dieselbe Angst vor Schlangen, wenn wir's ein ganzes Jahr lang jeden Abend täten.»

«Die würden Sie überwinden.»

«Nein», sagte ich. «Sie jagen mir Todesangst ein. Erinnern Sie sich noch an damals, als sich unsere Hände hinter dem Baum berührten?»

«Und ob», sagte Pop. «Sie sprangen zwei Meter weit. Haben Sie wirklich Angst vor ihnen, oder ist es nur Gerede?»

«Nein», sagte ich. «Ich habe Todesangst vor ihnen. Das war schon immer so.»

«Was ist denn mit euch Männern los?» sagte A. O. M. «Wieso hab ich heute abend denn noch nichts vom Krieg gehört?»

«Wir sind zu müde. Waren Sie im Krieg, Pop?»

«Ich doch nicht», sagte Pop. «Wo ist denn der Boy mit dem Whisky?» Dann rief er in jenem schwachsinnigen, clownhaften Falsett: «Kayti . . . Katy-ay!»

«Bathi», sagte Molo von neuem sanft, aber beharrlich.

«Zu müde.»

«Memsahib, bathi», sagte Molo hoffnungsvoll.

«Ich werde gehen», sagte A. O. M. «Aber ihr beiden beeilt euch mit euerm Whisky. Ich hab Hunger.»

«Bathi», sagte Kayti streng zu Pop.

«*Bathi* selber», sagte Pop. «Laß mich in Ruhe.»

Kayti wandte sich ab mit einem vom Feuerschein erhellten, schiefen Lächeln.

«Schön, schön», sagte Pop. «Trinken Sie was», fragte er.

«Wir wollen nur schnell einen trinken», sagte ich, «und dann machen wir *bathi*.»

«Bathi B'wana M'Kumba», sagte Molo. A. O. M. kam aufs Feuer zu; sie trug ihren blauen Morgenrock und ihre Moskitostiefel.

«Los, geht», sagte sie. «Ihr könnt doch noch einen trinken, wenn ihr rauskommt. Es gibt schönes, warmes, trübes Wasser.»

«Die geben uns keine Ruhe», sagte Pop.

«Erinnerst du dich noch, als wir auf Bergschafe Jagd machten und dein Hut weggeweht wurde und beinahe auf dem Widder landete?» fragte ich sie. Der Whisky hetzte mich in der Erinnerung nach Wyoming zurück.

«Los, nimm dein *bathi*», sagte A. O. M. «Ich werde einen Gimlet trinken.»

Am Morgen waren wir vor Tageslicht angezogen, aßen Frühstück und pirschten, ehe die Sonne aufging, am Waldrand entlang und in den tiefen Tälern, wo Droopy die Büffel gesehen hatte. Aber sie waren nicht da. Es war eine langwierige Jagd, und wir kamen ins Lager zurück und beschlossen, die Lastwagen nach unseren Trägern auszuschicken und uns mit einer Fuß-Safari an eine Stelle zu begeben, wo Wasser in einem Bach sein sollte, der aus dem Berg herunterkam, jenseits von der Stelle, wo wir am vergangenen Abend die Rhinos gesehen hatten. Wenn wir dort lagerten, konnten wir in einem neuen Gebiet längs des Waldsaums jagen, und wir würden dem Berg um so viel näher sein.

Die Lastwagen sollten Karl aus seinem Kudu-Lager herbringen, da er anscheinend die Sache über hatte oder entmutigt war oder beides, und am nächsten Tag konnte er dann ins Rifttal hinuntersteigen und Wildbret erlegen und versuchen, einen Oryx zu bekommen. Falls wir gute Rhinos fanden, wollten wir ihn benachrichtigen. Wir wollten dort, wo wir hingingen, außer auf Rhinos keinen Schuß abgeben, um sie nicht zu verschrecken, und wir brauchten Fleisch. Die Rhinos waren anscheinend sehr scheu, und ich wußte aus Wyoming, daß all das scheue Wild nach ein oder zwei Schüssen aus einem kleinen Gebiet, in dem ein Mann jagen kann, hinauswechselt, ob das Gebiet nun ein Landstrich, ein Tal oder eine Hügelkette ist. Wir hatten all dies ganz genau geplant; Pop hatte mit Droopy beratschlagt, und dann schickten wir die Lastwagen mit Dan aus, um Träger anzuwerben.

Am späten Nachmittag waren sie mit Karl und seinem gesamten Zubehör und vierzig M'Bulus zurück, gut aussehenden Wilden mit einem schwadronierenden Anführer, der als einziger von ihnen Shorts anhatte. Karl war mager geworden, seine Haut bleich, und um die Augen herum sah er sehr müde aus, und er schien ein bißchen verzweifelt zu sein. Er war acht Tage in dem Kudu-Lager in den Hügeln gewesen, hatte angestrengt gejagt und niemand dabei gehabt, der Englisch sprach, und sie hatten nur zwei Kühe gesehen und einen Bock außer Schußweite aufgestöbert. Die Führer behaupteten, sie hätten noch einen zweiten Bock gesehen, aber Karl hatte geglaubt, es sei ein Kongoni, oder daß sie gesagt hätten, es sei ein Kongoni, und hatte nicht geschossen. Er war verbittert darüber, und es war keine erfreuliche Expedition gewesen.

«Ich hab nicht einmal seine Hörner gesehen. Ich glaube nicht, daß es ein Bock gewesen ist», sagte er.

Kudu-Jagd war jetzt ein heikles Thema bei ihm, und wir rührten nicht daran.

«Er wird dort unten einen Oryx erwischen, und dann wird sich seine Stimmung wieder bessern», sagte Pop. «Es ist ihm ein bißchen auf die Nerven gegangen.»

Karl war mit dem Plan, daß wir in das neue Jagdgebiet vorausgingen und er im Tal Wildbret beschaffen würde, einverstanden.

«Wie ihr meint», sagte er. «Ganz wie ihr meint.»

«Dort wird er zu Schuß kommen», sagte Pop. «Dann wird er wieder besserer Stimmung sein.»

«*Wir* werden einen kriegen. Dann kriegst *du* einen. Der, der zuerst einen kriegt, kann hinunter und Oryx jagen. Wahrscheinlich kriegst du morgen in jedem Fall einen Oryx, wenn du auf Fleisch jagst.»

«Wie ihr meint», sagte Karl. Seine Gedanken kreisten verbittert um acht leere, ereignislose Klettertage in der Hitze; draußen vor Morgengrauen, zurück bei Dunkelheit, auf der Jagd nach einem Tier, dessen Suaheli-Namen er damals nicht behalten konnte, mit *trackern*, zu denen er kein Vertrauen hatte; dann kam er zurück, um allein zu essen, niemand, mit dem er sich unterhalten konnte, seine Frau neuntausend Meilen und drei Monate entfernt, und wie mochte es wohl seinem Hund gehen, und was machte seine Arbeit, und, verflucht noch mal, wo waren sie, und was war, wenn er daneben schoß, wenn er zu Schuß kam? Das würde er nicht; man schoß niemals daneben, wenn es wirklich wichtig war, davon war er überzeugt; das war einer seiner Glaubensgrundsätze; aber was war, wenn er sich aufregte und danebenschoß, und warum kriegte er keine Briefe, warum hatten die Führer damals Kongoni gesagt, sie hätten; er wußte, daß sie es gesagt hatten, aber er sagte nichts von alldem, sondern nur ein bißchen verzweifelt: «Wie ihr meint.»

«Los doch, sei vergnügt, du blöder Kerl, du», sagte ich.

«Ich bin ganz vergnügt. Was ist denn mit dir los?»

«Trink was.»

«Ich will nichts trinken. Ich will einen Kudu.»

Später sagte Pop: «Ich dachte, allein würde er Erfolg haben, wenn keiner ihn zur Eile antreibt oder ihn nervös macht. Er wird schon wieder zurechtkommen. Er ist ein guter Kerl.»

«Er braucht jemand, der ihm genau sagt, was er tun soll, und der ihn dabei doch zufrieden läßt und ihn nicht aufzieht», sagte ich. «Es ist scheußlich für ihn, vor uns allen zu schießen. Er ist kein so verdammter Großkotz wie ich.»

«Er hat damals den Leoparden mit einem verdammt guten Schuß erlegt», sagte Pop.

«Alle beide», sagte ich. «Der zweite war so gut wie der erste. Und ob er schießen kann! Auf dem Schießstand würde er uns alle in die Tasche stecken. Aber er macht sich Gedanken, und ich bring ihn durcheinander, wenn ich versuche, ihn in Trab zu bringen.»

«Manchmal sind Sie ein bißchen streng mit ihm», sagte Pop.

«Teufel noch mal, er kennt mich doch. Er weiß, was ich von ihm halte. Das macht ihm nichts aus.»

«Ich glaube trotzdem, daß er sich allein am ehesten wieder zurechtfindet», sagte Pop. «Es ist eine Frage des Selbstvertrauens. Er schießt ja tatsächlich ausgezeichnet.»

«Verflucht noch mal, er hat jetzt den besten Büffel, den besten Wasserbock und den besten Löwen», sagte ich. «Er braucht sich wahrhaftig nicht so anzustellen.»

«Die Memsahib hat den besten Löwen, Freundchen. Nur keinen Irrtum hierüber.»

«Das freut mich. Aber er hat einen Mordslöwen und einen riesigen Leoparden. Alles, was er hat, ist gut. Wir haben reichlich Zeit. Er braucht sich wahrhaftig nicht so zu haben. Worüber ist er denn so schlechter Laune, in drei Teufels Namen?»

«Wir wollen morgen früh zeitig aufbrechen, damit wir's hinter uns haben, ehe es für die kleine Memsahib zu heiß wird.»

«Sie ist von uns allen am besten in Form.»

«Sie ist fabelhaft. Sie ist wie ein kleiner Terrier.»

Wir gingen an jenem Nachmittag hinaus und suchten das Land mit unseren Jagdgläsern von den Hügeln her ab und sahen rein gar nichts. An jenem Abend waren wir nach dem Abendessen im Zelt. A. O. M. konnte es auf den Tod nicht leiden, wenn man sie mit einem kleinen Terrier verglich. Wenn sie schon wie irgendein Hund sein sollte, und sie wollte es keineswegs, hätte sie einen Wolfshund vorgezogen, etwas Mageres, Rassiges, Langbeiniges und Dekoratives. Mut war für sie etwas so Selbstverständliches und so ganz und gar ein einfacher Daseinszustand, daß sie niemals an Gefahr dachte; außerdem war Gefahr Pops Sache, und für Pop hegte sie eine unbedingte, klarsichtige, vertrauensvolle Bewunderung. Pop war ihr Ideal von einem Mann, so wie er sein sollte, behutsam, ulkig, niemals launisch, niemals großsprecherisch, niemals sich beklagend außer im Scherz, verständnisvoll, intelligent, und er trank ein bißchen über den Durst, wie ein richtiger Mann es soll, und in ihren Augen sah er sehr gut aus.

«Findest du nicht, daß Pop gut aussieht?»

«Nein», sagte ich. «Droopy sieht gut aus.»

«Droopy ist schön. Aber findest du *wirklich* nicht, daß Pop gut aussieht?»

«Verflucht noch mal. Ich hab ihn so gern wie irgendwen, der mir je begegnet ist, aber der Teufel soll mich holen, wenn der gut aussieht.»

«Ich finde, er sieht wunderbar aus. Aber du kannst doch meine Gefühle für ihn verstehen, nicht wahr?»

«Gewiß. Ich hab den Kerl genauso gern wie du.»

«Aber findest du wirklich nicht, daß er gut aussieht?»

«Nö.» Dann ein bißchen später: «Na, und wen findest *du* gutaussehend?»

«Belmonte und Pop. Und dich.»

«Nur keinen Lokalpatriotismus», sagte ich. «Wer ist eine schöne Frau?»

«Garbo.»

«Nicht mehr. Josie, ja. Margot, ja.»

«Ja, das sind sie. Ich weiß, daß ich keine bin.»

«Du bist wunderbar.»

«Wir wollen über Mr. J. P. reden. Ich mag nicht, daß du ihn Pop nennst. Das ist irgendwie nicht würdevoll.»

«Er und ich, wir zwei sind nicht würdevoll miteinander.»

«Ja, aber ich bin's nicht ihm gegenüber. Findest du nicht, daß er fabelhaft ist?»

«Ja, und er braucht nicht die Bücher von einem Frauenzimmer zu lesen, um deren Veröffentlichung er sich bemüht hat und die jetzt sagt, wie gemein er ist.»

«Sie ist einfach eifersüchtig und boshaft. Du hättest ihr niemals helfen sollen. Manche Leute verzeihen so was nie.»

«Es ist aber doch 'ne Affenschande, daß aus all diesem Talent Bosheit und Dummheit und Eigenlob geworden ist. Wahrhaftig, es ist eine Mordsschande. Es ist eine Schande, daß du sie nicht gekannt hast, ehe sie vor die Hunde ging. Weißt du, eines war komisch. Sie konnte niemals Dialog schreiben. Es war grauenhaft. Sie hat durch mein Zeugs gelernt, wie man's macht, und sie hat es in dem Buch benutzt. Sie hatte niemals vorher so geschrieben. Sie konnte es mir nicht verzeihen, daß sie das von mir gelernt hat, und ihr war himmelangst, daß man bemerken würde, wo sie's herhatte, darum mußte sie mich angreifen. Eigentlich ist es ein großer Schwindel. Aber Ehrenwort, sie war verdammt nett, ehe sie ehrgeizig wurde. Damals hättest du sie gemocht, wirklich.»

«Vielleicht, aber ich glaube es nicht», sagte A. O. M. «Aber wir haben doch unseren Spaß, nicht wahr? Auch ohne all diese Leute.»

«Verflucht, und ob wir den haben! Solange ich denken kann, hat es mir jedes Jahr mehr Spaß gemacht.»

«Und ist Mr. J. P. nicht fabelhaft? Ich meine *wirklich*?»

«Ja. Er ist fabelhaft.»

«Ach, das ist nett von dir, daß du das sagst. Der arme Karl.»

«Warum?»

«Ohne seine Frau.»

«Ja», sagte ich. «Der arme Karl.»

2

Am Morgen brachen wir also wieder vor den Trägern auf und gingen hinunter und über die Hügel und durch ein stark bewaldetes Tal und dann hinauf und über weit ansteigendes Land mit hohem Gras, das das Gehen erschwerte, und weiter und hinauf und hindurch, ruhten uns manchmal im Schatten eines Baumes aus und dann weiter und hinauf und hinab und hindurch, jetzt alles im hohen Gras, durch das man sich einen Pfad bahnen mußte, und die Sonne war sehr heiß. Wir fünf, einer hinter dem andern; Droopy und M'Cola je mit einem großen Gewehr, mit Taschen und Wasserflaschen und fotografischen Apparaten behangen; wir schwitzten alle in der Sonne, Pop und ich mit Gewehren, und die Memsahib, die versuchte, wie Droopy zu gehen, ihren Stetson auf einer Seite aufgeschlagen, glücklich, unterwegs zu sein, erfreut, wie bequem ihre Stiefel waren, so kamen wir schließlich an ein Dornbaumdickicht über einer Schlucht, die seitlich an einer Hügelkette zum Wasser hinunterlief, und wir lehnten die Gewehre gegen die Bäume und gingen in ihren tiefen Schatten und legten uns auf den Boden. A. O. M. holte die Bücher aus einem der Säcke heraus, und sie und Pop lasen, während ich der Schlucht hinab folgte zu dem kleinen Wasserlauf, der aus der Bergwand kam, und ich fand eine frische Löwenfährte und viele Rhinotunnels in dem hohen Gras, das einem bis über den Kopf ging. Es war sehr heiß, als ich die sandige Schlucht wieder hinaufkletterte, und ich war froh, als ich meinen Rücken gegen den Baumstamm lehnte und in Tolstojs *Sewastopol* las. Es war ein sehr jugendliches Buch und enthielt eine großartige Darstellung von einem Gefecht, wo die Franzosen die Schanze stürmten, und ich dachte über Tolstoj nach und darüber, was doch das Erlebnis eines Krieges für ein großer Vorteil für einen Schriftsteller ist. Krieg war eines der größten Themen und bestimmt eines der schwierigsten, um wahrhaft darüber zu schreiben, und jene Schriftsteller, die keinen miterlebt hatten, waren immer sehr neidisch und suchten den Anschein zu erwecken, als sei er ein unwichtiges oder anomales oder krankhaftes Thema, während er tatsächlich etwas durch nichts zu Ersetzendes ist, was ihnen entgangen war. Dann ließ mich Sewastopol an den Boulevard Sébastopol in Paris denken, wie ich ihn auf dem Heimweg von Straßburg im Regen hinuntergeradelt war, und an die Glitschigkeit der Straßenbahngleise und das Gefühl im Verkehr, im Regen auf dem öligen, glitschigen Asphalt und auf dem Kopfpflaster zu radeln, und wie wir damals ganz dicht am Boulevard du Temple gewohnt hatten, und ich erinnerte mich an das Aussehen jener Wohnung, an die ganze Anordnung und die Tapeten, und statt dessen hatten wir das obere Stockwerk von dem Gartenhäuschen in Notre-Dame des Champs mit der Sägemühle in dem Hof genommen *(und das plötzliche Jammern der Säge, der Geruch von Sägemehl und der Kastanienbaum über dem Dach und die verrückte Frau im Erdgeschoß unter uns)*, und das Jahr, wie wir Geldsorgen hatten *(alle Geschichten kamen mit ablehnenden Zeilen, in denen man sie niemals Geschichten nannte, sondern immer Anekdoten, Skizzen, Novellen etc., mit der Post zurück, die durch einen Schlitz in der Sägemühlentür gesteckt wurde. Niemand wollte sie, und wir lebten von Lauch und tranken Cahors mit Wasser)*, und wie wunderbar die Brunnen auf der Place de l'Observatoire waren *(Wasserglanz rieselte auf der Bronze von Pferdemähnen, bronzenen Brüsten und Schultern, grün unter spärlich fließendem Wasser)* und als man dann die Brüste von Flaubert im Luxembourg auf dem Weg quer durch die Gärten zur Rue Soufflot aufstellte *(einer, an den wir glaubten, den wir kritiklos liebten, jetzt gewichtig in Stein, wie ein Idol sein soll)*. Er hatte keinen Krieg mitgemacht, aber er hatte eine Revolution und die Commune mitgemacht, und eine Revolution ist bei weitem das beste – falls man nicht zum Fanatiker wird –, weil alle die gleiche Sprache sprechen. Gerade wie ein Bürgerkrieg für einen Schriftsteller der beste, weil der absoluteste Krieg ist. Stendhal hatte einen Krieg mitgemacht, und Napoleon hatte ihn schreiben gelehrt. Er lehrte damals alle, aber niemand außer ihm lernte etwas. Dostojewski wurde durch die Verschickung nach Sibirien zu dem, was er war. Schriftsteller werden in Ungerechtigkeit geschmiedet, wie ein Schwert geschmiedet wird. Ich überlegte, ob wohl ein Schriftsteller aus Tom Wolfe werden würde, ob es ihm den notwendigen Schock geben würde, um den Überfluß an Worten einzudämmen und ihm ein Gefühl von Proportion zu geben, wenn man ihn nach Sibirien oder nach den Dry Tortugas schickte. Vielleicht ja, und vielleicht auch nicht. Er schien traurig zu sein, wirklich wie Carnera. Tolstoj war ein kleiner Mann. Joyce war von mittlerer Größe, und er verdarb sich die Augen. Und jener letzte Abend, betrunken mit Joyce, und die Stelle von Edgar Quinet, die er immer wieder zitierte: *«Fraîche et rose comme au jour de la bataille.»* Ich kriegte es nicht richtig zusammen, das wußte ich. Und wenn man ihn traf, nahm er ein Gespräch dort wieder auf, wo man es vor drei Jahren abgebrochen hatte. Es war schön, in unserer Zeit einen großen Schriftsteller zu kennen.

Was ich tun mußte, war arbeiten. Es kümmerte mich nicht sonderlich, was dabei herauskam. Ich nahm mein eigenes Leben nicht mehr so wichtig, das Leben von jedem andern ja, aber nicht mein eigenes. Sie wollten alle etwas, was ich nicht wollte, und ich würde es bekommen, ohne es zu wollen, wenn ich arbeitete. Arbeiten war das einzige; es war das einzige, das einem immer ein gutes Gefühl gab, und zwischendurch war es mein eigenes verfluchtes Leben, und ich würde es führen, wie und wo es mir paßte. Und wo ich es jetzt hingeführt hatte, gefiel es mir außerordentlich gut. Dies war ein besserer Himmel als der italienische Quatsch! Den besten Himmel gab's in Italien und Spanien und im nördlichen Michigan im Herbst und im Herbst im Golf von Kuba. Diesen Himmel hier konnte man übertreffen, aber nicht das Land.

Alles, was ich jetzt wollte, war, nach Afrika zurückkommen. Wir hatten es noch nicht verlassen, aber wenn ich nachts aufwachte, lag ich lauschend da, bereits voller Heimweh danach.

Jetzt, als ich aus dem Tunnel von Bäumen oberhalb der Schlucht in den Himmel mit den weißen, im Wind vorüberwehenden Wolken blickte, liebte ich das Land so, daß ich glücklich war, wie man es ist, nachdem man mit einer Frau, die man wirklich liebt, zusammen war, wenn man es in der Leere wieder aufwallen fühlt und es da ist und man es nie ganz haben kann, und doch, was jetzt da ist, kann man haben, und man will mehr und mehr, um es zu haben und zu sein und darin aufzugehen, noch einmal zu besitzen für immer, für jenes lange, plötzlich endende Immer, so daß die Zeit stillsteht, manchmal so vollkommen still, daß man danach darauf wartet, zu hören, daß sie sich bewegt und sie lange braucht, bis sie beginnt. Aber du bist nicht allein, denn wenn du sie jemals wirklich geliebt hast, beglückt und ohne Tragik, liebt sie dich immer; einerlei, wen sie liebt oder wohin sie geht, dich liebt sie mehr. Darum bist du, wenn du einmal irgendeine Frau oder irgendein Land geliebt hast, sehr glücklich daran, und wenn du hernach stirbst, macht es nichts aus. Jetzt, als ich in Afrika war, hungerte ich bereits nach mehr, dem Wechsel der Jahreszeiten, der Regenperiode, ohne weiter zu müssen, den Unbequemlichkeiten, die man in Kauf nahm, damit alles Wirklichkeit erhielt, den Namen von Bäumen, kleinen Tieren und allen Vögeln, die Sprache zu lernen und Zeit zu haben, um richtig dort zu sein und gemächlich zu reisen. Mein ganzes Leben über liebte ich das Land; das Land war immer besser als die Leute. Ich konnte immer nur sehr wenige Menschen auf einmal gern haben.

A. O. M. schlief. Sie sah immer reizend aus, wenn sie schlief. Sie schlief ruhig, in sich zusammengerollt wie ein Tier, ohne etwas von dem toten Aussehen zu haben, das Karl beim Schlafen hatte. Pop schlief auch ruhig; man konnte sehen, daß seine Seele sich in seinem Körper beengt fühlte. Sein Körper beherbergte sie nicht mehr richtig. Er hatte sich entwickelt und gewandelt, sich da verdickt, seine Umrisse verloren, war dort ein bißchen aufgeschwemmt, aber innerlich war er jung und schlank und groß und hart wie damals, als er auf der Ebene unterhalb von Wami Löwen nachgaloppierte, und die Säcke unter seinen Augen waren nur äußerlich, so daß ich ihn jetzt, als er schlief, so sah, wie ihn A. O. M. immer sah. M'Cola war ein schlafender alter Mann ohne Geschichte und ohne Geheimnis. Droopy schlief nicht. Er saß auf seinen Hacken und hielt nach der Safari Ausschau.

Wir sahen sie in weiter Ferne herankommen. Zuerst zeigten sich nur die Kisten gerade über dem hohen Gras, dann eine Reihe Köpfe; dann waren sie in einer Mulde, und nur die Spitze eines Speers blitzte in der Sonne; dann kamen sie eine Bodenerhebung herauf, und ich konnte die auseinandergezogene Linie auf uns zukommen sehen. Sie waren ein bißchen zu weit nach links gegangen, und Droopy winkte, damit sie auf uns zuhielten. Sie schlugen ihr Lager auf; Pop ermahnte sie, leise zu sein, und wir saßen unter dem Eßzelt und machten es uns auf unseren Stühlen bequem und unterhielten uns. An jenem Abend gingen wir jagen und sahen nichts. Am nächsten Morgen gingen wir jagen und sahen nichts, und am nächsten Abend ebenfalls. Es war sehr interessant, aber es kam nichts dabei heraus. Der Wind blies scharf aus Osten, und das Land war von kurzen Hügelketten durchbrochen, die dicht unterm Wald begannen, so daß man nicht darüber hinaus konnte, ohne daß der Wind einem die Witterung voraustrug und alles gewarnt war. Am Abend konnte man weder in die Sonne sehen noch auf die dunkel beschatteten Hügelhänge im Westen, hinter denen die Sonne unterging, wenn die Rhinos aus dem Hochwald kamen, so daß abends alles westlich gelegene Gelände ausfiel, und auf dem Gelände, wo wir jagen konnten, fanden wir nichts. Wildbret bekamen wir aus Karls Lager durch einige Träger, die wir hingeschickt hatten. Sie kamen verstaubt zurück und trugen ganze Viertel von Gnus, Tommy- und Grantantilopen, von der Sonne ausgedörrtes Fleisch, und die Träger waren zufrieden, hockten um die Feuer und brieten das

Fleisch an Stöcken. Pop stand vor einem Rätsel: wieso waren die Rhinos alle verschwunden? Jeden Tag hatten wir weniger gesehen, und wir diskutierten, ob es wegen des Vollmondes sein könne, daß sie nachts draußen ästen und vor der Dämmerung morgens bereits wieder im Hochwald waren, oder ob sie Wind von uns bekamen oder die Leute hörten und einfach scheu waren und im Hochwald blieben, oder was es sonst war. Ich stellte die Theorien auf, und Pop durchlöcherte sie mit seinem Witz; manchmal zog er sie aus Höflichkeit in Erwägung, manchmal mit Interesse, wie die über den Mond.

Wir gingen früh zu Bett, und nachts regnete es ein wenig, kein richtiger Regen, sondern ein Schauer von den Bergen her, und morgens waren wir vor Tagesgrauen auf und zu der Spitze der steilen, grasbedeckten Hügelkette hinaufgeklettert, die auf das Lager, auf die Schlucht des Flußbettet hinunter und hinüber zu dem steilen, gegenüberliegenden Ufer des Stroms blickte und von wo wir all die hügeligen Abhänge und den Rand des Hochwalds sehen konnten. Es war noch nicht hell, als einige Gänse über uns hinwegflogen, und das Licht war noch zu fahl, um den Rand des Hochwalds klar durch die Jagdgläser sehen zu können. Wir hatten Späher auf drei verschiedenen Hügelkuppen, und wir warteten darauf, daß es hell genug für uns sein würde, um sie zu sehen, falls sie uns Zeichen gaben.

Dann sagte Pop: «Sehen Sie sich den Scheißkerl da an», und rief M'Cola zu, die Gewehre zu bringen. M'Cola jagte in Sprüngen den Abhang hinab, und jenseits des Flusses, direkt uns gegenüber, lief ein Rhino in schnellem Trab auf der Uferböschung entlang. Während wir beobachteten, legte es Tempo zu und kam in schnellem Trott schräg die Böschung herunter. Es war lehmig-rot, sein Horn war deutlich zusehen, und da war nichts Schwerfälliges in seinen schnellen, zweckvollen Bewegungen. Ich war sehr aufgeregt, als ich es sah.

«Es wird den Fluß überqueren», sagte Pop. «Es ist jagdbar.»

M'Cola reichte mir die Springfield, und ich öffnete sie, um mich zu vergewissern, daß ich Vollmantelgeschosse geladen hatte. Jetzt war das Rhino außer Sicht, aber ich sah, wie das Hochgras schwankte.

«Wie weit würden Sie schätzen?»

«Dicht an die dreihundert.»

«Ich werde den Scheißkerl erledigen.»

Ich beobachtete, ließ mich innerlich bewußt erstarren, drosselte meine Erregung ab, wie man ein Ventil schließt, und versetzte mich in jenen unpersönlichen Zustand, in dem man schießt.

Es kam zum Vorschein, als es in den flachen, geröllgefüllten Fluß hineintrottete. Ich hatte nur eines im Kopf, daß der Schuß durchaus möglich war, aber daß ich es einholen und überholen müsse, ich kam an es heran, dann ihm ein gutes Stück voraus und drückte ab. Ich hörte das Pfeifen der Kugel, und es schien aus seinem Trott nach vorn zu explodieren. Mit einem wütenden Schnauben brach es rasend vorwärts, spritzte Wasser um sich und schnaubte. Ich schoß wieder und ließ eine kleine Wassersäule hinter ihm aufsteigen, und schoß noch einmal, als es ins Gras hineinging, wieder hinter ihm.

«Piga», sagte M'Cola. *«Piga.»*

Droopy war derselben Meinung.

«Haben Sie es getroffen?» fragte Pop.

«Bestimmt», sagte ich. «Ich glaube, ich habe es getroffen.»

Droopy rannte los, und ich lud von neuem und rannte hinter ihm her. Das halbe Lager war über die Hügel verteilt und schrie und winkte. Das Rhino war direkt unter ihnen durchgekommen und weitergelaufen, das Tal hinauf, der Stelle zu, wo sich der Hochwald bis dicht an das obere Ende des Tals erstreckte.

Pop und A. O. M. kamen heran, Pop mit seinem großen Gewehr und M'Cola, der meins trug.

«Droopy wird die Spur aufnehmen», sagte Pop. «M'Cola schwört, Sie hätten es getroffen.»

«Piga», sagte M'Cola.

«Es schnaufte wie eine Dampfmaschine», sagte A. O. M. «Sah es nicht wunderbar aus, wie es dort langlief?»

«Es hatte sich auf dem Heimweg mit der Milch verspätet», sagte Pop. «Sind Sie *sicher*, daß Sie es getroffen haben? Es war ein gemein weiter Schuß.»

«Ich *weiß*, daß ich es getroffen habe, und ich bin *ziemlich* sicher, daß ich es umgelegt habe.»

«Erzählen Sie's niemandem, falls es wirklich so ist», sagte Pop. «Das glaubt Ihnen kein Mensch. Achtung! Droopy hat Schweiß gefunden.»

Unten im hohen Gras hielt Droopy uns einen Grashalm entgegen. Dann spürte er gebückt schnell der Schweißspur nach.

«Piga», sagte M'Cola. *«M'uzuri.»*

«Wir wollen hier oben bleiben, wo wir es sehen können, falls es ausbricht», sagte Pop. «Sehen Sie sich mal Droopy an.»

Droopy hatte seinen Fes abgenommen und hielt ihn in der Hand.

«Das sind alle Vorsichtsmaßnahmen, die er benötigt», sagte Pop. «Wir bringen ein paar schwere Gewehre mit, und Droopy folgt ihm da hinein mit einem Kleidungsstück weniger.»

Unter uns waren Droopy und sein Kamerad, der mit ihm die Spur aufgenommen hatte, stehengeblieben. Droopy hielt die Hand hoch.

«Sie hören es», sagte Pop. «Kommen Sie.»

Wir hielten auf sie zu. Droopy kam uns entgegen und sagte etwas zu Pop.

«Es ist dort drin», flüsterte Pop. «Sie können die Madenhacker hören. Einer der Boys sagt, er hätte auch den *faro* gehört. Wir gehen hinein gegen den Wind. Gehen Sie mit Droopy voran. Die Memsahib soll hinter mir bleiben. Nehmen Sie die große Büchse. Gut so.»

Das Rhino war im Hochgras, irgendwo da drin hinter einigen Büschen. Während wir vorwärts gingen, hörten wir etwas wie ein tiefes, jammerndes Stöhnen. Droopy blickte sich nach mir um und grinste. Das Geräusch kam von neuem und endete diesmal wie ein in Blut erstickter Seufzer. Droopy lachte. Er flüsterte *«Faro»* und legte die offene Handfläche seitwärts an den Kopf, in der Gebärde, die einschlafen bedeutet. Dann sahen wir die Madenhacker, eine ruckartig fliegende, scharfschnäblige Schar, sich erheben und davonfliegen. Wir wußten, wo es war, und als wir langsam vorwärts gingen und das hohe Gras teilten, sahen wir es. Es lag auf der Seite – tot.

«Schießen Sie lieber noch mal, um ganz sicher zu sein», sagte Pop.

M'Cola reichte mir die Springfield, die er getragen hatte. Ich bemerkte, daß der Hahn gespannt war, warf M'Cola einen wütenden Blick zu, kniete hin und gab den Fangschuß ab. Es bewegte sich nicht. Droopy schüttelte mir die Hand und M'Cola auch.

«Er hatte die verdammte Springfield gespannt», sagte ich zu Pop. Das gespannte Gewehr in meinem Rücken machte mich fuchsteufelswild.

Das war M'Cola völlig egal. Er war sehr zufrieden, streichelte das Horn des Rhinos, maß es mit gespreizten Fingern und suchte nach dem Einschuß.

«Der ist auf der Seite, auf der es liegt», sagte ich.

«Sie hätten ihn sehen sollen, wie er Mama beschützt hat», sagte Pop. «Deswegen hatte er das Gewehr schußbereit.»

«Kann er schießen?»

«Nein», sagte Pop. «Aber er *hätte* geschossen.»

«Jawohl, mir in den Hosenboden», sagte ich. «Sentimentaler Affe.»

Als die ganze Gesellschaft herankam, rollten wir das Rhino in eine Art von kniender Positur und schnitten das Gras weg, um ein paar Aufnahmen zu machen. Der Einschuß war ziemlich hoch im Rükken, ein bißchen hinter der Lunge.

«Das war ein verteufelter Schuß», sagte Pop. «Ein verteufelter Schuß. Erzählen Sie nur nie jemand, daß Sie das geschafft haben.»

«Sie müssen mir eine Beglaubigung ausstellen.»

«Das würde uns nur beide zu Lügnern stempeln. Sind merkwürdige Biester, was?»

Da lag es, lang-rumpfig, schwer-flankig, prähistorisch aussehend, die Haut wie vukanisierter Hartgummi und eine Spur durchsichtig aussehend, von einer schlecht geheilten Hornwunde, an der die Vögel herumgepickt hatten, entstellt, mit dickem, rundem, zugespitztem Schwanz – und platte, vielbeinige Zecken krochen auf ihm herum –, Haarfransen an den Ohren, mit winzigen Schweinsaugen. Moos wuchs an der Basis seines Horns, das von seiner Nase aus vorwärts wuchs. M'Cola sah es an und schüttelte den Kopf. Ich war seiner Meinung: Dies war schon ein verteufeltes Biest.

«Wie ist das Horn?»

«Nicht schlecht», sagte Pop. «Es ist nichts Besonderes, aber das war schon ein verteufelter Schuß, Bruderherz, mit dem Sie's erlegt haben.»

«M'Cola freut sich darüber», sagte ich.

«Und du selbst freust dich nicht zu knapp», sagte A. O. M.

«Ich freu mich wie verrückt», sagte ich. «Aber laßt mich nicht erst loslegen. Macht euch keine Gedanken über meine Gefühle. Ich kann jede Nacht aufwachen und daran denken.»

«Und ein guter *tracker* und ein verteufelt guter Hühnerschütze sind Sie außerdem», sagte Pop. «Den Rest können *Sie* uns erzählen.»

«Laßt mich zufrieden. Das hab ich nur einmal gesagt, als ich betrunken war.»

«Einmal?» sagte A. O. M. «Erzählt er uns das nicht jeden Abend?»

«Weiß Gott, ich *bin* ein ausgezeichneter Hühnerschütze.»

«Erstaunlich», sagte Pop. «Das hätte ich nie gedacht. Was können Sie denn sonst noch?»

«Ach, schert euch zum Teufel!»

«Er darf sich nie darüber klarwerden, was für ein Schuß das war, sonst wird er völlig unausstehlich», sagte Pop zu A. O. M.

«M'Cola und ich wissen es», sagte ich.

M'Cola kam heran: *«M'uzuri B'wana»*, sagte er. *«M'uzuri sana.»*

«Er glaubt, Sie hätten es mit Absicht getroffen», sagte Pop.

«Sagen Sie ihm nicht etwa das Gegenteil.»

«Piga m'uzuri», sagte M'Cola. *«M'uzuri.»*

«Ich glaube, er fühlt genau das gleiche wie Sie», sagte Pop.

«Er ist mein Freund.»

«Wissen Sie, ich glaube, daß er das ist», sagte Pop.

Auf unserem Rückweg querfeldein zum Hauptlager gab ich aus ungefähr zweihundert Meter Entfernung einen Bravourschuß auf einen Riedbock freihändig ab und zerschoß ihm den Hals an der

Schädelbasis. M'Cola war höchst erfreut, und Droopy war entzückt. «Wir müssen ihm einen Dämpfer aufsetzen», sagte Pop zu A. O. M. «Wo haben Sie tatsächlich hingehalten?»

«Auf den Hals», log ich. Ich hatte mitten aufs Blatt gezielt.

«Es sah fabelhaft aus», sagte A. O. M. Die Kugel hatte beim Aufschlag ein Geräusch gemacht wie ein Baseballschläger, der auf einen schnellen Ball trifft, und der Bock war bewegungslos zusammengebrochen.

«Ich halte ihn für einen ausgekochten Lügner», sagte Pop.

«Keiner von uns großen Schützen wird gewürdigt. Warten Sie nur, bis wir weg sind.»

«Seine Vorstellung von richtig gewürdigt werden ist, daß wir ihn auf den Schultern tragen», sagte Pop. «Dieser Schuß auf das Rhino hat ihn völlig verdorben.»

«Schön. Passen Sie mal von jetzt an auf. Teufel noch mal, ich hab die ganze Zeit über gut geschossen.»

«Ich kann mich deutlich an so etwas wie eine Grant erinnern», zog mich Pop auf.

Auch ich erinnerte mich. Ich war einem großartigen Bock, der aus dem Gebiet herauswechselte, gefolgt, hatte ihn den ganzen Morgen über, nach einer ganzen Anzahl von Pirschgängen in der Hitze, wieder und wieder verfehlt; dann war ich auf einen Termitenhügel gekrochen, um einen zu schießen, der nicht annähernd so gut war, hatte mich auf dem Termitenhügel ausgeruht, hatte dann den Bock auf fünfzig Meter verfehlt, sah ihn, mir zugewandt, völlig unbeweglich dastehen, mit der Schnauze in der Luft, und hatte ihn in die Brust geschossen. Er kippte nach hinten über, und als ich mich ihm näherte, sprang er auf und lief taumelnd davon. Ich setzte mich hin und wartete darauf, daß er stehenbleiben würde, und als er's tat, offensichtlich erledigt, saß ich da, benutzte den Riemen und schoß auf seinen Hals, langsam und sorgfältig und verfehlte ihn achtmal in zunehmender, sturer Wut und berichtigte mich nicht, sondern schoß jedesmal auf die gleiche Art auf dieselbe Stelle, und die Gewehrträger lachten alle, und unser Lastwagen, der mit dem ganzen Zeugs herangekommen war, enthielt noch mehr feixende Neger, und A. O. M. und Pop sagten nichts, und ich saß da, kalt, verrückt-stur-wütend, entschlossen, ihm eher den Hals zu brechen, als mich ihm zu nähern und ihn vielleicht damit zu veranlassen, über diese hitzedunstige, kochende, mittägliche Ebene zu jagen. Niemand sagte etwas. Ich hielt M'Cola die Hand hin nach mehr Patronen, schoß wieder sorgfältig und verfehlte ihn, und beim zehnten Schuß brach ich ihm den verdammten Hals. Ich wandte mich ab, ohne einen Blick in seine Richtung zu werfen.

«Armer Papa», sagte A. O. M.

«Es ist das Licht und der Wind», sagte Pop. Damals kannten wir einander noch nicht sehr gut. «Sie trafen alle dieselbe Stelle. Ich konnte sehen, wie sie die Erde aufwarfen.»

«Ich bin ein verdammt dummer, sturer Idiot gewesen», sagte ich.

Na, jedenfalls konnte ich jetzt schießen. Soweit, und mit Hilfe des Zufalls, hatte ich jetzt eine Glückssträhne.

Das Lager kam in Sicht, und wir riefen. Niemand kam heraus; schließlich kam Karl aus seinem Zelt. Er ging, sobald er uns gesehen hatte, wieder hinein und kam dann wieder heraus.

«He, Karl», rief ich.

Er winkte und ging wieder ins Zelt zurück. Dann kam er auf uns zu. Er zitterte vor Erregung, und ich sah, daß er sich Blut von den Händen gewaschen hatte.

«Was war's?»

«Ein Rhino», sagte er.

«Hast du Schwierigkeiten mit ihm gehabt?»

«Nein. Wir haben es erledigt.»

«Fein. Wo ist es?»

«Drüben hinter dem Baum da.»

Wir gingen hinüber. Dort war der frisch abgetrennte Kopf von einem Rhino, das wirklich ein Rhino war. Es war doppelt so groß wie das, was ich geschossen hatte. Die kleinen Augen waren geschlossen, und ein frischer Blutstropfen stand in der Ecke von einem wie eine Träne. Der Kopf war ungeheuerlich, und das Horn schwang in einer schönen Kurve empor und rückwärts. Die Haut war einen Zoll dick, wo sie capeartig um den Kopf hing, und war, wo man sie durchgeschnitten hatte, so weiß wie frisch zerteilte Kokosnuß.

«Wieviel hat es? Ungefähr dreißig Zoll?»

«Unsinn», sagte Pop. «Keine dreißig Zoll.»

«Aber es sein fabelhaft, Mr. Jackson», sagte Dan.

«Jawohl. Es ist fabelhaft», sagte Pop.

«Wo hast du es gekriegt?»

«Gerade vor dem Lager.»

«Es stehen da in Dornbusch. Wir hören ihm grunzen.»

«Wir dachten zuerst, es sei ein Büffel», sagte Karl.

«Es sein fabelhaft», wiederholte Dan.

«Freut mich riesig, daß du es gekriegt hast», sagte ich.

Da standen wir nun, wir drei, und wollten ihm gratulieren und wollten gute Miene zu diesem Rhino machen, dessen kleines Horn größer war als unser großes, dieses riesige, tränenäugige Wunder von einem Rhino, dieses tote Traumrhino mit dem abgetrennten

Kopf, und statt dessen redeten wir alle wie Leute auf einem Schiff, die gerade seekrank werden, oder wie Leute, die einen schweren finanziellen Verlust erlitten haben. Wir schämten uns und konnten es nicht ändern. Ich wollte etwas Nettes, Herzliches sagen und fragte statt dessen: «Wie oft hast du geschossen?»

«Ich weiß nicht. Wir haben nicht gezählt. Ich glaube, fünf- oder sechsmal.»

«Ich glauben fünf», sagte Dan.

Der arme Karl spürte, als ihm diese drei traurig dreinblickenden Gratulanten gegenüberstanden, wie man ihm die Freude über sein Rhino nach und nach abzapfte.

«Wir haben auch eins», sagte A. O. M.

«Das ist fein», sagte Karl. «Ist es größer als das hier?»

«Teufel noch mal, nein. Es ist ein lausiger Zwerg.»

«Das tut mir leid», sagte Karl. Er meinte das einfach und aufrichtig.

«Zum Teufel noch mal, was braucht dir schon leid zu tun mit so einem Rhino wie dem da? Verdammt noch mal, was das für ein Prachtstück ist! Ich werde meinen Apparat holen und ein paar Aufnahmen machen.»

Ich ging den Apparat holen. A. O. M. faßte mich unter und ging dicht neben mir.

«Papa, bitte, versuch dich wie ein menschliches Wesen zu benehmen», sagte sie. «Der arme Karl. Ihr macht ihn ganz unglücklich.»

«Ich weiß», sagte ich. «Ich gebe mir die größte Mühe, mich nicht so zu benehmen.»

Und da stand Pop. Er schüttelte den Kopf. «Ich hab mich noch nie so hundsgemein gefühlt wie eben», sagte er. «Aber es war wie ein Schlag in die Magengegend. Natürlich freue ich mich aufrichtig.»

«Ich auch», sagte ich. «Mir ist es lieber, wenn er mir über ist. Das wißt ihr doch. Wahrhaftig. Aber warum konnte er nicht einfach eins mit einem guten Horn erlegen, zwei oder drei Zoll länger? Warum mußte er eins kriegen, das meines lächerlich macht? Unseres sieht daneben direkt albern aus.»

«Sie können sich immer an den Schuß erinnern.»

«Zum Teufel mit dem Schuß! Dieser Scheißzufall! Himmel, was für ein wunderbares Rhino!»

«Los, kommen Sie, wir müssen uns zusammenreißen und versuchen, uns ‹wie Weiße› gegen ihn zu benehmen.»

«Wir waren *furchtbar*», sagte A. O. M.

«Ich weiß», sagte ich. «Und die ganze Zeit über habe ich versucht, nett zu sein. Ihr wißt doch, wie ich mich freue, daß er's hat.»

«Ihr wart wahrhaftig furchtbar nett, alle beide», sagte A. O. M.

«Aber haben Sie M'Cola gesehen?» fragte Pop.

M'Cola hatte das Rhino mißbilligend betrachtet, den Kopf geschüttelt und war weggegangen.

«Es ist ein wunderbares Rhino», sagte A. O. M. «Wir müssen uns anständig benehmen und zusehen, daß Karl sich freut.»

Aber es war zu spät. Wir schafften es nicht, daß Karl sich freute, und eine ganze Zeitlang konnten wir uns selbst auch nicht mehr recht freuen. Die Träger kamen mit den Lasten ins Lager, und wir sahen, wie sie und alle von unserer Partie zu der Stelle hinübergingen, wo der Kopf des Rhinos im Schatten lag. Sie waren alle sehr still. Nur der Abhäuter war begeistert, solch einen Rhinokopf im Lager zu sehen.

«*M'uzuri sana*»sagte er zu mir und maß das Horn, indem er seine ausgespreizte Hand hin und her bewegte. «*Kubwa sana.*»

«*N'Dio. M'uzuri sana*», pflichtete ich ihm bei.

«B'wana Kabor ihn schießen?»

«Ja.»

«*M'uzuri sana.*»

«Ja», pflichtete ich bei. «M'uzuri sana.»

Der Abhäuter war der einzige Gentleman von der Gesellschaft. Wir hatten uns die ganze Zeit über bemüht, beim Jagen nicht miteinander zu konkurrieren. Karl und ich hatten beide versucht, bei allem, was es gab, dem andern die bessere Chance zu geben. Ich hatte ihn wirklich aufrichtig gern, und er war gänzlich selbstlos und aufopferungsbereit. Ich wußte, daß ich ihm im Schießen und Marschieren über war, und langsam, aber sicher kriegte er Trophäen, gegen die meine im Vergleich Zwerge waren. Er hatte teilweise so schlecht geschossen, wie ich es noch nie vorher gesehen hatte, und ich hatte auf dieser Expedition zweimal schlecht geschossen, auf jene Grant und einmal auf eine Trappgans in der Ebene; dennoch war er mir in allem Greifbaren, was wir vorzuweisen hatten, über. Eine Zeitlang hatten wir darüber geulkt, und ich war überzeugt gewesen, daß alles sich ausgleichen würde. Aber es glich sich nicht aus. Jetzt, bei dieser Rhinojagd, hatte ich die erste Chance in dieser Gegend gehabt. Wir hatten ihn Wildbret schießen geschickt, während wir in einem neuen Gelände gejagt hatten. Wir hatten ihn nicht schlecht behandelt, aber wir hatten ihn auch nicht sehr gut behandelt, und dennoch hatte er mich geschlagen. Nicht nur geschlagen; geschlagen, das wäre ganz in der Ordnung gewesen. Aber er hatte es fertiggebracht, daß mein Rhino neben seinem so winzig aussah, daß ich es niemals in derselben kleinen Stadt, in der wir alle wohnten, zeigen konnte. Er hatte meines einfach ausgewischt. Ich konnte mich immer an den Schuß erinnern, mit dem ich es erlegt hatte, und nichts konnte mir das rauben, nur daß es so scheißfabelhaft war, daß ich früher oder später bestimmt selbst Zweifel hegen würde, trotz meines unanständigen Selbstvertrauens, ob es nicht wirklich nur Dusel gewesen war. Ja, der gute Karl hatte uns mit dem Rhino wahrhaftig was Schönes angetan. Jetzt war er in seinem Zelt und schrieb einen Brief.

Unter dem Moskitonetz des Eßzeltes beredeten Pop und ich, was wir jetzt tun sollten.

«Sein Rhino hat er ja nun wenigstens», sagte Pop. «Das spart uns Zeit. Sie können sich aber mit Ihrem da nicht beruhigen.»

«Nein.»

«Aber in dieser Gegend ist nichts mehr zu holen. Irgendwas ist hier nicht geheuer. Droopy behauptet, er kenne eine gute Gegend ungefähr drei Stunden mit dem Lastwagen von hier entfernt und eine Stunde oder so noch weiter mit den Trägern. Wir können uns mit ein paar Leuten heute nachmittag dorthin aufmachen, die Lastwagen zurückschicken, und Karl und Dan können hinunter nach M'uto Umbu vorangehen, und dort kann er seinen Oryx schießen.»

«Fein.»

«Er hat auch eine Chance, daß er mit dem Rhinogerippe heute abend oder morgen früh einen Leoparden kriegt. Dan hat gesagt, daß sie einen gehört haben. Wir wollen sehen, ob wir nicht aus Droopy's Land ein Rhino für Sie rausholen können, und dann schließen Sie sich den anderen an und gehen auf Kudus. Für die wollen wir uns reichlich Zeit lassen.»

«Fein.»

«Selbst wenn Sie keinen Oryx bekommen. Irgendwo werden Sie schon noch einen aufgabeln.»

«Selbst wenn ich überhaupt keinen bekomme, soll's mir recht sein. Dann kriegen wir einen ein andermal. Aber ich will einen Kudu.»

«Sie werden einen kriegen. Zweifellos.»

«Ich möchte lieber einen Kudu, und zwar einen guten, kriegen als irgendwas sonst. Ich mach mir nichts aus diesen Rhinos, abgesehen von dem Spaß, sie zu jagen. Aber ich würde gern eines kriegen, was neben seinem Traumrhino nicht albern aussieht.»

«Natürlich.»

Dann sprachen wir mit Karl, und er sagte: «Wie ihr meint. Gewiß doch. Hoffentlich kriegst du eines, das doppelt so groß ist.»

Er meinte es wirklich. Er war jetzt wieder vergnügter, und wir anderen alle auch.

3

Droopys Land sah, als wir es an jenem Abend nach einer heißen Fahrt durch roterdige, dornbuschstruppige Hügel erreichten, grausig aus. Es lag am Rand einer Zone, in der alle Bäume beringt waren, um die Tsetsefliege zu töten. Und jenseits des Lagers war ein staubiges, schmutziges Eingeborenendorf. Der Boden war rot und zerfressen und schien weggeweht zu werden, und das Lager wurde bei starkem Wind im dürftigen Schatten von ein paar toten Bäumen auf einer Anhöhe errichtet, die einen kleinen Fluß und das Lehmdorf dahinter überblickte. Bevor es dunkel war, folgten wir Droopy und zwei einheimischen Führern aufwärts, an dem Dorf vorbei und in einer langen Kletterei bis hinauf zur Spitze eines mit Felsblöcken besäten Grates, der ein tiefes Tal überblickte, das eigentlich schon fast eine Schlucht war. Drüben auf der anderen Seite waren zerklüftete Täler, die steil in die Schlucht abfielen. In den Tälern war ein üppiger Baumbestand, und auf den dazwischenliegenden Graten waren grasige Abhänge, und darüber befand sich der dichte Bambuswald des Berges. Die Schlucht zog sich hinab bis ins Rift Valley und schien sich am anderen Ende, wo sie durch die Wand des Rifts schnitt, zu verengen. Jenseits, oberhalb der begrasten Kämme und Abhänge, lagen dicht bewaldete Hügel. Zum Jagen schien das Land, weiß der Teufel, nicht gemacht.

«Wenn Sie dort drüben eines sehen, müssen Sie gerade runter bis auf die Sohle der Schlucht hinabsteigen, dann eine von jenen bewaldeten Stellen hinauf und über diese verfluchten Rinnen. Sie können es nicht im Auge behalten, und man bricht sich beim Klettern den Hals. Es ist zu gemein steil. Das ist so die Sorte von unschuldig aussehenden Schluchten, in die wir neulich nachts auf dem Heimweg gerieten.»

«Es sieht scheulich aus», gab Pop zu.

«Ich hab mal in genauso einem Gelände wie hier Hirsche gejagt. Am Südabhang von Timber Creek in Wyoming. Die Abhänge sind alle zu steil. Ist die reine Hölle. Es ist zu zerklüftet. Morgen werden wir allerhand einzustecken haben.»

A. O. M. sagte nichts. Pop hatte uns hierhergebracht, und Pop würde uns auch wieder herausbringen. Sie hatte sich nur darum zu kümmern, daß ihre Schuhe sie nicht drückten. Ihre Füße taten ihre gerade ein bißchen weh, und dies war ihre einzige Sorge.

Ich fuhr fort, mich über die Schwierigkeiten, die das Gelände aufwies, auszulassen, und in der Dunkelheit gingen wir alle sehr mißmutig und sehr gegen Droopy eingenommen ins Lager zurück. Das Feuer flammte hell im Wind, und wir saßen da und beobachteten, wie der Mond aufging, und hörten den Hyänen zu. Nachdem wir ein paar Glas getrunken hatten, sahen wir nicht mehr so schwarz, was das Land betraf.

«Droopy behauptet, daß es gut ist», sagte Pop. «Er sagt aber, daß er eigentlich gar nicht hierher wollte. Es sei eine andere Stelle, weiter weg. Aber er behauptet, daß es hier gut ist.»

«Ich liebe Droopy», sagte A. O. M. «Ich habe volles Vertrauen zu Droopy.»

Droopy trat mit zwei speertragenden Einheimischen ans Feuer.

«Was hat man ihm gesagt?» fragte ich.

Die Einheimischen sprachen eine Weile, dann sagte Pop: «Einer dieser edlen Sportsfreunde behauptet, daß ihn heute ein riesiges Rhino verfolgt hat. Natürlich würde ihm jedes Rhino riesig vorkommen, wenn es ihn verfolgt.»

«Fragen Sie ihn, wie lang das Horn war.»

Der Eingeborene zeigte, daß das Horn so lang wie sein Arm war. Droopy grinste.

«Sag ihm, er soll sich packen», sagte Pop.

«Wo ist denn all das passiert?»

«Ach, irgendwo da drüben», sagte Pop. «Sie wissen schon, dort drüben. Dort drüben, weit weg. Wo diese Sachen immer passieren.»

«Das ist großartig. Gerade, wo wir hinwollen.»

«Das Gute an der Sache ist, daß Droopy überhaupt nicht deprimiert ist. Er scheint sehr zuversichtlich zu sein. Schließlich hat *er* die Sache inszeniert.»

«Ja, aber *wir* müssen klettern.»

«Muntern Sie ihn doch etwas auf, ja?» sagte Pop zu A. O. M. «Er macht mich ganz schwermütig.»

«Wollen wir uns darüber unterhalten, wie gut er schießt?»

«Zu früh am Abend, verflucht noch mal. Ich bin nicht mißgestimmt. Ich hab nur diese Art von Land schon mal gesehen. Guttun wird es uns schon. Werden etwas von Ihrem Schmerbauch verlieren, Verehrtester.»

Am nächsten Tag merkte ich, daß ich dieses Land ganz falsch beurteilt hatte.

Wir frühstückten vor Tageslicht und waren vor Sonnenaufgang unterwegs und kletterten den Hügel hinter dem Dorf im Gänsemarsch hinauf. Voran ging der einheimische Führer mit einem Speer, dann Droopy mit meinem schweren Gewehr und einer Wasserflasche, dann ich mit der Springfield, Pop mit der Mannlicher, A. O. M. vergnügt wie immer, weil sie nichts zu tragen hatte, M'Cola mit Pops schwerem Gewehr und einer zweiten Wasserflasche und zum Schluß zwei Ortsansässige mit Speeren, Wasserflaschen und einer Kiste mit Essen. Wir hatten vor, während der Mittagshitze haltzumachen und nicht vor Dunkelheit zurückzukommen. In der frischen Kühle des Morgens kletterte es sich gut und sehr anders als gestern abend, als wir uns denselben Pfad bei Sonnenuntergang hier hinaufgearbeitet hatten und Felsen und Erde die Hitze des Tages zurückwarfen. Der Pfad wurde regelmäßig von Vieh benutzt, und die Erde war pulvertrocken und jetzt von Tau leicht angefeuchtet. Wir sahen viele Hyänenfährten, und als der Pfad auf einen grau-felsigen Grat führte, von dem man zu beiden Seiten in einen steilen Einschnitt hinabsehen konnte und der dann am Rand einer Schlucht entlanglief, sahen wir eine frische Rhinofährte auf einer der mit Erde bedeckten Stellen unterhalb der Felsen.

«Es muß direkt vor uns sein», sagte Pop. «Nachts streifen sie sicher überall hier herum.»

Unten, am Grund der Felsschlucht, konnten wir die Wipfel hoher Bäume und in einer Lichtung das Aufblitzen von Wasser sehen. Gegenüber waren der steile Hügelhang und die Finnen, die wir gestern erforscht hatten. Droopy und der einheimische Führer, derselbe, der von dem Rhino verfolgt worden war, flüsterten miteinander. Dann begannen sie den Abstieg auf einem steilen Weg, der in langen Kehren die Seite der Felsschlucht hinabführte.

Wir blieben stehen. Ich hatte nicht gesehen, daß A. O. M. hinkte, und in plötzlicher geflüsterter Familienbitterkeit gab es einen von beiden Seiten sehr rechthaberischen Krach, historisch über untragbare Schuhe und Stiefel in der Vergangenheit und diktatorisch über diese, die weh taten. Der Schmerz wurde durch das Abschneiden der Spitzen der dicken, kurzen, wollenen Socken, die sie über gewöhnlichen Socken trug, vermindert und dann durch das völlige Weglassen der Socken ganz beseitigt und die Schuhe erträglich gemacht. Beim steilen Bergabgehen waren diese spanischen Jagdstiefel vorn zu kurz, und es gab den alten Streit über diese Stiefellänge und ob der Schuhmacher, dessen Partei ich zuerst unbeabsichtigt nur als Dolmetscher ergriffen hatte und dessen Theorie ich schließlich patriotisch als Ganzes und, wie ich glaubte, aus Logik zu meiner eigenen Sache gemacht hatte, der Schwierigkeit Herr geworden war, indem er den Absatz erhöht hatte oder nicht. Aber sie taten *jetzt* weh, das war eine stärkere Logik, und die Situation wurde nicht besser durch die Behauptung, daß neue Herrenstiefel immer erst wochenlang weh taten, bis sie bequem wurden. Jetzt, nachdem die dicken Socken beseitigt waren, trat sie vorsichtig auf und probierte den Druck des Leders auf die Zehen aus; der Streit war vorbei; sie wollte nicht leiden, sondern Schritt halten und Mr. J. P. gefallen. Ich schämte mich, weil ich mich mit den Stiefeln wie ein Schweinehund benommen hatte und weil ich rechthaberisch gewesen war, wo es sich um Schmerzen handelte, daß ich überhaupt rechthaberisch war, daß ich je rechthaberisch war. Wir blieben stehen, um hierüber zu flüstern, und wir grinsten beide über das, was wir flüsterten, und alles war wieder in Ordnung, auch die Stiefel ohne die dicken Socken viel besser, und ich haßte jetzt alle rechthaberischen Schweinehunde, besonders einen abwesenden amerikanischen Freund, da ich gerade dieser Kategorie den Rücken gekehrt hatte, um bestimmt niemals wieder rechthaberisch zu sein. Wir beobachteten Droopy vor uns und gingen die lange Kehre des Pfades hinunter der Sohle der Felsschlucht zu, wo die Bäume dicht und hoch standen, und der Boden der Schlucht, der von oben ein enger Spalt gewesen war, weitete sich zu einem Strom mit waldigen Ufern.

Wir standen jetzt im Schatten von Bäumen mit hohen, glatten Stämmen, deren Basis von Wurzelsträngen umgeben war, die wie Schlagadern am Stamm in gerundeten Erhöhungen zum Vorschein kamen, und die Stämme waren gelbgrün wie die in einem französischen Wald nach Regen an einem Wintertag. Aber diese Bäume hatten weit ausladende Äste und waren belaubt, und unter ihnen im Strombett in der Sonne wuchs Schilfrohr wie Papyrus, dicht wie Weizen und zwölf Fuß hoch. Am Fluß entlang lief eine Wildfährte durch das Gras, und Droopy stand gebückt und besah sie sich. M'Cola ging hinüber und betrachtete sie, und beide folgten ihr ein Stückchen, tief über sie gebeugt, und kamen dann zu uns zurück.

«*Nyati*», flüsterte M'Cola. «Büffel.» Droopy flüsterte mit Pop, und dann sagte Pop leise mit seinem kehligen Whisky-Flüsterton: «Büffel, die stromabwärts gegangen sind. Droopy sagt, es sind ein paar große Bullen dabei. Sie sind nicht zurückgekommen.»

«Wir wollen ihnen nach», sagte ich. «Ich würde lieber noch einen Büffel als ein Rhino kriegen.»

«Auch für Rhinos ist die Chance so gut, wie sie nur sein kann», sagte Pop.

«Mein Gott, ist das nicht ein prächtiges Land!» sagte ich.

«Ausgezeichnet», sagte Pop. «Wer hätte das vermutet!»

«Die Bäume sind wie Bilder von André», sagte A. O. M. «Es ist einfach wunderschön. Sieh mal das Grün! Wie bei Masson. Wenn doch ein guter Maler dieses Land sehen könnte.»

«Was machen deine Stiefel?»

«Gut.»

Als wir den Büffeln nachpirschten, gingen wir sehr langsam und leise. Es war kein Wind, und wir wußten, wenn die Brise aufkam, würde sie aus Osten kommen und die Schlucht herauf uns entgegenwehen. Wir folgten dem Wildwechsel das Flußbett hinunter, und wie wir so gingen, war das Gras viel höher. Zweimal mußten wir am Boden kriechen, und das Schilf stand so dicht, daß man nicht zwei Fuß tief in es hineinsehen konnte. Droopy fand auch eine frische Rhinofährte im Lehm. Mir ging plötzlich der Gedanke durch den Kopf, was wohl geschehen würde, falls ein Rhino diesen Tunnel entlangpreschen würde, und wer dann was tun würde. Es war aufregend, aber es gefiel mir nicht. Man fühlte sich zu sehr wie in einer Falle, und man mußte an A. O. M. denken. Dann, als der Strom eine Biegung machte und wir aus dem Hochgras auf die Böschung kamen, roch ich sehr deutlich Wild. Ich rauche nicht, und zu Hause auf der Jagd habe ich mehrere Male in der Brunftzeit Hirsche gerochen, ehe ich sie sah, und ich kann deutlich riechen, wo ein alter Hirsch im Wald gelegen hat. Der Hirsch hat einen starken Moschusgeruch. Es ist ein scharfer, aber angenehmer Geruch, und ich kenne ihn gut, aber diesen Geruch kannte ich nicht.

«Ich kann sie riechen», flüsterte ich Pop zu. Er glaubte es mir.

«Was ist es?»

«Ich weiß nicht, aber es ist reichlich streng. Riechen Sie nichts?»

«Nein.»

«Fragen Sie Droop.»

Droopy nickte und grinste.

«Sie schnupfen», sagte Pop. «Ich weiß nicht, ob sie es riechen können oder nicht.»

Wir gingen weiter in ein zweites Schilfrohrdickicht hinein, das hoch über unsere Köpfe ging, setzten einen Fuß behutsam nieder, ehe wir den andern hoben, gingen so lautlos wie im Traum oder in einer Zeitlupenaufnahme. Ich konnte jetzt, was immer es auch war, die ganze Zeit über deutlich riechen, manchmal stärker, manchmal weniger stark. Es gefiel mir gar nicht. Wir befanden uns jetzt dicht am Ufer, und vor uns lief der Wildwechsel in einen ausgedehnten Morast hinein mit höherem Schilfrohr als irgendwelches, durch das wir gekommen waren.

«Ich kann sie riechen, und zwar verteufelt nah», sagte ich zu Pop. «Spaß beiseite, wahrhaftig.»

«Ich glaub es Ihnen», sagte Pop. «Wollen wir lieber hier die Böschung raufklettern und dies Stück umgehen? Wir sind dann über ihnen.»

«Gut.» Dann, als wir oben waren, sagte ich: «Dies hohe Zeugs da hat mir Angst eingejagt. Da drin würde ich sehr ungern jagen.»

«Na, wie wär's, dort drin auf Elefanten Jagd zu machen?» flüsterte Pop.

«Würde ich nicht machen.»

«Jagt man wirklich Elefanten in so hohem Gras?» fragte A. O. M.
«Ja», sagte Pop. «Man steigt jemandem auf die Schultern zum Schießen.»

So was tun tapferere Männer als ich, dachte ich. *Ich* würde es nicht tun.

Wir gingen am grasigen rechten Ufer entlang auf einer Art Bruchstufe, jetzt im offenen Gelände, und umgingen einen Morast mit hohem, trockenem Schilfrohr. Jenseits am anderen Ufer waren die schwerbelaubten Bäume und über ihnen die steile Böschung der Felsschlucht. Man konnte den Fluß nicht sehen. Über uns, zur Rechten, waren die Hügel stellenweise mit Fruchtgebüsch bestanden. Vor uns, am Ende des Sumpfs mit dem Schilf, näherten sich die Uferböschungen einander und die Zweige der großen Bäume überdachten beinahe den Fluß. Plötzlich packte mich Droopy am Arm, und wir duckten uns beide. Er gab mir das große Gewehr und nahm die Springfield. Er wies nach vorn, und hinter einer Uferbiegung sah ich den Kopf eines Rhinos mit einem langen, wunderbar aussehenden Horn. Der Kopf schwang hin und her, und ich konnte die vorwärts gerichteten, zuckenden Ohren und die kleinen Schweinsaugen sehen. Ich entsicherte und gab Droopy ein Zeichen, sich zu ducken. Dann hörte ich, wie M'Cola *«Toto! Toto!»* sagte und meinen Arm packte. Droopy flüsterte sehr schnell *«Manamouki! Manamouki! Manamouki!»*, und er und M'Cola waren wie besessen vor Angst, daß ich schießen könnte. Es war eine Rhinokuh mit einem Kalb, und als ich das Gewehr senkte, schnaufte sie und brach krachend durch das Schilfrohr und war verschwunden. Das Kalb sah ich überhaupt nicht. Wir konnten das Schilf schwanken sehen, wo die beiden sich bewegten, und dann war alles still.

«Verdammtes Pech», flüsterte Pop. «Hatte ein herrliches Horn.»

«Ich war drauf und dran, sie über den Haufen zu schießen», sagte ich. «Ich konnte nicht sehen, daß es eine Kuh war.»

«M'Cola hat das Kalb gesehen.»

M'Cola flüsterte Pop etwas zu und nickte bekräftigend mit dem Kopf.

«Er sagt, daß noch ein zweites Rhino da drin ist», sagte Pop. «Daß er das Schnaufen gehört hat.»

«Wir wollen höher hinaufgehen, wo wir sie sehen können, wenn sie weiterziehen, und irgendwas reinwerfen», sagte ich.

«Gute Idee», stimmte Pop zu. «Vielleicht ist der Bulle da drin.»

Wir gingen die Uferböschung ein bißchen hinauf, bis wir über den See von hohem Schilfrohr hinwegblicken konnten, und während Pop sein großes Gewehr schußbereit und ich meines entsichert hielt, warf M'Cola einen Knüppel ins Rohr, wo er das Schnauben gehört hatte. Etwas schnaubte wie wild, aber es regte und rührte sich nichts im Schilf. Dann krachte es weiter weg, und wir konnten sehen, wie das Rohr schwankte, als etwas durch es hindurch auf das gegenüberliegende Ufer zujagte, aber wir konnten nicht sehen, was die Bewegung hervorrief. Dann sah ich einen schwarzen Rükken, weitgeschwungene Hörner mit hochgerichteten Spitzen, und dann, wie ein Büffel in schneller Bewegung kletternd das andere Ufer hinaufstürmte. Er kletterte mit erhobenem, vorgestrecktem Nacken, mit hornlastigem Kopf, mit gerundetem Widerrist, wie bei einem Kampfstier, schnell, starkbeinig hinauf. Ich hielt auf die Stelle, wo der Nacken in das Blatt übergeht, als Pop mich zurückhielt.

«Der ist nicht sehr groß», sagte er leise. «Ich würde ihn nicht nehmen, wenn Sie nicht sein Fleisch haben wollen.»

Mir kam er groß vor, und jetzt stand er mit erhobenem Kopf, breitseit, und sein Kopf schwang uns entgegen.

«Ich hab noch drei auf meinem Jagdschein, und wir verlassen doch jetzt ihr Gebiet», sagte ich.

«Es ist ausgezeichnetes Fleisch», flüsterte Pop. «Dann machen Sie nur. Schießen Sie ihn um. Aber seien Sie parat für das Rhino, nachdem Sie geschossen haben.»

Ich setzte mich hin; das große Gewehr fühlte sich schwer und ungewohnt an. Ich hielt auf das Blatt des Büffels, drückte ab und zuckte zurück, ohne daß der Schuß losging. Statt des klaren, sauberen Abziehens der Springfield mit der glatten, reibungslosen Auslösung am Schluß war es bei diesem Hahn beim Abziehen, als ob Metall auf Metall traf. Es war, wie wenn man in einem bösen Traum schießt. Ich konnte nicht abdrücken, und ich glich mein Zurückzukken aus, hielt den Atem an und drückte ab. Es ging mit einem Ruck los, und das große Gewehr machte eine rüttelnde Explosion, aus der ich heil hervorging, und ich sah, daß der Büffel immer noch auf den Beinen war und in kletternden Fluchten nach links außer Sicht ging, und ich feuerte den zweiten Lauf ab und warf eine Wolke von Felsstaub und Erde über sein Hinterteil. Er war außer Schußweite, ehe ich die doppelläufige .470 neu laden konnte, und wir hatten alle das Schnauben und Krachen eines zweiten Rhinos gehört, das aus dem unteren Teil des Schilfrohrs herausgekommen und unter den dichten Bäumen auf unserer Seite hineingegangen war, ohne mehr als einen Schimmer von seinem Umfang im Schilf sehen zu lassen.

«Das war der Bulle», sagte Pop. «Er ist stromabwärts gegangen.»

«N'Dio. Doumi! Doumi!» Droopy bestand darauf, es sei ein Bulle gewesen.

«Ich habe den verdammten Büffel getroffen», sagte ich. «Gott weiß, wohin. Zum Teufel mit diesen Kanonen. Der Druckpunkt hat mich gehindert.»

«Mit der Springfield hätten Sie ihn erledigt», sagte Pop.

«Auf jeden Fall würde ich wissen, wo ich ihn getroffen habe. Ich hab gedacht, mit der Vier-Siebziger würde ich ihn erledigen oder verfehlen», sagte ich. «Statt dessen habe ich ihn jetzt angeschossen.»

«Der läuft uns nicht weg», sagte Pop. «Wir wollen ihm ordentlich Zeit lassen.»

«Ich fürchte, ich habe ihn weidwund geschossen.»

«Das weiß man nicht. Wo er so schnell davongejagt ist, kann er nach hundert Meter tot sein.»

«Zum Teufel mit der Vier-Siebziger», sagte ich. «Ich kann mit der nicht schießen. Der Abzug erinnert mich an die letzte Schlüsselumdrehung beim Aufmachen einer Sardinendose.»

«Los, kommen Sie», sagte Pop. «Hier sind weiß Gott wie viele Rhinos in der Gegend.»

«Und was wird aus dem Büffel?»

«Reichlich Zeit später für ihn. Wir müssen ihn steif werden lassen. Er muß sich ins Wundbett niedertun.»

«Stellt euch mal vor, wir wären da unten drin gewesen, und all das Viehzeug wäre rausgekommen.»

«Ja», sagte Pop.

All dies im Flüsterton. Ich sah A. O. M. an. Sie machte den Eindruck von jemand, der sich bei einer guten Musikrevue glänzend unterhält.

«Hast du gesehen, wo es ihn erwischt hat?»

«Ich weiß nicht», flüsterte sie. «Glaubst du, daß da noch mehr drin sind?»

«Tausende», sagte ich. «Pop, was machen wir jetzt?»

«Der Bulle ist vielleicht gerade hinter der Biegung», sagte Pop. «Los, kommen Sie.»

Wir gingen am Ufer entlang, alle Sinne aufs äußerste gespannt, und als wir an das schmale Stück Schilf kamen, hörten wir wieder, wie etwas Schweres durch das hohe Rohr brach. Ich hatte das Gewehr hoch und wartete auf was immer sich auch zeigen würde. Aber man sah nur das Schwanken des Schilfrohrs. M'Cola gab mir mit der Hand ein Zeichen, nicht zu schießen.

«Das gottverdammte Kalb», sagte Pop. «Müssen zwei von der Sorte gewesen sein. Wo ist der verfluchte Bulle?»

«Teufel noch mal, wo können Sie die denn sehen?»

«Erkenn's an der Größe.»

Dann standen wir da und blickten in das Flußbett, in die Schatten hinein unter den Ästen der großen Bäume und geradeaus, weiter flußabwärts, als M'Cola den Hügel zu unserer Rechten hinaufzeigte. *«Faro»*, flüsterte er und reichte mir das Glas.

Da auf dem Hügelabhang vor uns stand groß, schwarz, direkt uns anblickend, mit zuckenden Ohren und erhobenem Kopf, hin und her witternd, als die Nase dem Wind nachspürte, ein zweites Rhino. Im Glas sah es riesengroß aus. Pop beäugte es durch sein Jagdglas.

«Das ist nicht besser als das, was Sie haben», sagte er leise.

«Ich kann es direkt in den Stich treffen», flüsterte ich.

«Sie haben nur noch eines frei», flüsterte Pop. «Sie wollen doch ein gutes.»

Ich bot A. O. M. das Glas an.

«Ich kann es so sehen», sagte sie. «Es ist riesig.»

«Vielleicht greift es an», sagte Pop. «Dann müssen Sie es nehmen.»

Dann kam, während wir beobachteten, ein zweites Rhino hinter einem breit ausladenden, wie mit Federn bekrönten Baum in Sicht. Es war ein ganzes Stück kleiner.

«Mein Gott, es ist ein Kalb», sagte Pop. «Das andere ist eine Kuh. Nur gut, daß Sie nicht geschossen haben. Die wird Sie höchstwahrscheinlich angreifen.»

«Ist es dieselbe Kuh?» flüsterte ich.

«Nein. Die andere hatte ein tolles Horn.»

Wir hatten alle die fahrige Ausgelassenheit eines lachenden Trunkenboldes, wie es ein plötzliches Übermaß, ein idiotisches Übermaß an Wild hervorruft. Es ist ein Gefühl, das von irgendeiner Art Wild oder Fisch, die gewöhnlich rar ist, kommen kann, die man plötzlich in einem lächerlichen, unglaublichen Übermaß antrifft.

«Sehen Sie mal. Sie weiß, daß irgend etwas nicht stimmt. Aber sie kann uns weder sehen noch wittern.»

«Sie hat die Schüsse gehört.»

«Sie weiß, daß wir hier sind, aber sie wird nicht klug aus der Geschichte.»

Das Rhino sah so riesig aus, so lächerlich und war so wunderbar anzusehen, und ich visierte auf seine Brust.

«Das wäre ein schöner Schuß.»

«Tadellos», sagte Pop.

«Was wollen wir jetzt machen?» sagte A. O. M. Sie war praktisch eingestellt.

«Wir müssen uns um sie herumschlängeln», sagte Pop.

«Wenn wir unten bleiben, glaube ich nicht, daß unsere Witterung bis dahinauf trägt, wenn wir erst mal an ihr vorbei sind.»

«Das läßt sich nicht voraussagen», sagte Pop. «Wir wollen nicht, daß sie angreift.»

Sie griff nicht an, sondern ließ schließlich den Kopf sinken und arbeitete sich, mit dem beinahe voll ausgewachsenen Jungen hinter sich, den Hügel hinauf.

«Jetzt», sagte Pop, «wollen wir Droop vorangehen lassen und abwarten, ob er nicht die Fährte des Bullen findet. Wir können uns genausogut hinsetzen.»

Wir saßen im Schatten, und Droopy ging an der einen Seite des Flusses aufwärts und der einheimische Führer auf der andern. Sie kamen zurück und sagten, der Bulle sei weiter flußabwärts gegangen.

«Hat irgendwer wohl gesehen, was er für eine Sorte Horn hat?» fragte ich.

«Droop sagte, es sei gut.»

M'Cola war ein Stück den Hügel hinaufgegangen. Jetzt kauerte er sich hin und winkte uns heran.

«Nyati», sagte er mit der Hand vor dem Gesicht.

«Wo?» fragte ihn Pop. Niedergekauert zeigte er auf etwas, und als wir zu ihm hinaufkrochen, reichte er mir das Jagdglas. Sie waren sehr weit weg auf dem hervorspringenden Kamm eines der steilen Hügelhänge auf der anderen Seite der Felsschlucht, ziemlich weit flußabwärts. Wir konnten sechs, dann acht Büffel sehen: schwarz, schwernackig, mit schimmernden Hörnern standen sie auf der Spitze eines Grates. Einige grasten und andere standen mit erhobenem Kopf und sicherten.

«Der da ist ein Bulle», sagte Pop, der durch das Glas blickte.

«Welcher?»

«Der zweite von rechts.»

«Mir sehen sie alle wie Bullen aus.»

«Sie sind sehr weit weg. Der da ist ein Prachtbulle. Jetzt müssen wir den Fluß überqueren und uns zu ihnen hinarbeiten und zusehen, daß wir über ihnen herauskommen.»

«Werden sie dort bleiben?»

«Nein. Wahrscheinlich werden sie zum Flußbett hinunterziehen, sobald es heiß wird.»

«Na, denn los!»

Wir überquerten den Fluß auf einem Baumstamm und dann einem zweiten Baumstamm, und auf der anderen Seite, halbwegs den Hügel hinauf, war ein tief ausgetretener Wildwechsel, der unter den dicht belaubten Zweigen der Bäume die Böschung entlanglief. Wir legten ein ziemliches Tempo vor, gingen dabei aber sehr behutsam, und jetzt war das Flußbett unter uns völlig von Laubwerk verdeckt. Es war noch früh am Morgen, aber der Wind kam auf, und die Blätter bewegten sich über unseren Köpfen. Wir überquerten eine Schlucht, die zum Fluß hinablief, gingen in den dichten Busch, um außer Sicht zu sein, und duckten uns, als wir hinter Bäumen eine kleine Lichtung überquerten; dann benutzten wir einen Vorsprung der Schlucht als Deckung und kletterten aufwärts, um hoch am Hügelhang oberhalb der Büffel herauszukommen und uns von dort aus an sie heranzupirschen. Wir machten im Schutz des Grates halt; ich schwitzte heftig und befestigte ein Taschentuch innen um das Schweißband meines Stetsons, und wir schickten Droopy vor, um Ausschau zu halten. Er kam zurück und sagte, sie seien fort. Von oben konnten wir nichts von ihnen sehen, deshalb überquerten wir die Schlucht und den Hügelhang und dachten, daß wir ihnen vielleicht den Weg zum Flußbett hinab abschneiden könnten. Der nächste Hügelhang war kahl gebrannt, und am Fuß des Hügels war verbrannter Dornbusch. Im Aschenstaub sah man die Fährten der Büffel, die heruntergekommen und ins dichte Dschungel des Flußbettes gegangen waren. Hier war es zu stark zugewachsen, und es gab zuviel Schlingpflanzen, um ihnen zu folgen. Flußabwärts gingen keine Fährten, also wußten wir, daß sie in dem Teil des Flußbettes waren, auf das wir von dem Wildwechsel aus hinabgeblickt hatten. Pop sagte, daß sich mit ihnen da drinnen nichts machen ließe. Es war so dicht, daß wir nicht zum Schuß kommen konnten, falls wir sie aufstöbern würden. Man könnte einen nicht vom andern unterscheiden, sagte er. Man würde nichts sehen als ein schwarzes Gedränge. Ein alter Bulle sei grau, aber ein guter Herdenbulle könne so schwarz sein wie eine Kuh. Es hätte keinen Sinn, sie auf die Art aufzustöbern.

Jetzt war es zehn Uhr und sehr heiß im offenen Gelände; die Sonne stach, und der Wind wirbelte beim Gehen die Asche von dem verkohlten Boden auf. Alles würde jetzt in tiefer Deckung sein. Wir beschlossen, einen schattigen Platz zu suchen und uns hinzulegen und im Kühlen zu lesen, dann Mittag zu essen und den heißen Teil des Tages totzuschlagen.

Jenseits der verkohlten Stelle kamen wir an den Fluß und machten schwitzend im Schatten von ein paar sehr großen Bäumen halt. Wir packten unsere Ledermäntel und unsere Regenmäntel aus und breiteten sie auf dem Gras am Fuß der Bäume aus, so daß wir uns gegen die Stämme zurücklegen konnten. A. O. M. packte die Bücher aus, und M'Cola entfachte eine kleines Feuer und kochte Wasser für den Tee.

Der Wind frischte auf, und wir konnten ihn in den hohen Ästen hören. Im Schatten war es kühl, aber wenn man sich in die Sonne begab, oder wenn die Sonne den Schatten, während man las, verschob, so daß irgendein Teil von einem aus dem Schatten herausragte, war es glühheiß. Droopy war weiter flußabwärts gegangen, um sich umzusehen, und während wir dalagen und lasen, konnte ich die kommende Tageshitze riechen, das Auftrocknen des Taus, die Hitze auf den Blättern und das Brüten der Sonne auf dem Fluß.

A. O. M. las *Spanisches Gold* von George A. Birmingham, und sie sagte, es tauge nichts. Ich hatte immer noch das Sewastopol-Buch von Tolstoj vor und las in demselben Band eine Geschichte, *Die Kosaken* betitelt, die ausgezeichnet war. In ihr waren die Sommerhitze, die Fliegen, die Stimmung des Waldes in den verschiedenen Jahreszeiten und jener Strom, den die Tataren auf ihren Raubzügen überquerten, und ich lebte wieder in jenem Rußland.

Ich dachte, wie wirklich dies Rußland aus der Zeit unseres Bürgerkriegs war, so wirklich wie irgendein anderer Ort, wie Michigan oder die Prärie nördlich der Stadt und die Wälder um Evans Wildfarm, und wie ich durch Turgenjew wußte, daß ich dort gelebt hatte, so wie ich auch in der Familie Buddenbrook daheim war und in *Rot und Schwarz* zu ihrem Fenster hinein- und hinausgeklettert war, oder wie wirklich der Morgen war, an dem wir in die Mauern von Paris gekommen waren und gesehen hatten, wie Salcède von den Pferden auf der Place de la Grève in Stücke gerissen wurde. Ich hatte all das gesehen. Und es war ich, den sie diesmal nicht auf die Folter spannten, weil ich damals, als sie mich und Coconas getötet hatten, höflich zu dem Henker gewesen war, und ich erinnerte mich an den Vorabend der Bartholomäusnacht, und wie wir in jener Nacht Hugenotten jagten, und als sie mich damals in dem Haus von ihr erwischten, und kein Gefühl war wirklicher als dies, wie ich das Tor des Louvre verschlossen fand oder als ich auf seinen Körper im Wasser hinunterblickte, wie er vom Mast gefallen war, und immer Italien, besser als jedes Buch, als ich in den Kastanienwäldern lag und im Herbstnebel hinter dem Duomo durch die Stadt zum Ospedale Maggiore ging, die Nägel meiner Stiefel auf den Pflastersteinen, und im Frühling plötzlich Regenschauer in den Bergen und der Geruch des Regiments wie eine Kupfermünze im Mund. Und der Zug hielt in der Hitze in Desenzano, und da lag der Lago di Garda, und jene Truppen sind die Tschechische Legion, und das nächste Mal regnete es, und das nächste Mal war es in der Dunkelheit, und das nächste Mal kam man hier in einem Lastwagen fahrend daran vorbei, und das nächste Mal kam man von irgendwo anders her, und das nächste Mal ging man in der Dunkelheit von Sirmione zu Fuß hin. Denn wir sind in den Büchern dort gewesen und außerhalb der Bücher – und wo wir hingehen, wenn wir irgend etwas taugen, kannst du hingehen, so wie wir da gewesen sind. Ein Land zerfällt schließlich, und die Erde wird weggeweht; die Leute sterben alle, und keiner von ihnen war auf die Dauer von irgendwelcher Wichtigkeit, bis auf die, die irgendeine Kunst ausübten, und diese wollen jetzt ihre Arbeit einstellen, weil sie dabei zu einsam sind und weil es zu schwierig ist und nicht Mode ist. Nach tausend Jahren ist alle Nationalökonomie lächerlich, doch ein Kunstwerk hat ewige Dauer, aber es ist sehr schwierig, eines zu machen, und jetzt ist es nicht Mode. Niemand will jetzt noch so etwas machen, weil er dadurch unmodern ist und die Läuse, die auf der Literatur herumkriechen, ihn nicht loben werden. Außerdem ist es sehr schwierig, so etwas zu machen. Na und? Also würde ich immer weiter über den Strom, den die Tataren bei ihren Raubzügen überquert hatten, lesen und über den betrunkenen alten Jäger und das Mädchen, und wie es damals in den verschiedenen Jahreszeiten war.

Pop las *Richard Carvell.* Wir hatten, was es in Nairobi zu kaufen gab, gekauft, und wir waren ziemlich am Ende mit den Büchern.

«Ich hab dies schon mal gelesen», sagte Pop. «Aber es ist eine gute Geschichte.»

«Ich kann mich gerade noch daran erinnern. Damals hielt ich es auch für eine gute Geschichte.»

«Es ist ein ganz famose Geschichte. Ich wünschte nur, ich hätte sie nicht schon mal gelesen.»

«Dies ist schrecklich», sagte A. O. M. «Das könntest du nicht lesen.»

«Willst du dies hier?»

«Sei nicht edelmütig», sagte sie. «Nein, ich les dies zu Ende.»

«Los doch. Nimm's!»

«Ich geb's sofort zurück.»

«He, M'Cola», sagte ich. «Bier?»

«N'Dio», sagte er mit großem Nachdruck und holte aus der Kiste, die einer der Eingeborenen auf dem Kopf getragen hatte, eine Flasche deutschen Biers heraus, eine von den 64 Flaschen, die Dan in der deutschen Handelsniederlassung gekauft hatte. Ihr Hals war mit Stanniol umwickelt, und auf ihrem schwarz-gelben Etikett war ein Reiter in voller Rüstung. Sie war noch kühl von der Nacht, und nachdem wir sie mit dem Flaschenöffner aufgemacht hatten, floß das schwere Bier hochschäumend in unsere drei Becher.

«Nein», sagte Pop. «Sehr schlecht für die Leber.»

«Los doch.»

Wir tranken alle, und als M'Cola die zweite Flasche öffnete, lehnte Pop energisch ab.

«Trinken Sie nur. Sie machen sich mehr daraus. Ich will ein bißchen pennen.»

«Du, armes olles Mamachen?»

«Nur ein bißchen.»

«Alles für mich», sagte ich.

M'Cola lächelte und schüttelte den Kopf über diese Trinkerei. Ich lag gegen den Baum gelehnt und sah dem Wind zu, wie er die Wolken brachte, und trank das Bier langsam aus der Flasche. Auf diese Art war es kälter, und es war ausgezeichnetes Bier. Nach einer Weile schliefen alle beide, Pop und A. O. M., und ich nahm das Sewastopol-Buch wieder vor und las von neuem in den *Kosaken*. Es war eine gute Geschichte.

Als sie aufwachten, aßen wir kaltes, in Scheiben geschnittenes Lendenstück, Brot, Mostrich und eine Dose Pflaumen zu Mittag und tranken die dritte und letzte Flasche Bier dazu. Dann lasen wir wieder und schliefen alle ein. Ich wachte durstig auf und war gerade dabei, den Verschluß einer Wasserflasche aufzuschrauben, als ich ein Rhino schnauben und durchs Dickicht des Flußbettes brechen hörte. Pop war wach und hörte es auch, und wir nahmen, ohne ein Wort zu sprechen, unsere Gewehre und machten uns in der Richtung auf, aus der das Geräusch gekommen war. M'Cola fand die Fährten. Das Rhino war den Fluß heraufgekommen; offensichtlich hatte es uns gewittert, als es nur noch dreißig Meter von uns entfernt war, und war weitergelaufen. Wir konnten den Fährten nicht folgen, so wie der Wind jetzt stand, darum gingen wir in einem Bogen vom Fluß weg, zurück zum Rand der verkohlten Stelle, um oberhalb von ihm herauszukommen, und dann pirschten wir sehr vorsichtig durch sehr dichten Busch gegen den Wind am Fluß entlang, aber wir fanden es nicht. Schließlich entdeckte Droopy, wo es an der anderen Seite hinauf und weiter in die Hügel gegangen war. Aus den Fährten zu schließen war es kein besonders großes.

Wir waren sehr weit vom Lager entfernt, so wie wir gekommen waren, bestimmt vier Stunden, und viel davon war auf dem Rückweg bergan; ganz bestimmt hatten wir die lange Kletterei aus der Felsschlucht heraus vor uns; wir hatten mit einem angeschossenen Büffel fertig zu werden, und als wir am Rand der verkohlten Stelle wieder herauskamen, waren wir uns einig, daß wir A. O. M. holen und aufbrechen sollten. Es war immer noch heiß, aber die Sonne war im Sinken begriffen, und eine ganze Strecke lang würden wir auf dem dicht beschatteten Wildwechsel auf der hohen Uferböschung über dem Fluß sein. Als wir bei A. O. M. ankamen, tat sie so, als ob sie außer sich sei, weil wir weggegangen waren und sie allein gelassen hatten, aber sie hielt uns nur zum besten.

Wir machten uns auf, Droop mit seinem Speerträger voran auf der Fährte, und gingen im Schatten, der von der Sonne, durch die Blätter hindurch, zerrissen wurde. Statt des kühlen, frühmorgendlichen

Waldgeruchs umfing uns ein widerlicher Gestank wie von Katzendreck.

«Was stinkt so?» flüsterte ich Pop zu.

«Paviane», sagte er.

Eine ganze Sippe war wohl gerade vor uns hier durchgekommen; ihr Kot lag überall. Wir kamen an die Stelle, wo die Rhinos und der Büffel aus dem Schilfrohr gekommen waren, und ich stellte den Ort fest, wo meiner Meinung nach der Büffel gewesen war, als ich schoß. M'Cola und Droopy streiften wie Jagdhunde umher, und ich glaubte, daß sie mindestens fünfzig Meter zu hoch die Böschung hinauf waren, als Droop ein Blatt in die Höhe hielt.

«Er hat Schweiß gefunden», sagte Pop. Wir gingen zu ihnen hinauf. Dort, im Gras, war eine große Menge von jetzt schwarzem Schweiß, und es war leicht, der Fährte zu folgen. Droop und M'Cola verfolgten sie jeder auf einer Seite, ließen die Fährte zwischen sich und zeigten rein gewohnheitsmäßig mit einem langen Grashalm auf jeden Schweißfleck. Ich dachte immer, es sei besser, wenn der eine langsam die Fährte verfolgen und der andere voranlaufen würde, aber dies war nun einmal ihre Art, die Fährte zu verfolgen; mit gesenkten Köpfen zeigten sie mit ihren Grashalmen auf jeden getrockneten Spritzer, und gelegentlich, wenn sie die Fährte wieder aufnahmen, nachdem sie sie verloren hatten, bückten sie sich, um einen Grashalm oder ein Blatt, auf dem ein schwarzer Fleck war, abzupflücken. Ich folgte ihnen mit der Springfield, dann kam Pop und hinter ihm A. O. M. Droop trug mein großes Gewehr und Pop seins. M'Cola hatte die Mannlicher von A. O. M. am Riemen über die Schulter gehängt. Keiner von uns sprach, und alle schienen es für eine recht ernsthafte Angelegenheit zu halten. In etwas Hochgras fanden wir in beträchtlicher Höhe an den Halmen zu beiden Seiten der Fährte Schweiß, wo der Büffel durch das Gras gekommen war. Das besagte, daß der Schuß glatt durch ihn hindurchgegangen war. Jetzt konnte man die ursprüngliche Blutfarbe nicht erkennen, aber ich hatte einen Augenblick die Hoffnung, daß der Schuß durch die Lunge gegangen war. Aber ein Stück weiter kamen wir zwischen den Felsblöcken an Kot, der Blut enthielt, und dann hatte er eine ganze Weile überall, wo er geklettert war, Kot gelassen, und alles war blutbefleckt. Es sah jetzt nach einem Schuß in die Eingeweide oder durch den Pansen aus. Ich schämte mich von Minute zu Minute mehr.

«Wenn er kommt, kümmern Sie sich nicht um Droopy oder die andern», flüsterte Pop. «Die werden ihm schon aus dem Weg gehen. Stoppen Sie ihn.»

«Direkt auf die Nase.»

«Versuchen Sie keine Kunststücke», sagte Pop.

Die Fährte führte stetig bergan, lief dann in zwei Kehren wieder zurück und schien eine Zeitlang planlos zwischen einigen Felsblökken umherzuirren. Einmal führte sie hinunter zum Fluß, überquerte einen Flußarm und stieg dann wieder an derselben Uferböschung schräg, zwischen den Bäumen hindurch, aufwärts.

«Ich glaube, wir werden ihn tot auffinden», flüsterte ich Pop zu. Jenes zwecklose Umherirren ließ mich ihn im Geist sehen, wie er schwer angeschossen im Begriff stand, sich ins Wundbett niederzutun.

«Hoffentlich», sagte Pop.

Aber die Fährte lief weiter, jetzt durch spärliches Gras, wo die Verfolgung viel langsamer und schwieriger war. Jetzt gab es keine Spuren, die ich sehen konnte, nur die vermutliche Richtung, die er einschlagen würde, durch einen blanken dunklen Spritzer von getrocknetem Blut auf einem Stein bestätigt. Mehrere Male verloren wir sie gänzlich, und wir drei suchten herum, und einer fand sie, zeigte auf sie und flüsterte *«Damu»*, und dann machten wir wieder weiter. Schließlich führte sie von einem felsigen Hügelabhang, auf dem das letzte Sonnenlicht lag, ins Flußbett hinunter zu einer langen, weiten Strecke mit dem allerhöchsten, toten Schilfrohr, das wir bisher gesehen hatten. Dies war höher und dichter als selbst das in dem Sumpf, aus dem der Büffel am Morgen herausgekommen war, und wir sahen mehrere Wildwechsel, die hineinführten.

«Es lohnt nicht, die kleine Memsahib da mit hineinzunehmen», sagte Pop.

«Lassen Sie sie hier mit M'Cola warten», sagte ich.

«Es lohnt sich nicht für die kleine Memsahib», wiederholte Pop. «Ich weiß nicht, warum wir sie mitgenommen haben.»

«Sie kann hier warten. Droop will weitergehen.»

«Ganz recht, wir wollen uns die Sache besehen.»

«Warte hier mit M'Cola», flüsterte ich über meine Schulter.

Wir folgten Droopy in das dichte hohe Gras, das uns fünf Fuß über den Kopf ging, schritten vorsichtig auf dem Wildwechsel vorwärts, beugten uns vornüber und suchten beim Atmen kein Geräusch zu machen. Ich stellte mir den Büffel in Gedanken vor, so wie ich sie gesehen hatte, als wir damals die drei erwischt hatten, wie der alte Bulle, angeschlagen wie er war, aus dem Gebüsch kam, und ich konnte die Hörner sehen, den tief gesenkten Buckel, die vorgestreckte Schnauze, die kleinen Augen, den Wulst von Fett und Muskeln auf seinem dünnbehaarten schuppenhäutigen Nacken, die gedrängte Kraft und Wut in ihm, und ich bewunderte ihn und hatte Respekt vor ihm, aber er war langsam, und die ganze Zeit über, während wir schossen, fühlte ich, daß es unabänderlich war und wir ihn hatten. Dies war anders; dies war kein Schnellfeuer, kein ihn Überschütten, wenn er angeschlagen ins Freie kommt; wenn er jetzt kommt, muß ich innerlich ruhig sein und es ihm auf die Nase geben, wenn er mit vorgestrecktem Kopf kommt. Er wird, um mich aufzuspießen, den Kopf senken müssen, wie jeder Bulle, und das wird die alte Stelle bloßlegen, wo die Jungens sich die Knöchel blutig machen, und ich werde da einen landen, und dann muß ich mit einem Sprung seitwärts ins Gras, und von da an gehört er Pop, es sei denn, ich kann mein Gewehr beim Springen festhalten. Ich war überzeugt, ich konnte den Schuß anbringen und springen, wenn ich wartete und beobachtete, wie sein Kopf sich senkte. Ich wußte, daß ich das konnte und daß der Schuß ihn töten würde, aber wie lange würde es dauern? Das war die ganze Sache. Wie lange würde es dauern? Jetzt fühlte ich beim Vorwärtsgehen – sicher war er da drin – das Erhobensein, das schönste Erhobensein, das es gibt, die Gewißheit einer bevorstehenden Tat, einer Tat, bei der es etwas zu leisten galt, bei der man töten und aus der man heil hervorgehen kann, bei der man etwas tut, von dem man vorher nichts weiß, und deshalb furchtlos ist, niemand, um den man sich kümmern muß, und keine Verantwortung außer der, etwas zu leisten, von dem man genau fühlt, daß man es leisten kann; und ich ging behutsam vorwärts, beobachtete Droopys Rücken und dachte daran, den Schweiß von meinen Brillengläsern fernzuhalten, als ich ein Geräusch hinter uns hörte und den Kopf wandte. Es war A. O. M., die mit M'Cola unserer Fährte folgte.

«Herrgott noch mal», sagte Pop. Er war wütend.

Wir brachten sie aus dem Schilf heraus und hinauf auf die Böschung und machten ihr klar, daß sie dort bleiben müsse. Sie hatte nicht verstanden, daß sie zurückbleiben sollte. Sie hatte gehört, wie ich irgend etwas geflüstert hatte, dachte aber, sie solle hinter M'Cola bleiben.

«Hab 'nen Todesschreck bekommen», sagte ich zu Pop.

«Sie ist wie ein kleiner Terrier», sagte er. «Aber es lohnt sich wirklich nicht.»

Wir blickten über das Schilf hinweg.

«Droop will noch weitergehen», sagte ich. «Ich geh so weit, wie er will. Wenn er Schluß sagt, dann brauchen wir nicht weiter. Schließlich hab *ich* den Scheißkerl weidwund geschossen.»

«Dürfen aber keine Dummheiten machen.»

«Ich kann den Scheißkerl erledigen, wenn ich auf ihn zu Schuß komme. Wenn er kommt, muß er mich zu Schuß kommen lassen.»

Die Angst, die uns A. O. M. ihretwegen verursacht hatte, machte mich geschwätzig.

«Kommen Sie», sagte Pop.

Wir folgten Droopy von neuem hinein, und es wurde ärger und ärger, und ich weiß nicht, wie sich Pop fühlte, aber ungefähr halbwegs wechselte ich und nahm das große Gewehr und entsicherte es und hielt die Hand am Abzugsbügel, und ich war reichlich nervös, als Droopy endlich stehenblieb und den Kopf schüttelte und *«Hapana»* flüsterte. Jetzt war es so, daß man keinen Fuß weit sehen konnte und nichts als Biegungen und Kehren. Es war wirklich schlimm, und die Sonne stand nur noch auf den Hügelhängen. Wir hatten beide ein angenehmes Gefühl, weil wir Droopy das Abblasen überlassen hatten, und ich war außerdem noch erleichtert. Dort, wo wir ihm hineingefolgt waren, schienen meine phantasievollen Schießpläne einfach lächerlich, und ich wußte, alles, worauf wir uns da drin verlassen konnten, war Pop, der ihn mit der Vier-Fünfziger Nummer 2 über den Haufen schießen konnte, nachdem ich ihn vielleicht mit der lausigen Vier-Siebziger verfehlt hatte. Ich traute der nichts mehr weiter zu als Lärm.

Wir folgten unserer eigenen Fährte zurück, als wir die *tracker* auf dem Hügelhang schreien hörten, und wir rannten und brachen krachend durch das Schilf, um möglichst eine Stelle zu erreichen, die hoch genug lag, so daß wir sehen und schießen konnten. Sie winkten mit den Armen und schrien, daß der Büffel aus dem Schilf und an ihnen vorbeigelaufen sei, und dann zeigten M'Cola und Droopy auf etwas, und Pop nahm mich beim Ärmel und versuchte mich dorthin zu ziehen, wo ich sie sehen konnte, und dann sah ich im Sonnenlicht hoch oben auf dem Hügelhang gegen die Felsen zwei Büffel. Sie glänzten pechschwarz in der Sonne, und einer war viel größer als der andere, und ich weiß noch, wie ich dachte, dies ist unser Bulle, und er hat eine Kuh aufgelesen, die ihm als Schrittmacher gedient und ihn in Gang gehalten hat. Droop hatte mir die Springfield gegeben, und ich steckte den Arm durch den Riemen, visierte, sah den Büffel jetzt vollständig in der Öffnung, ließ mich innerlich erstarren und hielt mit dem Korn hoch auf seine Schulter, und als ich durchzukrümmen begann, jagte er los, und ich hielt vor und drückte ab. Ich sah, wie er den Kopf senkte und lossprang wie ein bockendes Pferd, wenn es aus der abschüssigen Bahn herauskommt, und als ich eine Hülse auswarf, den Verschluß vorwärts stieß und von neuem schoß, wußte ich, daß ich ihn hatte. Droopy und ich begannen zu rennen, und während wir rannten, hörte ich ein Brüllen. Ich blieb stehen und schrie Pop zu: «Hören Sie ihn? Ich hab ihn. Ich sage es Ihnen.»

«Sie haben ihn getroffen», sagte Pop. «Jawohl.»

«Verflucht noch mal. Ich hab ihn geschossen. Haben Sie ihn denn nicht brüllen hören?»

«Nein.»

«Hören Sie doch!» Wir standen da und lauschten, und da kam es deutlich, ein langes, stöhnendes, unmißverständliches Brüllen.

«Mein Gott», sagte Pop. Es war ein sehr trauriges Geräusch.

M'Cola packte meine Hand, und Droopy schlug mir auf den Rücken, und wir rannten alle lachend, in wildem Durcheinander, schwitzend, vorwärts stürzend, zwischen den Bäumen über die Felsblöcke den Grat hinauf. Ich mußte stehenbleiben, um Atem zu holen; mein Herz hämmerte, und ich wischte mir den Schweiß vom Gesicht und säuberte meine Brille.

«Kufa», sagte M'Cola, und das Wort, das tot bedeutete, bekam in seinem Mund beinah explosive Kraft. *«N'Dio! Kufa.»*

«Kufa», sagte Droopy grinsend.

«Kufa», wiederholte M'Cola, und wir schüttelten einander noch einmal die Hand, bevor wir weiterkletterten. Dann sahen wir ihn vor uns auf dem Rücken, mit voll ausgestrecktem Hals, sein Gewicht auf den Hörnern gegen einen Baum gestemmt. M'Cola legte den Finger in das Loch in der Mitte des Blattes und schüttelte beglückt den Kopf.

Pop und A. O. M. kamen heran, hinter ihnen die Träger.

«Mein Gott», sagte ich, «der Bulle ist besser, als wir gedacht haben.»

«Das ist nicht derselbe Bulle. Dies ist ein richtiger Bulle. Der mit ihm war, wird unser Bulle gewesen sein.»

«Ich dachte, daß er eine Kuh bei sich hatte. Es war so weit weg, daß ich es nicht erkennen konnte.»

«Es muß an die vierhundert Meter gewesen sein. Mein Gott, Sie können aber was schießen mit der kleinen Kanone da!»

«Als ich sah, wie er den Kopf zwischen die Beine steckte und bockte, wußte ich, daß wir ihn hatten. Das Licht war großartig.»

«Ich wußte, daß Sie ihn getroffen hatten, und ich wußte, daß es nicht derselbe Bulle war. Darum dachte ich, daß wir's jetzt mit zwei verwundeten Büffeln zu tun hätten. Ich hab das erste Brüllen nicht gehört.»

«Es war wunderbar, als wir ihn brüllen hörten», sagte A. O. M. «Es ist so ein trauriger Ton. Es ist so, wie wenn man ein Jagdhorn im Wald hört.»

«Mir klang's wie Musik», sagte Pop. «Mein Gott, dafür verdienen wir einen Whisky. Das war ein Schuß. Warum haben Sie uns denn nie erzählt, daß Sie schießen können?»

«Zum Teufel mit Ihnen!»

«Wissen Sie, außerdem ist er auch ein ausgezeichneter *tracker*, und wie ist er wohl als Hühnerschütze?» fragte er A. O. M.

«Ist es nicht ein herrlicher Bulle?» fragte A. O. M.

«Er ist prächtig. Er ist nicht alt, aber er hat prächtige Hörner.»

Wir versuchten Aufnahmen zu machen, aber wir hatten nur die kleine Kastenkamera da, und der Verschluß klemmte, und es gab eine erbitterte Diskussion über den Verschluß, während das Licht schwand, und ich war jetzt nervös, irritiert, rechthaberisch, wichtigtuerisch wegen des Verschlusses und geneigt, anmaßend zu werden, weil wir keine Aufnahmen machen konnten. Man kann nicht immer auf der Höhe einer derartigen freudigen Erregung leben, wie ich sie im Schilf verspürt hatte, und nach dem Töten, selbst wenn es nur ein Büffel ist, fühlt man sich innerlich wie betäubt. Töten ist kein Gefühl, das man mit anderen teilt, und ich trank einen Schluck Wasser und sagte zu A. O. M., es tue mir leid, daß ich mich mit der Kamera wie ein Schwein benommen hätte. Sie sagte, alles sei in Ordnung, und mit uns war's auch wieder in Ordnung, als wir uns den Büffel besahen, während M'Cola die Einschnitte an der Kopfhaut machte, und wir standen dicht beieinander, und wir waren uns gut und verstanden alles, die Kamera und alles. Ich trank einen Schluck Whisky, und er schmeckte nach nichts, und ich spürte keine Wirkung.

«Laß mich noch einen trinken», sagte ich. Der zweite war in Ordnung.

Wir gingen zum Lager voran. Der von dem Rhino verfolgte Speerträger war unser Führer, und Droop wollte den Kopf abhäuten, und sie wollten es zerlegen und das Fleisch in den Bäumen verstecken, so daß es die Hyänen nicht bekamen. Sie hatten Angst, durch das Dunkel zu gehen, deshalb sagte ich zu Droopy, er könne mein großes Gewehr haben. Er sagte, er wisse, wie man schösse, darum nahm ich die Patronen heraus, sicherte und reichte es ihm und hieß ihn schießen. Er hob es an die Schulter, schloß das falsche Auge und zog kräftig am Abzug, wieder und wieder. Dann zeigte ich ihm die Sicherung und ließ ihn sichern und entsichern und das Gewehr ein paarmal abdrücken. M'Cola fühlte sich sehr überlegen, während Droopy sich anstrengte, das gesicherte Gewehr abzufeuern, und Droopy schien ganz klein zu werden. Ich ließ ihm das Gewehr und zwei Kugeln, und sie waren alle in der Dämmerung mit dem Ausschlachten beschäftigt, als wir dem Speerträger und den Fährten des kleineren Büffels, die kein Blut zeigten, folgten, den Hügel hinauf auf unserem Weg heimwärts. Wir kletterten um Talränder herum, über Schluchten, Abgründe hinauf und hinunter und kamen schließlich auf den Hauptkamm: es war kalt und dunkel an dem Abend, der Mond war noch nicht aufgegangen, und wir schleppten uns entlang, alle müde. Einmal im Dunkeln ließ M'Cola, der mit Pops schwerem Gewehr und einer Auswahl von Wasserflaschen, Jagdgläsern und einem Sack mit unseren Büchern beladen war, einen Schwall von etwas, das wie Flüche klang, gegen den vorausgehenden Führer los.

«Was sagt er?» fragte ich Pop.

«Er hat ihm gesagt, daß er sich nicht mit seiner Geschwindigkeit wichtig tun soll. Wir hätten einen alten Mann dabei.»

«Wen meint er damit, Sie oder sich selbst?»

«Uns beide.»

Wir sahen den Mond rauchig-rot über dem braunen Hügel aufgehen, und wir kamen hinunter, gingen durch die Lichtritzen des Dorfs – die Lehmhütten waren alle fest verschlossen – und durch die Gerüche von Schafen und Ziegen und dann über den Fluß und den kahlen Abhang hinauf, dorthin, wo das Feuer vor unseren Zelten brannte. Es war eine kalte Nacht mit starkem Wind.

Am Morgen pirschten wir, fanden einen Wildwechsel an einer Quelle und folgten einem Rhino durch das ganze hochgelegene Fruchtbaumland, ehe es in ein Tal hinunterging, das steil zu der Felsschlucht hinabführte. Es war sehr heiß, und die engen Stiefel vom Tag vorher hatten A. O. M.s Füße wundgescheuert. Sie beschwerte sich nicht darüber, aber ich konnte sehen, daß sie ihr weh taten. Wir waren alle schwelgerisch und wohlig müde.

«Zum Teufel mit ihnen», sagte ich zu Pop. «Ich will nicht noch einen schießen, außer wenn er sehr groß ist. Wir müssen vielleicht eine Woche lang nach einem guten pirschen. Geben wir uns mit dem zufrieden, den wir haben. Wir wollen aufbrechen und Karl treffen. Wir können dort unten Oryx jagen und die Zebrafelle bekommen und dann weitermachen auf Kudus.»

Wir saßen unter einem Baum auf dem Gipfel eines Hügels und konnten das ganze Land überblicken und die Felsschlucht, die ins Rifttal und zum Manyara-See hinunterführte.

«Es müßte Spaß machen, nur ein paar Träger und ganz wenig Zubehör mitzunehmen und ihnen voraus hinunter durch das Tal und raus bis zum See zu jagen», sagte Pop.

«Das wäre fabelhaft. Wir könnten die Lastwagen losschicken, so daß sie uns in – wie heißt der Ort noch? – treffen könnten.»

«Maji-Moto.»

«Warum tun wir das nicht?» fragte A. O. M.

«Wir wollen Droopy fragen, wie das Tal ist.»

Droopy wußte es nicht, aber der Speerträger sagte, es sei sehr wild und schwer passierbar, wo der Fluß durch die Bergspalte herunterkam. Er glaubte nicht, daß wir die Lasten durchbekommen könnten. Wir gaben es auf.

«Das ist aber die richtige Art, zu reisen», sagte Pop. «Träger kosten nicht so viel wie Benzin.»

«Können wir nicht so reisen, wenn wir wiederkommen?» fragte A. O. M.

«Ja», sagte Pop. «Aber um ein großes Rhino zu schießen, müssen Sie auf den Mount Kenya gehen. Da kriegen Sie ein richtiges. Hier geht es um Kudus. Sie müßten schon bis Kalal hinaufgehen, um eines in Kenya zu kriegen. Dann, wenn wir sie haben, haben wir Zeit, weiter hinunter im Handeniland auf Rappenantilopen Jagd zu machen.»

«Wir wollen aufbrechen», sagte ich, ohne mich zu rühren.

Seit langem schon freuten wir uns über Karls Rhino. Wir waren froh, daß er es hatte, und das Ganze war jetzt in die richtige Perspektive gerückt. Vielleicht hatte er inzwischen sein Oryx. Hoffentlich. Karl war ein großartiger Kerl, und es war gut, daß er diese besonders schönen Stücke bekam.

«Wie geht's dir denn, armes olles Mamachen?»

«Mir geht's ausgezeichnet. Wenn wir *wirklich* aufbrechen, würde ich nur gern meine Füße ausruhen. Aber die Art Jagd mag ich.»

«Wir wollen zurückkehren, essen, das Lager abbrechen und heute abend noch da runtergehen.»

An jenem Abend kamen wir in unser altes Lager in M'utu-Umbu unter den großen Bäumen, nicht weit von der Straße entfernt. Es war unser erstes Lager in Afrika gewesen, und die Bäume waren so groß, so ausladend und so grün, der Fluß so klar und schnellfließend und das Lager so angenehm wie damals, als wir zum erstenmal da gewesen waren. Der einzige Unterschied war, daß es nachts jetzt heißer war, die Straße dahin in nabentiefem Staub lag und wir inzwischen vielerlei Land gesehen hatten.

4

Wir waren auf einer sandigen roten Straße über ein Hochplateau ins Rifttal hinuntergekommen, dann durch fruchtbaumbebuschte Hügel bergauf und bergab, um einen Waldhang herum auf die Höhe der Riftwand, wo wir hinabblickten und die Ebene sehen konnten, den dichten Wald unterhalb der Wand und den langen, ausgetrockneten, umrandeten Schimmer des Manyara-Sees, an einem Ende rosafarben durch eine Million winziger Punkte – Flamingos. Von dort fiel die Straße längs der Talwand steil ab hinunter in den Wald, auf die Fläche des Tals, durch bebaute, von Wald dicht eingeschlossene Strecken von grünem Mais, Bananen und Bäumen, deren Namen ich nicht kannte, am Krämerladen eines Hindus und vielen Hütten vorbei, über zwei Brücken, unter denen klare, schnellfließende Ströme flossen, durch mehr Wald, der sich jetzt in Hainen lichtete, und auf einen staubigen Seitenweg, der in einen tief durchfurchten, staubgefüllten Pfad durch Gebüsch in den Schatten des M'utu-Umbu-Lagers führte.

An jenem Abend nach dem Essen hörten wir die Flamingos in der Dunkelheit fliegen. Es war wie das Geräusch, das die Flügel der Enten machen, wenn sie, ehe es hell wird, über einen hinwegziehen, aber langsamer, mit regelmäßigem Schlag und vertausendfacht. Pop und ich waren ein bißchen betrunken, und A. O. M. war sehr müde. Karl war wieder verstimmt. Wir hatten die Bitterkeit seines Rhinosieges geschluckt, und das war ja jetzt sowieso Vergangenheit, aber er hatte mit der Möglichkeit einer Oryxniederlage zu rechnen. Dazu kam, daß sie keinen Leoparden, sondern einen wunderbaren Löwen, einen riesigen, schwarzmähnigen Löwen gefunden hatten, der nicht von dem Rhinogerippe heruntergehen wollte, als sie am nächsten Morgen hingekommen waren, und sie konnten nicht schießen, weil es irgendeine Art von Wildschutzgebiet war.

«Das ist gemein», sagte ich und versuchte ihn zu bedauern, aber ich fühlte mich zu wohl, um für den Trübsinn eines anderen Menschen Verständnis zu haben, und Pop und ich saßen da, müde bis auf die Knochen, tranken Whisky und Soda und unterhielten uns.

Am nächsten Tag jagten wir auf Oryx im ausgetrockneten Staub des Rifttals und fanden schließlich eine Herde weit abseits am Rand der bewaldeten Hügel am entgegengesetzten Ende über einem Massaidorf. Sie wirkten wie ein Rudel Massai-Esel, bis auf ihre wunderschönen, geraden, schrägliegenden schwarzen Hörner, und alle Gehörne sahen gut aus. Wenn man genau hinsah, waren zwei oder drei ganz offensichtlich besser als die anderen, und während ich am Boden saß, suchte ich mir den aus, den ich für den allerbesten hielt, und als sie auseinanderstoben, sicherte ich mir diesen. Ich hörte die Kugel aufschlagen und beobachtete, wie der Oryx wegkreiste, fort von den andern, in schneller werdendem Kreis, und ich wußte, daß ich ihn hatte. Deshalb schoß ich nicht noch ein zweites Mal.

Gerade den hatte sich Karl auch ausgesucht. Ich hatte es nicht gewußt, hatte aber bewußt egoistisch geschossen, um mir wenigstens diesmal den besten zu sichern, aber er kriegte einen anderen guten, und sie jagten in einer vom Wind getragenen grauen Staubwolke im Galopp davon. Bis auf das Wunder ihrer Hörner war die

Jagd auf sie nicht aufregender, als wenn es Esel gewesen wären, und nachdem der Lastwagen da war, und M'Cola und Charo die Köpfe abgehäutet und das Fleisch zerlegt hatten, fuhren wir in dem wehenden Staub zurück, unsere Gesichter grau davon, und das Tal eine einzige lange Fata Morgana von Hitze.

Wir blieben zwei Tage in diesem Lager. Wir mußten ein paar Zebrafelle erbeuten, die wir Freunden zu Hause versprochen hatten, und der Abhäuter brauchte Zeit, um sie ordentlich zu präparieren. Die Zebrajagd war kein Vergnügen: die Ebene war trostlos jetzt, wo das Gras verdorrt war, und nach den Hügeln heiß und staubig, und das Bild, das bleibt, ist, wie wir gegen einen Termitenhügel gelehnt dasitzen und in der Ferne eine Zebraherde im grauen, heißen Dunst Staub aufwirbelnd vorbeigaloppiert, und die Vögel auf der gelben Ebene über einer weißen Stelle kreisen, einer zweiten dahinter und dort einer dritten, und rückwärtsblickend die Staubfahne des Lastwagens, der die Abhäuter und die Männer bringt, die das Fleisch für das Dorf zerlegen sollen. Ich gab in der Hitze ein paar Fehlschüsse auf eine Grantgazelle ab, die die freiwilligen Abhäuter ihres Fleisches wegen von mir erlegt haben wollten. Ich verwundete sie mit einem Schuß, während sie lief, nachdem ich sie drei- oder viermal verfehlt hatte, und dann folgte ich ihr, bis es beinahe Mittag war, in der Hitze über die Ebene, bis ich auf Schußweite heran war und sie tötete.

An jenem Nachmittag folgten wir der Straße, die durch die Niederlassung und an der Ecke des Krämerladens des Hindus vorbeiführte, der uns mit der gut geölten brüderlichen Menschenfreundlichkeit des erfolglosen Ladenbesitzers und einer hoffnungsvollen Verkäuferbeflissenheit anlächelte, bogen mit dem Auto auf einen Pfad nach links ab, der in tiefen Wald führte, in einen von Gestrüpp eingefaßten engen Pfad durch dichtes Gehölz, der auf einer fragwürdigen hölzernen Pfahlbrücke einen Fluß kreuzte und weiterführte, bis sich das Gehölz lichtete und wir auf einer grasigen Steppe herauskamen, die sich bis zu dem mit Schilf umrandeten, ausgetrockneten Boden des Sees erstreckte, und in weiter Ferne sah man den Schimmer des Wassers und das Rosenrot der Flamingos. Im Schatten der letzten Bäume standen ein paar Fischerhütten aus Gras, und vor uns blies der Wind über das Gras der Savanne, und der ausgetrocknete Seeboden war weißgrau, und eine Menge kleiner Tiere schnellten auf der ausgedörrten Oberfläche los, als unser Auto sie aufschreckte. Es waren Riedböcke, und sie sahen seltsam und ungeschickt aus, wie sie sich in der Ferne bewegten, aber schmuck und graziös, wenn man sie dicht vor sich stehen sah. Wir bogen mit dem Auto aus dem dichten, kurzen Gras auf den ausgetrockneten

Boden des Sees ein, und überall, rechts und links, wo die Flüsse breit sich in den See ergossen und ein mit Schilfrohr bestandenes, von Wasserkanälen durchschnittenes Sumpfgebiet bildeten, das zu dem zurückgegangenen See reichte, flogen Enten, und wir konnten große Scharen von Gänsen sehen, die sich über die grasigen Erdhügel ausbreiteten, die über dem Sumpfland anstiegen. Der ausgetrocknete Boden war fest und hart, und wir fuhren mit dem Auto, bis es vor uns feucht und weich auszusehen begann, dann ließen wir das Auto da stehen, und Karl nahm Charo und ich M'Cola mit, um Munition und Vögel zu tragen. Wir vereinbarten, der eine sollte die eine und der andere die andere Seite des Sumpflands abgrasen und probieren, etwas zu schießen und die Vögel in Bewegung zu halten, während Pop und A. O. M. am Rand in das hohe Schilfrohr des linken Seeufers gingen, wo durch einen zweiten Fluß ein dichtes Sumpfgebiet entstanden war, in die unserer Meinung nach die Enten fliegen würden.

Ehe wir aufbrachen, sahen wir sie über das offene Gelände gehen, eine große, massige Gestalt in einer verblaßten Kordjacke und eine sehr kleine in Hose, grauer Khakijacke, hohen Stiefeln und einem großen Hut und dann verschwinden, als sie sich hinkauerten, wo sich das vertrocknete Schilfrohr in einer Spitze vorschob. Aber als wir uns aufmachten, um den Rand des Flusses zu erreichen, sahen wir sehr bald, daß der Plan nichts taugte. Selbst wenn man sich noch so sehr bemühte, festen Fuß zu fassen, sank man bis zu den Knien in dem kühlen Schlamm ein, und als es weniger dreckig wurde und es mehr Erdhügel gab, die von Wasser umgeben waren, sank ich manchmal bis zu den Hüften ein. Die Enten und Gänse flogen auf und außer Schußweite, und nachdem der erste Flug in die Richtung abgeschwenkt war, wo die anderen im Schilf versteckt waren, und wir den scharfen, hellen doppelten Knall aus A. O. M.s Kaliber 28 hörten und wir die Enten abschwenken und auf den See hinaus zuhalten sahen, flogen die anderen zerstreuten Flüge und die Gänse alle dem offenen Wasser zu. Eine Schar dunkler Ibisse, die mit ihren abwärts gebogenen Schnäbeln wie große Brachvögel aussahen, flogen von dem Sumpfland herüber auf die Seite des Flusses, wo Karl war, und kreisten hoch über uns, ehe sie wieder ins Schilf einfielen. Überall im Morast waren Schnepfen und schwarz-weiße Uferschnepfen, und schließlich begann ich, da ich nicht in Schußweite an die Enten herankommen konnte, zu M'Colas großem Mißvergnügen Schnepfen zu schießen. Wir gingen bis ans Ende des Sumpflands, und dann überquerte ich einen zweiten schulterhohen Fluß und hielt dabei mein Gewehr und meinen Jagdrock mit Patronen in den Taschen über meinem Kopf, und schließlich fand ich, als ich versuchte, mich zu der Stelle durchzuarbeiten, wo Pop und A. O. M. waren, einen tief strömenden Fluß, wo Kricketenten flogen, und schoß drei. Es war jetzt beinahe dunkel, und ich fand Pop und A. O. M. am anderen Ufer dieses Flusses am Rand des ausgetrockneten Seebodens. Es sah überall zu tief zum Waten aus, und der Grund gab nach, aber schließlich fand ich einen sehr ausgetretenen Nilpferdwechsel, der in den Fluß hineinführte und den ich benutzte, und der Boden unter meinen Füßen war ziemlich fest, und ich schaffte es, obschon mir das Wasser bis unter die Achselhöhlen reichte. Als ich herauskam und triefend im Gras dastand, kam ein Krickentenflug sehr schnell über mir vorbei, und ich duckte mich gleichzeitig mit Pop, um im Dämmerlicht zu schießen, und wir holten drei herunter, die schwer in einer langen Schräge kopfüber ins hohe Gras fielen. Wir suchten sorgfältig und fanden sie alle. Ihre Geschwindigkeit hatte sie viel weiter getragen, als wir es erwartet hatten, und dann begannen wir, es war beinahe dunkel, den Rückweg zum Auto über den grauen, trockenen Lehm des Seebodens, ich durchnäßt und mit wasserquatschenden Stiefeln, A. O. M. erfreut über die Enten, die ersten, die wir seit der Serengeti hatten, und wir erinnerten uns alle, wie wunderbar sie geschmeckt hatten, und vor uns sahen wir den Wagen, der klein aussah, und dahinter eine Strecke flachen, krustigen Lehms und dann die grasige Steppe und den Wald.

Am nächsten Tag kamen wir grau und schweißverklebt vom Staub, den das Auto aufgewirbelt hatte und den der Wind auf dem Heimweg über die Ebene über uns blies, von der Zebratour zurück. A. O. M. und Pop waren nicht fort gewesen; es gab nichts für sie dabei zu tun, und es bestand keine Notwendigkeit für sie, den Staub zu schlucken, und Karl und ich hatten draußen auf der Ebene, in dem Übermaß von Sonne und Staub, einen von jenen Krächen gehabt, die folgendermaßen anfangen: «Was war denn los?»

«Sie waren zu weit weg.»

«Zuerst doch nicht.»

«Ich *sag* dir doch, sie waren zu weit weg.»

«Die werden zäh, wenn man sie nicht gleich schießt.»

«Schieß du sie doch.»

«Ich hab genug. Wir brauchen ja im ganzen nur zwölf Felle. Mach du nur.» Dann steht jemand, der zu schnell schießt, um zu demonstrieren, daß man ihn veranlaßt, zu schnell zu schießen, verärgert hinter dem Termitenhügel auf und wendet sich voller Widerwillen ab, geht auf seinen Partner zu, der selbstgefällig sagt: «Was ist denn mit ihnen los?»

«Ich sag dir doch, sie sind zu weit weg, verflucht noch mal.»

Der Selbstgefällige behaglich: «Sieh sie dir doch mal an.»

Die Zebras, die fortgaloppiert waren, hatten den herannahenden Lastwagen der Abhäuter gesehen und standen jetzt breitseit bequem in Schußweite.

Der andere sieht hin, sagt nichts; er ist jetzt zum Schießen zu verärgert, dann sagt er: «Los, schieß doch.»

Der Selbstgefällige, jetzt noch rechthaberischer als sonst, weigert sich. «Mach du», sagt er.

«Ich hab's dicke», sagt der andere. Er weiß, daß er zum Schießen zu verärgert ist, und er hat das Gefühl, daß man ihn reingelegt hat; irgend etwas kommt ihm immer in die Quere, die Notwendigkeit, Dinge außerhalb der natürlichen Reihenfolge zu tun oder einen ungenauen Befehl auszuführen, in dem die Einzelheiten nicht ordentlich angegeben sind, oder es vor anderen Leuten tun zu müssen oder gehetzt zu werden.

«Wir haben elf», sagt der Selbstgefällige, dem es jetzt leid tut. Er weiß, daß er ihn nicht hetzen soll, daß er ihn zufrieden lassen soll, daß er ihn nur aus der Fassung bringt, wenn er ihn auf Touren zu bringen sucht, und daß er wieder einmal ein selbstgefälliger, rechthaberischer Schweinehund gewesen ist. «Wir können das zwölfte ja irgendwann schießen. Komm los, alter Junge, wir wollen zurückgehen.»

«Nein, wir wollen es schießen. Schieß du's.»

«Nein, wir wollen gehen.»

Und während das Auto herankommt und man durch den Staub zurückfährt, verschwindet die Bitterkeit, und man hat nur wieder das Gefühl von der Kürze der Zeit.

«Woran denkst du denn jetzt?» fragst du. «Immer noch daran, daß ich ein Scheißkerl bin?»

«An heute nachmittag», sagt er und grinst, und es entstehen Runzeln in dem verkrusteten Staub auf seinem Gesicht.

«Ich auch», sagst du.

Schließlich ist es Nachmittag, und man geht los.

Diesmal trage ich knöchelhohe Stiefel aus Segeltuch, die man leicht herausziehen kann, wenn man einsinkt; ich arbeite mich von Erdhügel zu Erdhügel, suche mir vorsichtig meinen Weg durch den Morast und wate und tappe mühselig durch die Kanäle, und die Enten fliegen wie vorher hinaus zum See, aber ich mache einen weiten Bogen nach rechts und komme im See selbst heraus und finde dort harten und festen Grund, und wie ich knietief im Wasser gehe, gelange ich aus den großen Scharen heraus, dann höre ich einen Schuß und ducke mich, und M'Cola duckt sich auch mit gesenktem Kopf, und dann ist die Luft voll von ihnen, und ich schieße zwei herunter, dann wieder zwei und dann eine hohe direkt über mir; dann verfehle ich eine schnelle gerade und tief zur Rechten; dann kommen sie pfeifend zurück und fliegen schneller vorbei, als ich laden und schießen kann. Ich schieße blindlings in einen Haufen hinein, um angeschossene als Lockenten zu bekommen, und dann gebe ich nur noch Bravourschüsse ab, weil ich jetzt weiß, daß ich alle, die wir gebrauchen oder tragen können, bekommen kann. Ich versuche mich an der hohen direkt über meinem Kopf und lehne mich beinahe nach hinten über zum *coup de roi* und lasse eine große schwarze Ente neben M'Cola aufplumpsen. Er lacht, dann schwimmen die vier angeschossenen fort, und ich finde, daß es richtiger ist, sie zu töten und sie zu holen. Ich muß bis zu den Knien im Wasser rennen, um in Schußweite zu der letzten angeschossenen zu kommen, und ich rutsche aus und falle mit dem Gesicht ins Wasser und sitze und genieße, daß ich endlich völlig durchnäßt bin, mit dem kühlen Wasser an meinem Hintern, durchnäßt von schlammigem Wasser, und wische die Brillengläser ab und suche das Wasser aus meinem Gewehr herauszubekommen und überlege, ob ich wohl die Patronen abfeuern kann, ehe sie anschwellen, und M'Cola ist begeistert von der ganzen Schweinerei. Er hat den Jagdrock jetzt voller Enten und duckt sich, und ein Flug Gänse fliegt über uns bequem in Schußweite, während ich versuche, eine nasse Patrone hineinzuschieben. Ich kriege die Patrone rein, schieße, aber es ist zu weit, oder ich habe hinter sie gehalten, und bei dem Schuß sehe ich, wie die Flamingo-Wolke in der Sonne sich erhebt und der ganze Horizont des Sees rosa wird. Dann lassen sie sich nieder. Aber jedesmal dann, wenn ich schieße, drehe ich mich um und blicke hinaus in die Sonne auf dem Wasser und sehe das schnelle Aufsteigen dieser phantastischen Wolke und dann das langsame Niedergehen.

«M'Cola», sage ich und zeige hin.

«N'Dio», sagt er und beobachtet sie. *«M'uzuri»*, und reicht mir mehr Patronen.

Die Jagd war für alle gut gewesen, aber am besten war es draußen auf dem See, und noch drei Tage später auf der Fahrt aßen wir kalte Krickente, die beste Entenart, die es gibt, fleischig und zart, kalt, mit Pan-Yan-Pickles, und tranken Rotwein, den wir in Babati gekauft hatten, als wir an der Landstraße saßen und darauf warteten, daß die Lastwagen kommen würden, als wir auf der schattigen Veranda des kleinen Hotels in Babati saßen, dann, spätabends, als die Lastwagen endlich eintrudelten, und wir im Haus eines abwesenden Freundes eines unserer Freunde hoch oben in den Hügeln waren, wo es abends kalt war, und wir bei Tisch Mäntel anhatten und wir so lange auf den zusammengebrochenen Lastwagen gewartet hatten, daß wir alle viel zuviel tranken und unbeschreiblich hungrig waren, und A. O. M. mit dem Geschäftsführer der Kaffee-Shamba und mit Karl zum Grammophon tanzte, und ich mit Emetine vollgestopft meine furchtbaren Kopfschmerzen mit Pop auf der Veranda im Dunkeln erfolgreich in Whisky Soda ertränkte, und es dunkel war, und der Wind wie ein Orkan blies, da kamen diese Krickenten auf den Tisch, dampfend heiß und mit frischen Gemüsen. Perlhühner waren okay, und ich hatte jetzt eines in der Freßkiste hinten im Auto, das ich heute abend essen würde, aber diese Krickenten waren weitaus am besten.

Von Babati waren wir durch die Hügel bis an den Rand einer bewaldeten Ebene mit weiten Lichtungen bis hinter ein kleines Dorf gefahren, wo es eine Missionsstation am Fuß des Berges gab. Hier hatten wir ein Lager aufgeschlagen, um auf Kudus zu jagen, die hier sein sollten in den bewaldeten Hügeln und in dem Wald der Niederung, der sich bis an den Rand der offenen Ebene erstreckte.

5

Es war eine heiße Stelle zum Lagern, unter Bäumen, die beringt waren, um abgeholzt zu werden, damit die Tsetsefliege die Gegend verlassen würde, und die Jagd in den steilen, unterholzreichen und sehr zerklüfteten Hügeln war nach einer anstrengenden Kletterei, bevor man dort war, schwierig, und in den bewaldeten Niederungen, wo man so wie in einem Wildgehege umherwanderte, war das Jagen bequem. Aber überall waren Tsetsefliegen, die einen umschwärmten und schmerzhaft in den Nacken, durchs Hemd in die Arme und hinter die Ohren stachen. Ich trug einen belaubten Zweig und ließ ihn beim Gehen über meinen Nacken flitschen, und wir jagten fünf Tage vom Morgengrauen bis in die Dunkelheit, kamen, nachdem es dunkel war, todmüde zurück, aber froh über die Kühle und Dunkelheit, weil die Tsetse vom Stechen abließen. Wir jagten umschichtig in den Hügeln und der Ebene, und Karl wurde immer trübseliger, obwohl er eine sehr schöne rötlichbraune Pferdeantilope erlegte. Er nährte jetzt ein sehr kompliziertes, ganz persönliches Gefühl, was Kudus anlangte, und es hatte wie immer, wenn er durcheinander war, irgend jemand an allem schuld, entweder die Führer oder die Wahl des Pirschgebietes oder die Hügel: alles war gegen ihn. Die Hügel nahmen ihn hart mit, und zu der Ebene hatte er kein Zutrauen. Jeden Tag hoffte ich, daß er einen kriegen und die Stimmung sich bessern würde, aber jeden Tag komplizierten seine

Gefühle über die Kudus die Jagd. Er war niemals ein guter Bergsteiger gewesen, und die Hügel schlauchten ihn gehörig. Ich suchte, um ihn zu entlasten, den Hauptanteil der Hügelpirschen zu übernehmen, aber ich merkte, daß er es jetzt, erschöpft wie er war, für wahrscheinlich hielt, daß sie in den Hügeln waren und er seine Chance verpaßte.

In den fünf Tagen sah ich ein Dutzend oder mehr weibliche Kudus und einen jungen Kudu mit einer Reihe von Tieren. Die weiblichen Kudus waren große graue, gestreift-flankige Antilopen mit lächerlich kleinen Köpfen, großen Lauschern und einem leichten, geschwindstürmenden Gang, in dem sie sich in dickbauchiger Panik zwischen den Bäumen hindurchbewegten. Die Hörner des jungen Bocks zeigten die Andeutung einer Spirale, aber sie waren kurz und dick, und als er in der Dämmerung am Ende einer Lichtung als dritter in einer Reihe von sechs weiblichen Tieren an uns vorbeiflüchtete, war er ebensowenig einem richtigen Bock ähnlich wie ein Junghirsch einem großen alten, starknackigen, dunkelgemähnten, wundergeweihigen, gelbbraunhäutigen, wie ein Brauereipferd gebauten Trompeter von einem Hirsch.

Ein andermal, auf dem Heimweg, als die Sonne über einem steilen Tal in den Hügeln unterging, wiesen die Führer gegen die Sonne auf zwei graue, weißgestreifte, sich bewegende Tiere auf der Spitze des Hügels, die nur die Flanken zwischen den Stämmen der Bäume zeigten, und sagten, es seien Kuduböcke. Wir konnten die Hörner nicht sehen, und als wir die Spitze des Hügels erreicht hatten, war die Sonne weg, und auf dem steinigen Boden konnten wir keine Fährten finden. Aber nach dem flüchtigen Eindruck, den wir gehabt hatten, sahen sie höher in den Läufen aus als die Tiere, die wir sahen, und es mochten Böcke gewesen sein. Wir jagten die Kämme ab, bis es dunkel war, sahen sie aber nicht wieder, und auch Karl fand sie nicht am folgenden Tag, als wir ihn dorthin schickten.

Wir stöberten eine Reihe von Wasserböcken auf, und einmal stießen wir, als wir einen Grat oberhalb einer steilen Schlucht entlangjagten, auf einen Wasserbock, der uns gehört, aber nicht gewittert hatte, und als wir vollkommen still dastanden und M'Cola seine Hand auf meiner hielt, beobachteten wir ihn noch keine fünfzehn Schritt entfernt, wie er wunderschön, dunkel, vollnackig, mit einer dunklen Krause um den Hals, mit erhobenen Hörnern, am ganzen Körper zitternd, dastand, als sich seine Nüstern weiteten und nach einer Witterung suchten. M'Cola grinste, preßte seine Finger fest um mein Handgelenk, und wir beobachteten, wie der große Bock vor der Gefahr zitterte, die er nicht lokalisieren konnte. Dann hörte man entfernt einen lauten Knall von einer Eingeborenen-Schwarzpulverflinte, und der Bock setzte los und rannte uns beinahe um, als er krachend den Grat hinaufpreschte.

An einem anderen Tag, als A. O. M. dabei war, hatten wir die ganze bewaldete Niederung durchstreift und waren am Rand der Ebene, wo es nur Gebüschgruppen und Sansevieren gab, herausgekommen, als wir ein tiefes, kehliges Husten hörten. Ich blickte M'Cola an.

«Simba», sagte er und sah nicht erfreut aus.

«Wapi?» flüsterte ich. «Wo?»

Er zeigte mit der Hand.

Ich flüsterte A. O. M. zu: «Es ist ein Löwe. Wahrscheinlich der, den wir heute früh gehört haben. Geh bis zu den Bäumen zurück, ja?»

Wir hatten gerade vor Tageslicht, als wir aufstanden, einen Löwen brüllen hören.

«Ich bleibe lieber bei dir.»

«Das wäre Pop gegenüber nicht anständig», sagte ich. «Warte doch dahinten.»

«Schön. Aber du bist *bestimmt* vorsichtig?»

«Ich gehe nichts an, außer wenn es steht, und ich schieße nur, wenn ich ihn ganz sicher kriege.»

«Schön.»

«Los», sagte ich zu M'Cola.

Er sah sehr ernst aus. Es gefiel ihm ganz und gar nicht.

«Wapi Simba?» flüsterte ich.

«Hier», sagte er düster und zeigte auf die unzusammenhängenden Inseln von dickem grünem, stacheligem Dickicht. Ich winkte einem der Führer zu, er solle mit A. O. M. zurückgehen, und wir beobachteten, wie sie ein paar hundert Meter bis zum Waldrand zurückgingen.

«Los», sagte ich. M'Cola nickte mit dem Kopf, ohne zu lächeln, aber er folgte. Wir gingen sehr langsam vorwärts, blickten hinein und suchten durch das Sansevierengebüsch hindurchzusehen. Wir konnten nichts sehen. Dann hörten wir das Husten von neuem ein bißchen rechts von uns.

«Nein», flüsterte M'Cola. *«Hapana, B'wana.»*

«Los», sagte ich. Ich deutete mit meinem Zeigefinger auf mein Genick und bewegte den Daumen nach unten. *«Kufa»*, flüsterte ich, was heißen sollte, daß ich das Biest ins Genick schießen und töten würde.

M'Cola schüttelte mit todernstem, schwitzendem Gesicht den Kopf. *«Hapana»*, flüsterte er.

Vor uns lag ein Termitenhügel, und wir kletterten den durchfurchten Lehm hinauf und sahen uns von oben nach allen Seiten um. Wir konnten in dem grünen, kaktusartigen Dickicht nichts ausmachen. Ich hatte geglaubt, daß wir ihn von dem Termitenhügel aus vielleicht sehen würden, und nachdem wir wieder unten waren, gingen wir noch an die zweihundert Meter in das unzusammenhängende Kaktusdickicht. Noch einmal hörten wir ihn vor uns husten, und einmal ein bißchen weiter weg hörten wir ein Knurren. Es war sehr tief und sehr eindrucksvoll. Seit dem Termitenhügel hatte ich keine große Lust mehr. Bis der versagte, hatte ich geglaubt, vielleicht einen guten Nahschuß abgeben zu können, und ich wußte, daß es mir lange Zeit ein Hochgefühl geben würde, wenn ich einen allein, ohne Pop zur Seite, töten könnte. Ich hatte den festen Entschluß gefaßt, nicht zu schießen, wenn ich nicht sicher sein konnte, ihn zu töten. Ich hatte drei geschossen und wußte, was dazu gehörte, aber über diesen hier regte ich mich mehr auf als über die ganze Reise. Ich hielt es für absolut fair Pop gegenüber, ihn anzugehen, solange ich eine Chance hatte, nach meinem Gutdünken zu schießen, aber wo wir jetzt hineingerieten, war schlimm. Er bewegte sich immer weiter weg, als wir ihm folgten, aber langsam. Offensichtlich hatte er keine Lust auf Bewegung. Wahrscheinlich hatte er, als wir ihn am frühen Morgen brüllen hörten, gerade gefressen, und jetzt wollte er sich niederlegen. M'Cola haßte das Ganze. Wieviel bei diesem gefährlichen Spiel auf Verantwortung, die er meinetwegen gegen Pop spürte, zu buchen war, und wieviel auf sein eigenes brennendes Angstgefühl, wußte ich nicht. Aber er fühlte sich erbärmlich. Schließlich legte er mir die Hand auf die Schulter, berührte mein Gesicht beinahe mit seinem und schüttelte dreimal heftig den Kopf.

«Hapana! Hapana! Hapana! B'wana!» protestierte, jammerte und flehte er.

Schließlich hatte ich keine Berechtigung, ihn dorthin mitzunehmen, wo ich nicht nach meinem Gutdünken schießen konnte, und ich fühlte mich selber ungeheuer erleichtert, als wir kehrtmachten.

«Schön», sagte ich.

Wir drehten um und kamen auf demselben Weg, den wir hineingegangen waren, wieder heraus, dann überquerten wir die offene Prairie zu den Bäumen, wo A. O. M. wartete.

«Hast du ihn gesehen?»

«Nein», sagte ich zu ihr. «Wir haben ihn drei- oder viermal gehört.»

«Hattest du keine Angst?»

«Beschissene Angst», sagte ich, «beim letztenmal. Aber den da drin hätte ich lieber erlegt als irgend sonstwas auf der ganzen Welt, verflucht noch mal.»

«Was bin ich froh, daß du wieder da bist», sagte sie.

Ich zog mein Wörterbuch aus der Tasche und machte einen Satz auf Kauderwelsch-Suaheli. ‹Mögen› war das Wort, das ich suchte.

«M'Cola mögen Simba?»

M'Cola konnte jetzt wieder grinsen, und sein Lächeln bewegte die Chinesenhaare in seinen Mundwinkeln. *«Hapana»*, sagte er und fuhrwerkte mit der Hand vor seinem Gesicht hin und her. *«Hapana.»*

Hapana ist eine Verneinung.

«Kudu schießen?» schlug ich vor.

«Gut», sagte M'Cola mit Nachdruck auf Suaheli. «Besser, am besten. Tendalla, ja. Tendalla.»

Aber von diesem Lager aus bekamen wir keinen Kudubock zu Gesicht, und wir brachen zwei Tage später auf, um nach Babati hinein und von da hinunter nach Kondoa und über Land hinüber nach Handeni und an die Küste zu fahren.

Mir hatten weder das Lager noch die Führer, noch die Gegend je gefallen. Man hatte hier so ein Gefühl von abgegrast und leer. Wir wußten, daß es dort Kudus gab und daß der Prince of Wales seinen Kudu von jenem Lager aus erlegt hatte, aber vor uns waren in dieser Saison drei oder vier andere Jagdpartien da gewesen, und die Eingeborenen jagten auch, angeblich, um ihre Ernten vor den Pavianen zu schützen, aber als ich einen Eingeborenen mit einer metallbeschlagenen Muskete traf, fand ich es merkwürdig, daß er den Pavianen zehn Meilen von seiner Shamba entfernt in die Kuduhügel gefolgt war, um einen Schuß auf sie abzugeben, und ich war ganz und gar dafür, aufzubrechen und auf dem Weg nach Handeni in einer neuen Gegend, wo keiner von uns je gewesen war, unser Heil zu versuchen.

«Also, dann wollen wir los», sagte Pop.

Dies neue Land schien ein Geschenk des Himmels. Kudus kamen ins offene Gelände, und man saß da und wartete auf die extra großen, und nachdem man sich einen geeigneten ausgesucht hatte, brannte man ihm eins aufs Fell. Dann hatten wir noch Rappenantilopen vor uns, und wir machten ab, daß, wer immer den ersten Kudu erlegte, in die Rappenantilopengegend vorangehen sollte. Ich fing an, mich ganz fabelhaft zu fühlen, und Karl war sehr aufgekratzt in Anbetracht dieses neuen Wunderlandes, wo sie so arglos waren, daß es eigentlich eine Schande war, sie über den Haufen zu schießen.

Wir brachen bald nach Tageslicht vor den anderen auf, die das Lager abbrechen und in unseren zwei Lastwagen folgen sollten. Wir blieben in Babati in dem kleinen Hotel mit der Aussicht über den See und kauften noch mehr Pan-Yan-Pickles und tranken etliches kaltes

Bier. Dann machten wir uns auf nach Süden über die Kap–Kairo-Straße, die hier gut planiert, glatt und voller Bedacht durch bewaldete Hügel geführt war, die weitgedehnte gelbe Ebenen der Massaisteppe überblickte, hinunter und durch Ackerland, wo trockenbrüstige alte Frauen und schrumpfflankige, hohlrippige alte Männer in den Kornfeldern jäteten, durch Meilen hiervon, und dazu noch staubige Meilen, und dann in ein Tal von sonnegedörrtem, zerfressenem Land, wo, während man hinblickte, die Erde in ganzen Wolken weggeweht wurde, in die baumbeschattete, hübsche, weiß getünchte deutsche Modell-Garnisonstadt von Kandoa-Irangi.

Wir ließen M'Cola an der Wegkreuzung, um unsere Lastwagen anzuhalten, sobald sie kamen, stellten das Auto in den Schatten und besuchten den Militärfriedhof. Wir hatten die Absicht, einen der Offiziere zu besuchen, aber man war beim Essen, und wir wollten niemanden stören, und so tranken wir, nach dem Militärfriedhof, der ein angenehmer, sauberer, gutgehaltener Ort war und so gut wie jeder andere, um dort begraben zu sein, eine Menge Bier unter einem Baum im Schatten, der nach der weißen Glut einer Sonne, deren Gewicht man auf Genick und Schultern fühlen konnte, wie flüssige Kühle war, ließen das Auto an und fuhren hinaus zu der Wegkreuzung, um die Lastwagen zu treffen und nach Osten in das neue Land vorzustoßen.

6

Für uns war es ein neues Land, aber es zeigte das Gepräge der ältesten Länder. Die Straße war ein von den Tritten der Karawanen und des Viehs abgewetzter Pfad über Bruchstufen von massivem Gestein, und er stieg in geröllbesäter Unwegsamkeit zwischen einer doppelten Baumreihe hinauf in die Hügel. Das Land war Aragonien so ähnlich, daß ich kaum glauben konnte, daß wir nicht in Spanien waren, bis wir anstatt von Maultieren mit Satteltaschen einem Dutzend nacktbeiniger und barhäuptiger Eingeborener begegneten, die in weißen Baumwollstoff gekleidet waren, der auf der Schulter wie eine Toga gerafft war. Aber sie gingen vorüber, und die hohen Bäume neben dem Pfad über jene Felsen hin waren Spanien, und ich war einmal diesem gleichen Weg gefolgt, vorwärts getrieben und dicht hinter einem Pferd her, und hatte die grausige Plage der Fliegen, die sich um seinen Schwanzriemen drängten, beobachtet. Es waren die gleichen Schmeißfliegen, die wir hier auf den Löwen fanden. Wenn einem in Spanien eine unters Hemd gekommen war, mußte man es ausziehen, um sie zu töten. Sie kroch einem am Hemdkragen hinein, den Rücken hinunter, um und unter einen Arm, näherte sich dem Nabel und Hosengurt, und wenn man sie nicht kriegte, kroch sie mit solchem Scharfsinn und solcher Schnelligkeit weiter, platt und unzerquetschbar, daß sie einen zwang, sich vollständig auszuziehen, um sie zu töten.

Dieser Tag, an dem ich die Schmeißfliegen beobachtete, wie sie sich unter dem Pferdeschwanz zu schaffen machten, erregte in mir, da ich sie selbst am eigenen Leibe gespürt hatte, ein stärkeres Grauen als irgend etwas, an das ich mich erinnern konnte, bis auf das eine Mal im Lazarett, als mein rechter Arm zwischen Ellbogen und Schulter beinahe abgebrochen war und die Rückseite meiner Hand meinen Rücken entlang gehangen hatte und die Knochenenden das Fleisch des Bizeps zerfetzt hatten, bis es schließlich in Fäulnis überging, anschwoll, aufplatzte und eitrig verschorfte. Allein mit dem Schmerz in einer Nacht der fünften schlaflosen Woche dachte ich plötzlich, was wohl ein Hirsch fühlen würde, wenn du ihm die Schulter zerbrichst und er davonkommt, und in jener Nacht lag ich da und fühlte es alles, die ganze Sache, wie sie vor sich gehen würde – von dem Schock der Kugel an bis zum Ende der Angelegenheit, und da ich ein bißchen wirr im Kopf war, dachte ich, was ich durchmache, sei vielleicht die Strafe für alle Jäger. Dann, als ich gesund wurde, kam ich zu dem Schluß, daß ich voll bezahlt hatte, falls es Strafe war, und daß ich jetzt wenigstens wußte, was ich tat. Ich tat nichts, was man mir nicht angetan hatte. Ich war verwundet worden, und ich war verkrüppelt worden und davongekommen. Ich rechnete immer damit, von der einen oder anderen Sache getötet zu werden, und wahrhaftig, es machte mir nichts mehr aus. Da ich immer noch leidenschaftlich gern jagte, beschloß ich, es nur so lange zu tun, wie ich einen ‹sauberen› Schuß landen konnte, und aufzuhören, sobald ich die Fähigkeit hierfür verlor.

Wenn man ganz jung seine Zeit für die Allgemeinheit, die Demokratie und all die anderen Dinge abgedient hat und jede weitere Rekrutierung ablehnt und nur sich selbst gegenüber verantwortlich ist, tauscht man den angenehm tröstlichen Mief der Kameraden gegen etwas ein, das man niemals auf irgendeine andere Art als ganz allein fühlen kann. Dieses Etwas kann ich noch nicht genau definieren, aber das Gefühl kommt, wenn man gut und wahrheitsgemäß über etwas schreibt und objektiv weiß, man hat so geschrieben, und die, die dafür bezahlt werden, es zu lesen und darüber Bericht zu erstatten, mögen das Thema nicht und sagen deshalb, daß das Ganze Schwindel sei; dennoch bist du völlig von seinem Wert überzeugt, oder wenn du etwas tust, was die Leute nicht als ernsthafte Tätigkeit ansehen, und du dennoch ehrlich überzeugt bist, daß es ebenso wichtig ist und immer ebenso wichtig gewesen ist wie alle Dinge, die gerade Mode sind, und wenn du auf See allein mit ihm bist und dir bewußt ist, daß dieser Golfstrom, mit dem du lebst, den du kennst, von dem du ständig zulernst und den du liebst, geflossen ist, wie er fließt, bevor es Menschen gab, und daß er an der Küstenlinie dieser langen, wunderschönen, unglücklichen Insel vorbeizog, lange ehe Kolumbus sie sichtete, und daß die Dinge, die du über sie und die Leute, die dort immer gewohnt haben, entdeckst, von Dauer und von Wert sind, weil dieser Strom noch fließen wird, wie er geflossen ist, nachdem die Indianer, nachdem die Spanier, nachdem die Engländer, nachdem die Amerikaner und nachdem alle Kubaner und alle Regierungssysteme, der Reichtum, die Armut, das Märtyrertum, die Hingabe und die Bestechlichkeit und die Grausamkeit alle verschwunden sind wie der hochbeladene Lastkahn mit seinem buntfarbigen, weißgesprenkelten, schlecht riechenden Abfall, der jetzt auf der Seite liegend seine Last ins blaue Wasser ausschüttet und es bis zu einer Tiefe von vier oder fünf Faden in ein helles Grün kehrt, während die Ladung sich an der Oberfläche ausbreitet, das Versinkbare in die Tiefe geht und das Treibgut von Palmwedeln, Korken, Flaschen und verbrauchten elektrischen Glühbirnen, hin und wieder gewürzt mit einem Kondom oder einem tief treibendem Korsett, den zerrissenen Seiten aus dem Seminarheft eines Studenten, einem stark aufgetriebenen Hund, gelegentlich einer Ratte, einer nicht mehr distinguierten Katze, all dies sorgsam begleitet wird von den Booten der Abfallsammler, die mit langen Stangen ihre Beute herausfischen, so interessiert, so intelligent und so präzis wie Historiker: sie haben das Ganze vor Augen; der Strom mit keiner sichtbaren Strömung schluckt täglich fünf Ladungen hiervon, wenn alles gut geht in Havanna, aber zehn Meilen von der Küste entfernt ist er klar und blau und unbeeindruckt, wie er immer war, ehe der Schlepper den Lastkahn hinauszog und die Palmenwedel von unseren Siegen, die abgenutzten Glühbirnen von unseren Erfindungen und die leeren Kondome unserer großen Leidenschaften treiben ohne Bedeutung gegen das eine, einzig Bleibende – den Strom.

Während ich auf meinem Vordersitz an das Meer und das Land dachte, waren wir nach kurzer Zeit aus Aragonien heraus und fuhren hinunter zum Ufer eines Sandflusses, eine halbe Meile breit, goldfarbenen Sandes, von grünen Bäumen gesäumt und von Waldinseln unterbrochen, und in diesem Fluß ist das Wasser unter dem Sand, und das Wild kommt nachts herunter und gräbt im Sand mit scharf zugespitzten Hufen, und Wasser quillt auf, und sie trinken. Wir überquerten diesen Fluß, und inzwischen war es Nachmittag geworden, und wir kamen an vielen Leuten auf dem Weg vorbei, die das Land vor uns verließen, wo eine Hungersnot herrschte, und jetzt standen längs der Straße kleine Bäume und dichter Busch, und dann begann sie hinanzuklimmen, und wir kamen in ein paar blaue Hügel hinein, alte, bewaldete Hügel mit Bäumen wie Buchen und Gruppen von Hütten mit rauchenden Feuern und heimwärts getriebenem Vieh, Schaf-und Ziegenherden und kleinen Maisfeldern, und ich sagte zu A. O. M.: «Es ist wie Galicia.»

«Genauso», sagte sie. «Wir sind heute durch drei spanische Provinzen gekommen.»

«Wirklich?» fragte Pop.

«Genau», sagte ich. «Nur die Gebäude. Auch in Droopys Land war es wie Navarra. Die Art, wie der Kalkstein zutage tritt, die Art, wie das Land daliegt, die Bäume an den Wasserläufen und die Quellen.»

«Verdammt merkwürdig, wie man ein Land lieben kann», sagte Pop.

«Ihr zwei seid sehr tiefsinnige Burschen», sagte A. O. M. «Aber wo werden wir das Lager aufschlagen?»

«Hier», sagte Pop. «So gut wie irgendwo anders. Wir wollen nur erst Wasser finden.»

Wir kampierten unter einigen Bäumen in der Nähe von drei großen Brunnen, aus denen eingeborene Frauen Wasser holen kamen, und nachdem wir die Jagdgebiete ausgelost hatten, pirschten Karl und ich in der Dämmerung um zwei von den Hügeln herum jenseits des Wegs über dem Eingeborenendorf.

«Es ist alles Kuduland», sagte Pop. «Sie können wahrscheinlich überall einen aufstöbern.»

Aber wir sahen nichts außer ein paar Massai-Rindern zwischen den Baumstämmen und kamen im Dunkeln nach Hause, froh, der Bewegung nach dem Tag im Auto, fanden das Lager fertig vor, Pop und A. O. M. in Pyjamas am Feuer und Karl noch nicht zurück.

Er kam herein, wütend aus irgendeinem Grund, kein Kudu möglicherweise, sah blaß und hager aus und sprach mit niemand.

Später am Feuer fragte er mich, wo wir gewesen wären, und ich sagte, wir hätten um unseren Hügel herumgepirscht, bis unser Führer sie gehört habe; dann wären wir auf den Hügel hinaufgegangen, hinunter und quer durch die Gegend zum Lager zurück.

«Was meinst du mit ‹uns gehört haben›?»

«Er hat gesagt, daß er euch gehört hat. M'Cola auch.»

«Ich dachte, wir hätten ausgelost, wo jeder jagen sollte.»

«Haben wir», sagte ich. «Aber wir wußten nicht, daß wir auf deiner Seite angelangt waren, ehe wir euch hörten.»

«Hast *du* uns gehört?»

«Ich hab irgendwas gehört», sagte ich. «Und als ich die Hand ans Ohr legte, um zu horchen, sagte der Führer etwas zu M'Cola, und M'Cola sagte: ‹B'wana.› Ich sagte: ‹Welcher B'wana?› Und er sagte: ‹B'wana Kabor.› Das bist du. Also war's klar, daß wir an unsere Grenze gekommen waren, und wir gingen zur Höhe hinauf und kamen zurück.»

Er sagte nichts und sah sehr verärgert aus.

«Ärger dich doch nicht darüber», sagte ich.

«Ich ärger mich gar nicht. Ich bin müde», sagte er.

Es war wohl so, denn es gibt keinen Menschen, der freundlicher, verständnisvoller, opferbereiter ist als Karl, aber Kudus waren eine fixe Idee für ihn gewesen, und er war nicht er selbst, in keiner Weise mehr er selbst.

«Er kriegt hoffentlich recht bald einen», sagte A. O. M., als er in sein Zelt zum Baden gegangen war.

«Sind Sie ihm in die Quere gekommen?» fragte mich Pop.

«Teufel noch mal, nein.»

«Dort, wo wir hinfahren, wird er einen bekommen», sagte Pop. «Er wird wahrscheinlich einen fünfzigzolligen bekommen.»

«Um so besser», sagte ich. «Aber mein Gott, ich will auch einen kriegen.»

«Werden Sie ja, Sie alter Afrikaner», sagte Pop. «Ich denke an nichts als an Ihre Wünsche.»

«Verflucht noch mal. Wir haben nur noch zehn Tage.»

«Passen Sie auf, wir werden auch Rappenantilopen kriegen. Sobald erst mal unsere Glückssträhne beginnt.»

«Wie lange haben Sie schon mal Leute in einem guten Jagdgebiet gehabt, ehe sie einen gekriegt haben?»

«Drei Wochen, und sind abgereist, ohne einen zu sehen. Und ich hab auch welche gehabt, die am ersten Vormittag zu Schuß gekommen sind. Man jagt sie noch auf die Art, wie Sie zu Hause einen großen Hirsch jagen.»

«So hab ich's am liebsten», sagte ich. «Aber ich will nicht, daß der Kerl mir immer über ist. Pop, er hat den besten Büffel, das beste Rhino, den besten Wasserbock.»

«Sie sind ihm mit Ihrem Oryx über», sagte Pop.

«Was ist schon ein Oryx?»

«Der wird verdammt stattlich aussehen, haben Sie ihn mal erst zu Hause.»

«Ich mach ja nur Spaß.»

«Sie sind ihm mit Ihrem Impalla und Ihrer Elenantilope über. Sie haben einen erstklassigen Buschbock. Ihr Leopard ist so gut wie seiner. Aber er wird Ihnen bei allem über sein, wo's aufs Glück ankommt. Er hat phantastischen Dusel, und er ist ein guter Kerl. Ich finde nur, er ist nicht recht bei Appetit.»

«Sie wissen, wie gern ich ihn habe. Ich mag ihn so gern, wie ich überhaupt jemand mag. Aber ich will, daß er vergnügt ist. Es macht keinen Spaß, zu jagen, wenn wir uns derart dabei aufführen.»

«Passen Sie auf. Er wird von diesem nächsten Lager aus einen Kudu kriegen, und dann ist er wieder obenauf.»

«Ich bin ein niederträchtiger Nörgler», sagte ich.

«Ja, das sind Sie», sagte Pop. «Aber trinken Sie nicht was?»

«Schön», sagte ich.

Karl kam heraus, ruhig, freundlich, friedlich und verständnisvoll zartfühlend.

«Es wird fein werden, wenn wir da in die neue Gegend kommen», sagte er.

«Es wird fabelhaft werden», sagte ich.

«Erzählen Sie mir, wie es ist, Mr. Phillips», sagte er zu Pop.

«Ich weiß nicht», sagte Pop. «Aber es heißt allgemein, daß die Jagd dort ausgezeichnet ist. Man sagt, daß sie direkt im Freien äsen. Jener alte Holländer behauptet, daß es ein paar ganz ungewöhnliche Exemplare da gibt.»

«Hoffentlich kriegst du einen sechszolligen, mein Junge», sagte Karl zu mir.

«*Du* kriegst einen sechziger.»

«Nein», sagte Karl. «Zieh mich nicht auf. Ich werde mit jedem Kudu zufrieden sein.»

«Wahrscheinlich kriegen Sie einen Mordskerl», sagte Pop.

«Machen Sie sich doch nicht über mich lustig», sagte Karl. «Ich weiß, was ich für Dusel gehabt habe. Ich würde mit jedem Kudu zufrieden sein, mit jedem Bock.»

Er war sehr freundlich, und er wußte, was einem durch den Sinn ging, konnte es einem verzeihen und es verstehen.

«Gutes altes Karlchen», sagte ich, von Whisky, Verständnis und Gefühl erwärmt.

«Wir amüsieren uns großartig, was?» sagte Karl. «Wo ist denn die arme olle Mama?»

«Ich bin hier», sagte A. O. M. aus dem Schatten heraus. «Ich bin eine von den Stillen.»

«Mein Gott, und ob Sie das sind», sagte Pop. «Aber Sie können unserem alten Freund schnell genug eins auswischen, wenn er loslegt.»

«Das ist das, was eine Frau allgemein beliebt macht», sagte A. O. M. zu ihm. «Machen Sie mir noch ein Kompliment, Mr. J.»

«Mein Gott, Sie sind so tapfer wie ein kleiner Terrier.» Pop und ich hatten beide allem Anschein nach getrunken.

«Das ist wunderbar.» A. O. M. setzte sich tief in ihren Stuhl zurück und hielt mit den Händen ihre Moskitostiefel umklammert. Ich blickte sie an, sah ihren gesteppten blauen Morgenrock im Feuerschein und den Glanz auf ihrem schwarzen Haar. «Hab ich zu gern, wenn ihr alle das kleine Terrierstadium erreicht habt. Dann weiß ich, daß der Krieg nicht weit entfernt sein kann. War einer der Herren zufällig im Krieg?»

«Ich nicht», sagte Pop, «aber Ihr Mann, einer der tapfersten Hundsfötter, die je gelebt haben, ein ungewöhnlicher Vogelschütze und ein hervorragender *tracker.*»

«Jetzt, wo er betrunken ist, kriegen wir die Wahrheit zu hören», sagte ich.

«Kommt essen», sagte A. O. M. «Ich bin wirklich furchtbar hungrig.»

Wir waren beim Morgengrauen im Auto draußen, draußen auf der Straße und jenseits des Dorfes und kamen, nachdem wir eine Strecke dichten Dornbuschs hinter uns hatten, an den Rand einer vor Sonnenaufgang noch dunstigen Ebene, wo wir in weiter Ferne äsende Elenantilopen sehen konnten, riesengroß und grau im frühen Morgenlicht. Wir hielten mit dem Wagen, wo der Busch aufhörte, und stiegen aus und setzten uns hin und sahen durch unsere Jagdgläser zwischen uns und den Elenantilopen eine weitverstreute Kongoniherde, und bei den Kongonis war ein einzelner Oryxbock wie ein fetter, pflaumenfarbiger Massai-Esel mit phantastisch langen schwarzen, geraden, rückwärts geschrägten Hörnern, die jedesmal sichtbar wurden, wenn er beim Äsen den Kopf hob.

«Willst du ihn anpirschen?» fragte ich Karl.

«Nein. Mach du.»

Ich wußte, daß er ungern vor anderen Leuten pirschte und schoß, und darum sagte ich: «Schön.» Außerdem wollte ich gern schießen aus Egoismus, und Karl war nicht egoistisch. Wir brauchten dringend Fleisch.

Ich ging den Weg entlang, ohne zu dem Wild hinüberzublicken, suchte unbefangen auszusehen, hielt das Gewehr, das mir am Riemen von der linken Schulter hing, kerzengerade vom Wild weg. Sie schienen sich nicht um mich zu kümmern, sondern ästen stetig weiter. Ich wußte, daß sie sich, sobald ich mich ihnen näherte, sofort außer Schußweite begeben würden, deshalb setzte ich mich hin, als ich aus dem äußersten Augenwinkel sah, wie der Oryx von neuem den Kopf senkte, um weiterzuäsen, und der Schuß mir möglich schien, zog meinen Arm aus dem Riemen, und als er aufblickte und sich hin und her laufend zu entfernen begann, hielt ich hoch auf sein Blatt und drückte ab. Man hört den Knall vom Schuß nicht, wenn man auf Wild schießt, aber das Aufschlagen der Kugel hallte, als er hinüber und nach rechts davonsetzte und die ganze Ebene zu einem Hintergrund sich gegen die aufgehende Sonne zu bewegender Tiere wurde, dem Schaukelpferd-Kanter der langbeinigen, grotesken Kongonis, dem schwer schwingenden, in Galopp übergehenden Trott der Elenantilope und eines zweiten Oryx, den ich vorher nicht gesehen hatte, der mit den Kongonis lief. Dies plötzliche Leben und diese Panik, alles wurde zum Hintergrund für den einen, den ich haben wollte, der jetzt mit hochstehenden Hörnern im spitzen Winkel wegtrabte, und ich stand, um auf den flüchtenden Oryx zu schießen, bekam ihn zu fassen, das ganze Tier en miniature in der Kimme, und ich zielte oberhalb vom Blatt, hielt vor und drückte ab, und er brach, um sich stoßend, zusammen, ehe das Krachen der Kugel, als sie den Knochen traf, zurückkam. Es war ein sehr weiter und noch glücklicherer Schuß, der ihm einen Hinterlauf brach.

Ich rannte auf ihn zu, dann verlangsamte ich das Tempo, um mich ihm behutsam zu nähern und nicht außer Atem zu sein, falls er aufspringen und wegjagen sollte, aber er lag endgültig. Er war so plötzlich zusammengebrochen, und die Kugel hatte, als sie landete, einen solchen Krach gemacht, daß ich befürchtete, die Hörner getroffen zu haben, aber als ich bei ihm ankam, war er tot, und zwar durch den ersten Schuß hinter den Blättern hoch oben im Rücken, und ich sah, daß er zusammengebrochen war, als ich den Lauf unter ihm wegschoß. Alle kamen heran, und Charo gab ihm den Fangstoß, damit er zu legalem Wildbret wurde.

«Wohin hast du das zweite Mal gezielt?» fragte Karl.

«Nirgendswohin. Ein bißchen höher und ein ganzes Stück vorgehalten und dann mit ihm mitgegangen.»

«Das war sehr hübsch», sagte Dan.

«Heute abend», sagte Pop, «wird er uns erzählen, daß er den Hinterlauf vorsätzlich getroffen hat. Sie wissen doch, das ist sein Lieblingsschuß – einer von ihnen. Haben Sie mal gehört, wenn er's erläutert?»

Während M'Cola den Kopf aushäutete und Charo das Fleisch aus der Decke schlug, kam ein langer, dünner Massai mit einem Speer heran, sagte guten Morgen, stand auf einem Bein und sah beim Häuten zu. Er sprach ziemlich lange auf mich ein, und ich rief Pop. Der Massai wiederholte Pop sein Anliegen.

«Er möchte wissen, ob Sie noch etwas anderes schießen werden», sagte Pop. «Er hätte gern einige Felle, aber er macht sich nichts aus Oryxfell. Es ist so gut wie wertlos, sagt er. Er fragt, ob Sie nicht

Ein paar Zebrafelle . . .

vielleicht ein paar Kongonis oder Elenantilopen schießen möchten. *Die* Felle mag er.»

«Sagen Sie ihm, wenn ich zurückkomme.»

Pop sagte es ihm feierlich. Der Massai schüttelte mir die Hand.

«Sagen Sie ihm, daß er mich immer in *Harry's New York Bar* finden kann», sagte ich.

Der Massai sagte noch etwas und kratzte sich ein Bein mit dem andern.

«Er fragt, warum Sie zwei Schüsse auf ihn abgegeben haben», sagte Pop.

«Sagen Sie ihm, daß es in unserem Stamm Sitte ist, morgens immer zwei Schüsse abzugeben. Später am Tag schießen wir nur einmal. Abends sind wir häufig selbst halb erschossen. Sagen Sie ihm, daß er mich immer im *New Stanley* oder bei *Torr's* finden kann.»

«Er fragt, was Sie mit den Hörnern machen.»

«Sagen Sie ihm, daß man in unserem Stamm die Hörner seinen reichsten Freunden schenkt. Sagen Sie ihm, daß es sehr aufregend ist und daß Angehörige des Stammes manchmal mit leeren Revolvern über weite Flächen gejagt werden. Sagen Sie ihm, daß er mich im Adreßbuch finden kann.»

Pop sagte etwas zu dem Massai, und wir schüttelten einander nochmals die Hand und trennten uns in äußerst herzlichem Einvernehmen. Als wir durch den Dunst über die Ebene blickten, sahen wir einige andere Massai den Weg entlangkommen, erdbraune Häute und kniefederndes Ausschreiten und Speere dünn im Morgenlicht.

Wir waren wieder im Auto, hatten den Oryxkopf in einen groben Leinwandsack gewickelt und das Fleisch innerhalb der Kotflügel festgebunden, und das Blut trocknete, und das Fleisch staubte ein; die Straße war jetzt aus rotem Sand und die Ebene hinter uns und der Busch wieder dicht bis an den Straßenrand heran, so fuhren wir hinauf in einige Hügel und durch das kleine Dorf Kibaya, wo es ein Rasthaus und einen Krämerladen und viel Ackerland gab. Hier war die Stelle, wo Dan einmal auf einem Heuhaufen gesessen und auf ein Kudu gewartet hatte, das am Rand eines Streifens mit staubbedecktem Mais äsen sollte, und ein Löwe hatte sich an den sitzenden Dan herangepirscht und ihn beinahe erwischt. Dies weckte in uns ein starkes historisches Gefühl für das Dorf Kibaya, und da es noch kühl war und die Sonne noch nicht den Tau vom Gras weggebrannt hatte, schlug ich vor, eine Flasche von dem silberpapierhalsigen, gelb und schwarz etikettierten deutschen Bier mit dem Reiter in der Rüstung darauf zu trinken, um den Ort besser in Erinnerung zu behalten und ihn noch höher zu schätzen. Danach, von historischer

Bewunderung für Kibaya erfüllt, erfuhren wir, daß der Weg vor uns passierbar sei, ließen Nachricht zurück, daß die Lastwagen ostwärts folgen sollten, und setzten uns in Richtung auf die Küste und das Kuduland in Bewegung.

Lange Zeit über, während die Sonne höher stieg und der Tag heiß wurde, fuhren wir durch das, was Pop auf meine Frage, wie das Land im Süden sei, als eine Million Meilen beschissenes Afrika beschrieben hatte, Dorngebüsch bis dicht an die Straße, das aus undurchdringlichem, geschlossenem, struppig aussehendem Unterholz bestand.

«Da drinnen sind sehr große Elefanten», sagte Pop. «Aber es ist unmöglich, sie zu jagen. Deshalb sind sie so groß. Einfach, was?»

Nach einer langen Strecke des Millionen-Meilen-Landes begann sich das Land in trockenen, sandigen, buschbegrenzten Prairien auszubreiten, die zu typischem Wüstenland mit hin und wieder einem Fleckchen Busch, wo es Wasser gab, ausgetrocknet waren, von dem Pop sagte, daß es wie die nördliche Grenzprovinz von Kenya sei. Wir sahen uns nach Gerenuks um, jener langhalsigen Antilope, die in der Art, wie sie sich hält, einer Gottesanbeterin ähnelt, und nach den kleinen Kudus, von denen wir wußten, daß sie in dieser Buschsteppe lebten, aber die Sonne stand jetzt hoch, und wir sahen nichts. Schließlich begann der Weg allmählich wieder in die Hügel anzusteigen, jetzt niedrige blaue, bewaldete Hügel mit Meilen von spärlichem Busch, ein bißchen dichter als Obstgartensteppe, und dazwischen und vor uns ein paar hohe, massive, bewaldete Hügel, die hoch genug waren, um Berge zu sein. Diese lagen zu beiden Seiten der Straße, und als wir mit dem Auto emporklommen, wo die rote Straße sich verengte, sahen wir eine Herde von Hunderten von Rindern vor uns, die von Somali-Viehhändlern hinunter an die Küste getrieben wurde; der Haupthändler ging voran, groß, gut aussehend in weißem Turban und Küstenkleidung, und trug einen Regenschirm als Symbol seiner Autorität. Schließlich arbeiteten wir uns mit dem Wagen durch die Herde hindurch, kamen heraus und hinaus ins offene Land zwischen den beiden Bergen und weiter, eine halbe Meile, zu einem Dorf aus Lehm- und Strohdach-Hütten, in einer offenen Lichtung auf einem kleinen, niedrigen Plateau jenseits der beiden Berge. Wir blickten zurück, und die Berge sahen sehr schön aus mit ihren bewaldeten Flanken, dem zutage tretenden Kalkstein, den offenen Schneisen und Wiesen oberhalb der Wälder.

«Ist dies die Stelle?»

«Ja», sagte Dan. «Wir wollen suchen, wo der Lagerplatz ist.»

Ein sehr alter, verbraucht und verblaßt aussehender Schwarzer mit weißen Bartstoppeln, ein Bauer, bekleidet mit einem ehemals weißen Tuch, das auf der Schulter in der Art einer römischen Toga gerafft war, kam hinter einer der Lehm- und Flechtwerkhütten heraus und führte uns zurück, die Straße hinunter und links von ihr ab zu einem sehr guten Lagerplatz. Er war ein sehr mißmutig aussehender alter Mann, und nachdem Pop und Dan mit ihm gesprochen hatten, sah er noch mißmutiger aus als vorher und ging fort, ein paar Führer zu holen, deren Namen Dan auf ein Stück Papier geschrieben hatte. Sie waren von einem holländischen Jäger empfohlen, der vor einem Jahr hier gewesen war und der Dans großer Freund war.

Wir nahmen die Sitze aus dem Auto, um sie als Tisch und Bänke zu benutzen, breiteten unsere Mäntel aus, um darauf zu sitzen, und aßen im Schatten eines Baumes zu Mittag, tranken Bier und schliefen oder lasen, während wir darauf warteten, daß die Lastwagen nachkamen. Ehe die Lastwagen anlangten, kam der alte Mann mit dem abgemagertsten, hungrigsten und äußerst erfolglos aussehenden aller Wandorobbo zurück, der auf einem Bein stand, sich den Nacken kratzte und einen Bogen, einen Köcher mit Pfeilen und einen Speer trug. Auf unsere Frage, ob dies der Führer sei, dessen Namen wir hatten, gab der alte Mann zu, daß er es nicht sei, und ging mißmutiger denn je weg, um die offiziellen Führer zu holen.

Als wir das nächste Mal aufwachten, stand der alte Mann da mit den beiden offiziellen, völlig in Khaki gekleideten Führern und zwei anderen, gänzlich nackten aus dem Dorf. Es gab ein langes Palaver, und der Chef, einer der beiden khakibehosten Führer, zeigte sein Beglaubigungsschreiben ‹An alle, die es interessierte›, das aussagte, daß der Betreffende das Land gut kenne und ein verläßlicher Boy und ein tüchtiger *tracker* sei. Dies war von Sowieso Berufsjäger unterzeichnet. Der khakibekleidete Führer berief sich auf diesen Berufsjäger als B'wana Simba, und der Name machte uns alle wütend.

«Irgendein Kerl, der mal 'nen Löwen geschossen hat», sagte Pop.

«Sag ihm, ich sei B'wana Fisi, der Hyänenschlächter», sagte ich zu Dan. «B'wana Fisi erwürgt sie mit bloßen Händen.»

Dan sagte ihnen irgend etwas anderes.

«Frag sie, ob sie gern B'wana Hupfkrott kennenlernen wollen, den Erfinder der Hupfkröten, und Mama Tziggi, der all diese Heuschrecken gehören.»

Dan ignorierte dies. Anscheinend diskutierten sie über Geld. Nach dem er ihren üblichen Tageslohn ermittelt hatte, sagte Pop, daß der Führer 15 Shilling bekommen würde, wenn einer von uns einen Kudu tötete.

«Sie meinen ein Pfund», sagte der Hauptführer.

«Die wissen offenbar, was sie wollen», sagte Pop. «Ich muß sagen, daß mir dieser Sportsfreund trotz allem, was B'wana Simba sagt, nicht gefällt.»

B'wana Simba, stellten wir, nebenbei gesagt, später fest, war ein ausgezeichneter Jäger, der großes Ansehen an der Küste genoß.

«Wir machen aus ihnen zwei Partien und losen sie aus», schlug Pop vor, «ein nackter und einer mit Hose auf jeden Anteil. Ich persönlich bin für den nackten Wilden als Führer.»

Als wir den zwei mit Zeugnissen versehenen, behosten Führern zu verstehen gaben, daß sie sich einen unbekleideten Partner auswählen sollten, fanden wir, daß das nicht zu machen war. Großmaul, das Finanz- und jetzt Mimgenie, der durch Gebärden wiedergab, «wie B'wana Simba seinen letzten Kudu getötet hatte», unterbrach sich gerade lange genug, um zu erklären, daß er nur mit Abdullah jagen würde. Abdullah, der untersetzte, dicknasige, gebildete, war *sein tracker*. Sie jagten immer zusammen. Er selbst trackte nicht. Er spielte die Pantomime von B'wana Simba und einem anderen Original, der als B'wana Doktor bekannt war, und den gehörnten Biestern weiter.

«Wir werden aus den zwei Wilden die eine Partie machen und aus den beiden Oxfordern die andere», sagte Pop.

«Mir ist dieser Theaterfatzke widerlich», sagte ich.

«Möglicherweise ist er großartig», sagte Pop zweifelnd. «Wie dem auch ist, Sie sind ja ein großer *tracker*. Der alte Mann sagt, daß die anderen beiden gut sind.»

«Danke. Zum Teufel mit Ihnen. Wollen Sie die Grashalme halten?»

Pop arrangierte zwei Grashalme in seiner Faust. «Der lange ist für David Garrick und seinen Genossen», erklärte er, «der kurze für die zwei Nudisten-Sportsfreunde.»

«Willst du zuerst ziehen?»

«Mach du», sagte Karl.

Ich zog David Garrick und Abdullah.

«Ich hab den verdammten Tragöden.»

«Vielleicht ist er sehr gut», sagte Karl.

«Willst du tauschen?»

«Nein. Vielleicht ist er ein wahres Wunder.»

«Jetzt wollen wir um die Geländewahl losen. Der lange Grashalm hat die erste Wahl», erklärte Pop.

«Los, mach und zieh.»

Karl zog den kurzen.

«Wie sind die Reviere?» fragte ich Pop.

Es fand eine lange Unterredung statt, bei der unser David das

Töten von einem halben Dutzend Kudus darstellte, aus den verschiedensten Arten Hinterhalt, durch Überraschung, Anpirschen im Freien und Aufstöbern im Busch.

Schließlich sagte Pop: «Anscheinend gibt es dort Salzlecke, wo sie Salz lecken kommen und zu Tausenden umgebracht werden. Manchmal schlendert man auch nur um den Hügel dort herum und knallt die armen Scheißer im Freien ab. Wenn man sich groß in Form fühlt, klettert man ihnen nach und schießt sie oben auf den Klippen über den Haufen, wenn sie zum Äsen herausschlendern.»

«Ich nehme die Salzlecke.»

«Daran denken, nur die allergrößten schießen», sagte Pop.

«Wann gehen wir los?» fragte Karl.

«Die Salzlecke soll eine frühmorgendliche Angelegenheit sein», erzählte uns Pop. «Aber der alte Hem kann sie sich ruhig heute abend ansehen. Es sind ungefähr fünf Meilen die Straße runter, ehe man zu Fuß weitergeht. Er kann zuerst aufbrechen und das Auto nehmen. Sie können jederzeit in den Hügeln hinten anfangen, nachdem die Sonne ein wenig tiefer steht.»

«Und die Memsahib?» fragte ich. «Soll sie mit mir kommen?»

«Ich halte es nicht für ratsam», sagte Pop ernsthaft. «Je weniger Leute, um so besser, wenn man auf Kudus jagt.»

M'Cola, der theatralische Geschäftsmann, Abdullah und ich kamen an dem Abend spät in der Kühle der Nacht zurück, und voller Erregung näherten wir uns dem Feuer. Der Boden der Salzlecke war zerschnitten und tief eingedrückt gewesen von frischen Kudufährten, und wir sahen mehrere Fährten von großen Böcken. Der Schirm war ein fabelhaftes Versteck, und ich war so zuversichtlich und sicher, am nächsten Morgen auf Kudus zu Schuß zu kommen, wie ich sicher sein würde, auf Enten zu Schuß zu kommen von einem guten Schirm aus, mit einem guten Stamm an ausgesetzten Lockenten, kaltem Wetter und der Gewißheit einer fliegenden Kette.

«Es ist luftdicht. Es ist narrensicher. Es ist fast eine Schande. Wie heißt er doch? Booth, Barrett, McCullough – Sie wissen doch, wen ich meine . . .»

«Charles Laughton», sagte Pop und zog an seiner Pfeife.

«Ja, den meine ich. Fred Astaire. Berufs- und Allerweltstänzer. Er ist ganz groß. Hat den Schirm und alles gefunden. Wußte, wo die Salzlecke ist. Konnte sehen, aus welcher Richtung der Wind blies, indem er einfach Erde hochwarf. Er ist ein wahres Wunder. B'wana Simba trainiert sie, mein Jungchen. Pop, wir haben sie in der Tasche. Es handelt sich nur darum, das Fleisch nicht zu beschädigen und die robusteren Exemplare auszuwählen. Morgen schieße ich Ihnen zwei auf der Lecke da. Verehrte Mitbürger, mir ist sauwohl.»

«Was *hast* du nur getrunken?»

«Keinen Tropfen, wahrhaftig. Ruft Garrick. Sagt ihm, daß ich ihn zum Film bringe. Hab eine Rolle für ihn. Kleinigkeit, die ich mir auf dem Heimweg ausgedacht habe. Vielleicht wird nichts daraus, aber die Handlung gefällt mir. Othello oder der Mohr von Venedig. Gefällt es euch? Hab eine wunderbare Idee. Wißt ihr, der Junge, den wir Othello nennen, verliebt sich in ein Mädchen, das überhaupt noch von nichts weiß, darum nennen wir sie Desdemona. Gefällt's euch? Sie sind seit Jahren hinter mir her, ich soll's schreiben, aber ich hab einen Strich gezogen, wo's um Schwarze geht. Schickt ihn in die Welt; er soll sich einen Namen machen, hab ich zu ihnen gesagt. Harry Wills, zum Teufel. Paulino hat ihn geschlagen. Sharkey hat ihn geschlagen. Dempsey hat Sharkey geschlagen. Carnera hat ihn k. o. geschlagen. Und was dann, wenn niemand den Schlag gesehen hat? Wo in Teufels Namen waren wir, Pop? Harry Greb ist tot, das wissen Sie ja.»

«Wir kamen gerade in die Stadt rein», sagte Pop. «Irgendwelche Kerls warfen mit allem möglichen Zeugs nach uns, und wir konnten nicht herausbekommen, warum.»

«Ich erinnere mich», sagte A. O. M. «Warum haben Sie ihn nicht dazu gebracht, den Strich zu ziehen, wo's um Schwarze geht, Mr. J. P.?»

«Ich war schrecklich müde», sagte Pop.

«Sie sehen trotzdem sehr distinguiert aus», sagte A. O. M. «Was sollen wir mit dem albernen Kerl hier anfangen?»

«Gießen Sie dem Unmensch einen rein und warten Sie ab, ob er sich beruhigt.»

«Ich bin schon ruhig», sagte ich. «Aber, mein Gott, was freu ich mich auf morgen!»

Gerade da, wer sollte wohl ins Lager kommen als Karlchen mit seinen zwei nackten Wilden und der halben Portion von sehr frommem mohammedanischem Gewehrträger, Charo? Im Feuerschein sah Karlchen im Gesicht graugelb-weißlich aus, und er nahm seinen Stetson ab.

«Nun, hast du einen?» fragte er.

«Nein. Aber sie sind da. Was hast du gemacht?»

«Bin eine gottverlassene Straße entlanggegangen. Wie kann man erwarten, längs einer Straße mit nichts als Vieh und Hütten und Leuten Kudus zu finden?»

Er sah gar nicht wie er selbst aus, und ich dachte, er muß krank sein. Aber wie er da, als wir Zirkus machten, wie ein Totenkopf hereinkam, mußte ich mich wieder schlecht benehmen und sagte: «Wir haben ja gelost, nicht wahr?»

«Natürlich», sagte er verbittert. «Wir haben längs der Straße gepirscht. Was soll man da schon sehen? Hältst *du* das für die richtige Art und Weise, Kudus zu jagen?»

«Aber du bekommst bestimmt einen morgen auf der Salzlecke», sagte A. O. M. aufmunternd zu ihm.

Ich trank mein Glas Whisky und Soda und hörte meine Stimme sehr aufmunternd sagen: «Du kriegst ganz sicher einen morgen früh auf der Salzlecke.»

«*Du* jagst ja da morgen früh», sagte Karl.

«Nein. Du jagst da. Ich war heute abend da. Wir tauschen. Das ist abgemacht. Nicht wahr, Pop?»

«Jawohl», sagte Pop. Niemand sah irgendwen an.

«Willst du einen Whisky Soda, Karl?» fragte A. O. M.

«Gut», sagte Karl.

Wir aßen eine von jenen stillen Mahlzeiten. Im Zelt, im Bett, sagte ich: «Was in drei Teufels Namen hat dich dazu gebracht, zu sagen, daß er morgen früh die Salzlecke hat?»

«Ich weiß nicht. Ich glaub nicht, daß ich das sagen wollte. Ich war ganz durcheinander. Wir wollen lieber nicht darüber reden.»

«Ich hab das verdammte Ding durchs Los gewonnen. Dagegen darf man nicht angehen. Das ist die einzige Art, wie das Glück überhaupt eine Chance hat, Dinge auszugleichen.»

«Wir wollen nicht darüber reden.»

«Ich glaub nicht, daß er sich wohl fühlt; er ist gar nicht er selbst. Die verdammten Dinger sind ihm an die Nieren gegangen, und er ist fähig, die Salzlecke in die Luft zu jagen, höher als einen Drachen – in dem Zustand, in dem er jetzt ist.»

«Bitte, hör auf, darüber zu sprechen.»

«Werde ich.»

«Gut.»

«Na, schließlich haben wir's geschafft, daß er zufrieden ist.»

«Das weiß ich noch nicht mal. Bitte, hör auf, davon zu reden.»

«Werde ich.»

«Gut.»

«Gute Nacht», sagte sie.

«Zum Teufel damit. Gut Nacht.»

«Gut Nacht.»

7

Am Morgen brach Karl mit Zubehör zur Salzlecke auf, und Garrick, Abdullah, M'Cola und ich überquerten die Straße, schlängelten uns hinter dem Dorf einen trockenen Wasserlauf hinauf und begannen den Anstieg ins Gebirge bei Nebel. Wir stiegen ein steiniges, mit Geröll gefülltes, trockenes Flußbett hinauf, das von Schlingpflanzen und Unterholz überwuchert war, so daß man beim Klettern geduckt wie durch einen steilen Tunnel von Schlingpflanzen und Laub ging. Ich schwitzte so, daß mein Hemd und Unterzeug völlig durchnäßt waren, und als wir am Bergvorsprung herauskamen und dastanden und auf die Wolkenbank, die das ganze Tal unter uns wattierte, hinabsahen, fröstelte ich im Morgenwind und mußte meinen Regenmantel anziehen, während wir das Land mit den Gläsern absuchten. Ich war zu naßgeschwitzt, um mich hinzusetzen, und ich gab Garrick ein Zeichen, weiterzugehen. Wir gingen um die eine Seite des Berges herum, wendeten und kehrten etwas höher oben zurück und kreuzten hinüber, aus der Sonne heraus, die mein nasses Hemd trocknete, und am oberen Rand von einer Reihe von grasbewachsenen Tälern entlang und blieben stehen, um jedes einzelne gründlich mit unseren Gläsern abzusuchen. Schließlich kamen wir an eine Art von Amphitheater, ein schalenartiges Tal mit sehr grünem Gras mit einem kleinen Fluß in der Mitte und Wald an der anderen Seite und am ganzen unteren Rand. Wir saßen im Schatten gegen einige Felsblöcke gelehnt, vom Wind geschützt, und beobachteten mit den Gläsern, als die Sonne höher stieg und die gegenüberliegenden Abhänge erhellte, und sahen, wie zwei Kudus und ein Kalb äsend aus dem Wald kamen, die sich mit der schnell äsenden, dann mit erhobenem Kopf lang starrenden Wachsamkeit aller äsenden Tiere im Wald bewegten. Tiere auf der Ebene können so weit sehen, daß sie Vertrauen haben und völlig anders äsen als Tiere in Wäldern. Wir konnten die vertikalen weißen Streifen auf ihren grauen Flanken sehen, und es war sehr befriedigend, sie zu beobachten und derart früh am Morgen oben im Gebirge zu sein. Dann, während wir beobachteten, hörten wir ein Dröhnen wie von einem Bergrutsch. Ich dachte zuerst, daß ein Felsblock abstürzte, aber M'Cola flüsterte:

«B'wana Kabor! *Piga!*» Wir warteten auf einen zweiten Schuß, aber wir hörten keinen, und ich war überzeugt, daß Karl seinen Kudu hatte. Die Kühe, die wir beobachteten, hatten den Schuß gehört und standen lauschend da und ästen dann weiter. Aber sie ästen dem Wald zu. Mir fiel der alte Spruch von dem Inder in unserem Lager ein: «Ein Schuß, Fleisch. Zwei Schuß, vielleicht. Drei

Schuß, Haufen Schiet», und ich holte das Wörterbuch heraus, um es für M'Cola zu übersetzen. Was dabei herauskam, schien ihn zu amüsieren, und er lachte und schüttelte den Kopf. Wir suchten das Tal mit den Gläsern ab, bis die Sonne uns traf, pirschten dann um die andere Seite des Berges herum und sahen in einem zweiten schönen Tal die Stelle, wo der andere B'wana, es klang immer noch wie B'wana Doktor, einen kapitalen Kudubock geschossen hatte, aber ein Massai ging mitten durch das Tal, während wir es absuchten, und als ich so tat, als ob ich ihn schießen wollte, wurde Garrick hochdramatisch und beteuerte immer wieder, es sei ein Mann, ein Mann, ein Mann.

«Nicht schießen Männer?» fragte ich ihn.

«Nein, nein, nein», sagte er und faßte sich mit der Hand an den Kopf.

Ich nahm mit großem Widerstreben das Gewehr herunter, spielte den Hanswurst für den grinsenden M'Cola, und es war jetzt sehr heiß, und wir gingen über eine Wiese, wo das Gras kniehoch stand und nur so von langen, rosenfarbenen, gazeflügeligen Heuschrekken wimmelte, die in Wolken um uns aufstiegen und dabei ein schwirrendes Geräusch wie eine Mähmaschine machten, und wir kletterten kleine Hügel hinauf und gingen einen langen, steilen Abhang hinunter auf unserem Weg zum Lager zurück und fanden die Luft im Tal von fliegenden Heuschrecken bewegt und Karl mit seinem Kudu bereits im Lager.

Als wir am Zelt des Abhäuters vorbeikamen, zeigte mir dieser den Kopf, der körperlos und haltlos wie ein sehr merkwürdiger und unglückseliger Kudu aussah, mit dem Hautcape, das lose, naß und schwer dort, wo die Schädelbasis von der Wirbelsäule abgetrennt war, herunterhing. Nur die glatte graue und zart weiß gezeichnete Haut, die von den Augen zu den Nasenflügeln hinunterlief, und die großen, anmutigen Ohren waren wunderschön. Die Augen waren bereits trübe, und Fliegen waren um sie herum, und die Hörner waren schwer, grob, und anstatt in die Höhe zu spiralen, machten sie eine schwerfällige Drehung und standen schräg weg. Es war ein Monstrum von einem Kopf, schwer und häßlich.

Pop saß unter dem Eßzelt, rauchte und las.

«Wo ist Karl?» fragte ich ihn.

«In seinem Zelt, glaube ich. Was haben Sie gemacht?»

«Mich um den Berg herumgearbeitet. Hab zwei weibliche Kudus gesehen.»

«Freut mich schrecklich, daß du ihn gekriegt hast», sagte ich zu Karl am Eingang von seinem Zelt. «Wie war es?»

«Wir waren im Schirm, und sie machten mir Zeichen, den Kopf

tief zu halten, und dann, als ich aufblickte, war er direkt neben uns. Er sah riesenhaft aus.»

«Wir haben den Schuß gehört. Wo hast du ihn getroffen?»

«Zuerst in den Lauf, glaube ich. Dann verfolgten wir ihn, und schließlich traf ich ihn noch zweimal, und wir hatten ihn.»

«Ich hab nur einen Schuß gehört.»

«Es waren drei oder vier», sagte Karl.

«Wahrscheinlich hat der Berg allerhand abgehalten, wenn du ihn nach der anderen Seite zu verfolgt hast. Er hat eine Stange und eine weite Auslage.»

«Danke», sagte Karl. «Hoffentlich kriegst du einen viel besseren. Sie sagten, es sei noch einer da, aber ich habe ihn nicht gesehen.»

Ich ging zum Eßzelt zurück, wo Pop und A. O. M. waren. Anscheinend waren sie von dem Kudu nicht sehr erbaut.

«Was ist denn mit euch los?» fragte ich.

«Hast du den Kopf gesehen?» fragte A. O. M.

«Gewiß.»

«Er sieht scheußlich aus», sagte sie.

«Es ist ein Kudu. Er hat noch einen zweiten gut.»

«Charo und die *tracker* sagten, daß noch ein zweiter Bock mit dem hier war. Ein großer Bock mit einem wunderbaren Gehörn.»

«Soll mir recht sein. Ich werde ihn schießen.»

«Wenn er je zurückkommt.»

«Es ist fein, daß er einen hat», sagte A. O. M.

«Wetten, daß er den größten, von dem je einer gehört hat, jetzt kriegt?» sagte ich.

«Ich schicke ihn mit Dan ins Rappenland voraus», sagte Pop. «So war die Abmachung. Der, der zuerst einen Kudu schießt, kriegt die erste Chance mit den Rappenantilopen.»

«Das ist großartig.»

«Und sobald Sie Ihren Kudu haben, machen wir uns auch dahin auf.»

«Gut.»

Jagd und Versagen

I

All das schien ein Jahr her zu sein. Jetzt an diesem Nachmittag im Auto, auf dem Weg hinaus zu der Salzlecke bei Meile 28, mit der Sonne auf unseren Gesichtern, nachdem ich gerade das Perlhuhn geschossen hatte, nachdem ich die letzten fünf Tage auf der Lecke, wo Karl seinen Bock erlegt hatte, erfolglos gewesen war, den großen Hügeln und den kleinen Hügeln, nachdem ich auf der Ebene erfolglos gewesen war, nachdem ich die Nacht zuvor auf dieser Lecke wegen des Lastwagens von dem Österreicher nicht zu Schuß gekommen war, wußte ich, daß wir nur noch zwei Jagdtage vor uns hatten, ehe wir fort mußten. M'Cola wußte es auch, und wir jagten jetzt zusammen; keiner von uns hatte mehr irgendein Gefühl von Überlegenheit, nur noch das von der Kürze der Zeit und den Ärger darüber, daß wir das Land nicht kannten und diese absurden Possenreißer als Führer auf dem Hals hatten.

Kamau, der Fahrer, war ein Kikuyu, ein ruhiger Mann von ungefähr fünfunddreißig, der es mit einem alten braunen Tweedmantel, den irgendein Jäger abgelegt hatte, mit seiner an den Knien stark geflickten, wieder aufgerissenen Hose und einem sehr schäbigen Hemd fertigbrachte, immer den Eindruck großer Eleganz hervorzurufen. Kamau war sehr bescheiden, ruhig und ein ausgezeichneter Fahrer, und jetzt, als wir aus dem Buschland heraus und auf eine offene, gestrüppreiche, steppenartig aussehende Strecke kamen, blickte ich ihn an, dessen mit einem alten Mantel und einer Sicherheitsnadel zuwege gebrachte Eleganz, dessen Bescheidenheit, gute Laune und Geschicklichkeit ich jetzt so sehr bewunderte, und dachte daran, daß er, als wir anfangs draußen waren, beinahe am Fieber gestorben war und daß es mir, wenn er gestorben wäre, nichts bedeutet hätte bis auf das Fehlen eines Fahrers, während ich jetzt, wann und wo immer er sterben sollte, schmerzlich fühlen würde. Dann gab ich die süße Gefühlsduselei über den fernen und unwahrscheinlichen Tod von Kamau auf und dachte, was es doch für ein Vergnügen sein müsse, David Garrick in den Hintern zu schießen, allein um den Ausdruck auf seinem Gesicht zu sehen, wenn er irgendwann wieder mal einen Pirschgang dramatisierte, und gerade da schreckten wir noch ein Volk Perlhühner auf. M'Cola reichte mir die Flinte, aber ich schüttelte den Kopf. Er nickte heftig und sagte: «Gut. Sehr gut», und ich hieß Kamau weiterfahren. Dies verwirrte

Garrick, der eine Rede vom Stapel ließ. «Wollten wir denn keine Perlhühner? Das waren doch Perlhühner. Die feinste Sorte.» Ich hatte an Hand des Geschwindigkeitsanzeigers festgestellt, daß wir nur ungefähr drei Meilen vom Salz entfernt waren, und ich hatte kein Verlangen, einen Bock von dort zu vergrämen oder ihm durch einen Schuß eine solche Angst einzujagen, daß er das Salz verlassen würde wie der kleine Kudu, als er das Geräusch von dem Lastwagen hörte, während wir im Schirm saßen.

Wir ließen den Lastwagen unter ein paar struppigen Bäumen, ungefähr zwei Meilen von der Lecke entfernt, stehen und gingen den sandigen Weg in Richtung auf die erste Salzstelle, die in einer Lichtung links vom Pfad lag. Wir waren ungefähr eine Meile gegangen, hatten uns völlig ruhig verhalten, gingen im Gänsemarsch, Abdullah, der gebildete *tracker*, an der Spitze, dann ich, M'Cola und Garrick, als wir sahen, daß der Weg vor uns naß war. Wo der Sand dünn über dem Lehm lag war eine Regenpfütze, und man konnte sehen, daß ein heftiger Regenguß alles weiter vor uns überschwemmt hatte. Ich war mir nicht klar darüber, was das bedeutete, aber Garrick spreizte die Arme weit auseinander, blickte zum Himmel und entblößte vor Ärger die Zähne.

«Nix gut», flüsterte M'Cola.

Garrick fing an mit lauter Stimme zu reden.

«Klappe halten, Idiot», sagte ich und hielt die Hand vor den Mund. Er redete mit übernormaler Lautstärke weiter, und ich suchte «Klappe halten» im Wörterbuch, während er gen Himmel und auf den vom Regen ausgewaschenen Weg zeigte. Ich konnte «Klappe halten» nicht finden, deshalb hielt ich meinen Handrücken mit einiger Festigkeit vor seinen Mund, und er schloß ihn vor Überraschung.

«'Cola», sagte ich.

«Ja», sagte M'Cola.

«Was ist los?»

«Salz nix gut.»

«Aha.»

Also das war's. Ich hatte an Regen nur als an etwas gedacht, was das *tracken* erleichterte.

«Wann Regen?» fragte ich.

«Gestern abend», sagte M'Cola.

Garrick begann zu sprechen, und ich hielt ihm meinen Handrükken vor den Mund.

«'Cola.»

«Ja.»

«Anderes Salz», und ich zeigte in der Richtung auf die große

Lecke im Wald, die, wie ich wußte, ein gut Teil höher lag, weil wir, um hinzugelangen, durch das Unterholz leicht bergan gingen. «Anderes Salz gut?»

«Vielleicht.»

M'Cola sagte etwas sehr leise zu Garrick, der tief gekränkt schien, aber den Mund hielt, und wir schritten weiter, den Weg entlang, umgingen die nassen Stellen, dorthin, wo wahrhaftig die tiefe Mulde der Salzlecke halb voll Wasser stand. Garrick legte hier mit einer Ansprache im Flüsterton los, aber M'Cola brachte ihn wieder zum Schweigen.

«Weiter», sagte ich, und mit M'Cola an der Spitze begannen wir dem feuchten, sandigen, sonst meistens trockenen Wasserlauf hinauf zu folgen, der zwischen den Bäumen zu der oberen Lecke führte.

M'Cola blieb wie angewurzelt stehen, beugte sich vor, um sich den feuchten Sand zu besehen, und flüsterte mir dann «Mann» zu. Da war die Spur.

«Shenzi», sagte er, was wilder Mann bedeutet.

Wir nahmen die Spur des Mannes auf, bewegten uns langsam zwischen den Bäumen hindurch und schlichen vorsichtig um die Lecke herum, hinauf und in die Deckung. M'Cola schüttelte den Kopf.

«Nix gut», sagte er. «Weiter.»

Wir gingen zur Lecke hinüber. Da stand alles deutlich geschrieben. Da waren die Fährten von drei großen Kudaböcken auf der feuchten Böschung jenseits der Lecke, wo sie zum Salz gekommen waren. Dann waren da die bastigen, tiefen, wie mit dem Messer geschnittenen Fährten, wo sie einen Satz gemacht hatten, als der Bogen schwirrte, und die fetzenden, tief eingeprägten Spuren ihrer Hufe, als sie los- und die Böschung hinaufgeprescht waren, und dann, in weiten Abständen, die Fährten, die in den Busch liefen. Wir folgten ihnen allen dreien, aber es gesellte sich keine Menschenspur hinzu. Der Bogenschütze hatte sie verfehlt.

M'Cola sagte *«Shenzi»* und legte seinen ganzen Haß in das Wort. Wir nahmen die Spuren des *shenzi* auf und sahen, wo er wieder auf die Straße gestoßen war. Wir ließen uns im Schirm nieder und warteten dort, bis es dunkel wurde und ein feiner Regen niederzufallen begann. Nichts kam zum Salz. Im Regen legten wir den Weg zum Lastwagen zurück. Irgendein Wilder hatte auf unsere Kudus geschossen und sie vom Salz verscheucht, und jetzt wurde die Lecke unbrauchbar.

Kamau hatte ein Zelt aus einer großen Segeltuchplane aufgerichtet, mein Moskitonetz darinnen aufgehängt und meine Hängematte aus Segeltuch zurechtgemacht. M'Cola brachte das Essen in das schützende Zelt.

Garrick und Abdullah machten ein Feuer, und sie, Kamau und M'Cola kochten über ihm. Sie würden im Lastwagen schlafen. Es nieselte, und ich entkleidete mich, zog mir Moskitostiefel und einen warmen Pyjama an und saß auf der Hängematte, aß die Brust von einem gebratenen Perlhuhn und trank ein paar Blechtassen halb Whisky, halb Wasser.

M'Cola kam herein, ernst und fürsorglich; innerhalb eines Zeltes war er sehr linkisch, holte meine Kleidungsstücke, die ich zusammengefaltet hatte, um ein Kopfkissen zu machen, wieder heraus und faltete sie sehr unordentlich von neuem zusammen und steckte sie unter die Decken. Er hatte drei Büchsen mitgebracht und fragte, ob ich sie nicht geöffnet haben wolle.

«Nein.»

«*Chai?*» fragte er.

«Zum Teufel damit.»

«Kein *chai*?»

«Whisky besser.»

«Ja», sagte er mitfühlend. «Ja.»

«*Chai* am Morgen. Vor der Sonne.»

«Ja, B'wana Kumba.»

«Du schlaf hier. Aus dem Regen raus.» Ich zeigte auf das Segeltuch, wo der Regen das schönste Geräusch machte, das wir, die wir viel außerhalb von Häusern leben, je hören. Es war ein wunderbares Geräusch, obschon es uns alles versaute.

«Ja.»

«Geh los. Essen.»

«Ja. Kein *chai*?»

«Zum Teufel mit deinem Tee.»

«Whisky?» fragte er hoffnungsvoll.

«Schluß mit Whisky.»

«Whisky», sagte er vertrauensvoll.

«Schön», sagte ich. «Geh essen», und ich goß die Tasse halb voll und halb mit Wasser, kroch unter der Moskitoschranke durch, suchte meine Kleidungsstücke zusammen, machte von neuem ein Kissen aus ihnen und trank, auf der Seite liegend, auf den Ellbogen gestützt, den Whisky sehr langsam herunter, dann ließ ich die Tasse unter der Schranke auf die Erde fallen, tastete unter der Hängematte nach der Springfield, legte die Taschenlampe unter die Decke ins Bett neben mich und schlief ein, während ich dem Regen lauschte. Ich wachte auf, als ich M'Cola hereinkommen hörte, und wie er sein Bett machte und einschlief, und ich wachte einmal in der Nacht auf und hörte ihn neben mir schlafen, aber am Morgen war er auf und hatte den Tee gemacht, ehe ich wach war.

«*Chai*», sagte er und zog an meiner Decke.

«Scheiß-Tee», sagte ich und setzte mich noch im Schlaf auf.

Es war ein grauer, nasser Morgen. Der Regen hatte aufgehört, aber der Nebel hing über dem Boden, und wir fanden die Salzlecke vom Regen ausgewaschen und auch nicht eine einzige Fährte in ihrer Nähe. Dann pirschten wir durch das nasse Strauchwerk auf der Ebene, in der Hoffnung, eine Spur in der aufgeweichten Erde zu finden und einem Bock nachzuspüren, bis wir ihn sehen würden. Es gab keine Fährten. Wir überquerten die Straße und gingen am Rand des Strauchwerks um eine moorartige offene Stelle. Ich hoffte, daß wir das Rhino finden würden, aber während wir auf viel frischen Rhinodung stießen, sahen wir keine nach dem Regen entstandenen Fährten. Einmal hörten wir Madenhacker, und als wir aufblickten, sahen wir sie in ruckartigem Flug über uns gen Norden auf das dichte Buschwerk zuhalten. Wir schlugen einen weiten Bogen hindurch, aber fanden nichts bis auf eine frische Hyänenspur und die Fährte eines weiblichen Kudus. M'Cola deutete auf den Schädel von einem kleinen Kudu mit einem wundervollen, langen, gewundenen Horn in einem Baum. Wir fanden das andere Horn unten im Gras, und ich schraubte es wieder auf seinem Knochenzapfen fest.

«*Shenzi*», sagte M'Cola und mimte einen Mann, der einen Bogen spannt. Der Schädel war ganz sauber, aber in den hohlen Hörnern war irgendein feuchter Rückstand, der unsagbar widerlich roch, und ohne mir anmerken zu lassen, daß ich den Gestank bemerkt hatte, reichte ich sie Garrick, der sie prompt ohne Kommentar an Abdullah weitergab. Abdullah rümpfte den Rand seiner platten Nase und schüttelte den Kopf. Sie rochen wirklich abscheulich. M'Cola und ich grinsten, und Garrick machte ein tugendhaftes Gesicht.

Ich kam zu dem Schluß, daß es vielleicht eine gute Idee sei, mit dem Auto die Straße entlangzufahren, nach Kudus Ausschau zu halten und jede halbwegs versprechend aussehende Lichtung abzugrasen. Wir gingen zum Auto zurück und taten dies und bearbeiteten mehrere Lichtungen ohne Glück. Inzwischen kam die Sonne durch, und die Straße bevölkerte sich mit Reisenden, sowohl weißgekleideten wie nackten, und wir beschlossen, ins Lager zurückzufahren. Auf dem Heimweg hielten wir an und pirschten uns an die andere Salzlecke heran. Dort war ein Impalla, der ganz rot aussah, wo die Sonne zwischen den grauen Bäumen sein Fell traf, und es gab viele Kudufährten. Wir glätteten sie und fuhren weiter, zurück ins Lager und fanden einen Himmel voll von vorüberfliegenden, westwärts ziehenden Heuschrecken, die den Himmel, wenn man emporblickte, zu einem rosa Wirrwarr flimmernder Durchreise zu machen schienen, flimmernd wie ein alter Kinofilm, aber rosa statt grau. A. O. M. und Pop kamen heraus und waren sehr enttäuscht. Im Lager war kein Regen gefallen, und sie waren überzeugt gewesen, daß wir etwas haben würden, als wir zurückkamen.

«Ist mein bildungsbeflissener Freund weg?»

«Ja», sagte Pop. «Er ist nach Handeni gefahren.»

«Er hat mich voll und ganz über amerikanische Frauen aufgeklärt», sagte A. O. M. «Armer oller Papa, ich war überzeugt davon, daß du einen kriegen würdest. Der verfluchte Regen.»

«Wie sind denn amerikanische Frauen?»

«Er findet sie furchtbar.»

«Ein vernünftiger Bursche», sagte Pop. «Erzählen Sie mir genau, was heute eigentlich passiert ist.»

Wir saßen im Schatten des Eßzeltes, und ich erzählte es ihnen.

«Ein Wandorobbo», sagte Pop. «Das sind gemein schlechte Schützen. Pech.»

«Ich dachte, es sei vielleicht einer von jenen herumreisenden Sportsfreunden, die man mit umgehängtem Bogen die Straße entlangziehen sieht. Er sah die Lecke an der Straße und stieg zu der zweiten hinauf.»

«Nicht sehr wahrscheinlich. Sie tragen diese Bogen und Pfeile als Schutz. Das sind keine Jäger.»

«Na, wer es auch war, er hat es uns vermasselt.»

«Pech. Das und der Regen. Ich hab hier auf den beiden Hügeln Späher verteilt gehabt, aber sie haben nichts gesehen.»

«Na, vor morgen abend sind wir noch nicht aufgeschmissen. Wann müssen wir aufbrechen?»

«Übermorgen.»

«Dieser verdammte Wilde.»

«Ich nehme an, daß Karl da unten die Rappen zusammenknallt.»

«Wir werden vor lauter Hörnern nicht ins Lager reinkommen. Habt ihr irgend etwas gehört?»

«Nein.»

«Ich werde sechs Monate lang das Rauchen aufgeben, damit du einen kriegst», sagte A. O. M. «Ich hab schon angefangen.»

Wir aßen zu Mittag, und nachher ging ich ins Zelt und legte mich hin und las. Ich wußte, daß wir am Morgen noch eine Chance auf der Lecke hatten, und ich wollte mir keine Gedanken darüber machen. Aber ich *machte* mir welche, und ich wollte nicht einschlafen und benommen aufwachen, deshalb ging ich hinaus und setzte mich auf einen der Segeltuchstühle unter dem offenen Eßzelt und las irgend jemandes Leben Karls II. und blickte hin und wieder auf, um die

Heuschrecken zu beobachten. Es war aufregend, die Heuschrecken zu sehen, und es fiel mir schwer, sie als etwas Selbstverständliches hinzunehmen.

Schließlich schlief ich auf dem Stuhl ein mit den Füßen auf einer Freß-Kiste, und als ich aufwachte, stand Garrick, der Schuft, vor mir und trug einen großen, auf und nieder wippenden schwarz-weißen Kopfputz aus Straußenfedern.

«Geh weg», sagte ich auf englisch.

Er stand stolz feixend da, dann drehte er sich, damit ich den Kopfputz von der Seite sehen konnte.

Ich sah Pop mit einer Pfeife im Mund aus seinem Zelt herauskommen. «Sehen Sie mal, was wir da haben», rief ich ihm zu.

Er blickte hin, sagte «Mein Gott» und ging in sein Zelt zurück.

«Kommen Sie doch», sagte ich. «Wir ignorieren es einfach.»

Pop kam schließlich mit einem Buch heraus, und wir beachteten Garricks Kopfputz überhaupt nicht, aßen und unterhielten uns, während er damit posierte.

«Der Schuft hat auch getrunken», sagte ich.

«Wahrscheinlich.»

«Ich kann es riechen.»

Ohne ihn anzusehen, sagte Pop sehr leise ein paar Worte zu Garrick.

«Was haben Sie ihm gesagt?»

«Er soll gehen und sich anständig anziehen und fertig sein zum Aufbrechen.»

Garrick stolzierte mit seinen nickenden Federn ab.

«Nicht gerade der Moment für seine verdammten Straußenfedern», sagte Pop.

«Manche Leute mögen sie wahrscheinlich.»

«Das ist es ja. Sie fotografieren ihn damit.»

«Furchtbar.»

«Grauenhaft», stimmte Pop zu.

«Am letzten Tag werde ich, falls wir nichts kriegen, Garrick in den Hintern schießen. Was würde mich das kosten?»

«Kann 'ne Masse Unannehmlichkeiten geben. Wenn Sie einen erschießen, müssen Sie den andern auch erschießen.»

«Nur Garrick.»

«Dann schießen Sie lieber nicht. Vergessen Sie nicht, *ich* hab nachher all die Unannehmlichkeiten.»

«Nur Spaß, Pop.»

Garrick erschien ohne Kopfputz mit Abdullah, und Pop sprach mit ihnen.

«Sie wollen auf eine neue Art um den Berg herum jagen.»

«Ausgezeichnet. Wann?»

«Irgendwann jetzt. Es sieht nach Regen aus. Sie gehen besser gleich.»

Ich schickte Molo, meine Stiefel und meinen Regenmantel holen. M'Cola kam mit der Springfield heraus, und wir gingen zum Auto hinunter. Es war den ganzen Tag über stark bewölkt gewesen, obgleich die Sonne zeitweilig am Vormittag und dann wieder um Mittag die Wolken durchbrochen hatte. Die Regenperiode rückte immer weiter gegen uns vor. Jetzt begann es zu regnen, und es flogen keine Heuschrecken mehr.

«Ich bin ganz benommen vom Schlafen», sagte ich zu Pop. «Ich werde einen trinken.»

Wir standen unter dem großen Baum am Kochfeuer, und der schwache Regen tickte im Laub. M'Cola brachte die Whiskyflasche und reichte sie mir sehr feierlich.

«Trinken Sie einen?»

«Wüßte nicht, was es schaden könnte.»

Wir tranken beide, und Pop sagte: «Der Teufel soll sie holen.»

«Der Teufel soll sie holen.»

«Vielleicht finden sie ein paar lausige Fährten.»

«Wir werden sie aus dem Land jagen.»

Im Auto bogen wir auf der Straße nach rechts ab, fuhren an dem Lehmdorf vorbei, weiter, hinauf und bogen links von der Straße auf einen roten, harten Lehmpfad ein, der an dem Hügel vorbeilief und zu beiden Seiten von Bäumen dicht eingefaßt war. Es regnete jetzt ziemlich heftig, und wir fuhren langsam. Anscheinend war genügend Sand in dem Lehm enthalten, um den Wagen am Rutschen zu verhindern. Plötzlich rief Abdullah vom Rücksitz Kamau sehr aufgeregt zu, anzuhalten. Wir kamen beim Stoppen ins Schleudern; alle stiegen aus und gingen zurück. In dem nassen Lehm war eine frisch eingetretene Kudufährte. Sie konnte höchstens vor fünf Minuten gemacht worden sein, da sie scharfrandig war und der Regen die Erde, die von den Innenseiten der Hufe aufgeworfen war, noch nicht aufgeweicht hatte.

«Doumi», sagte Garrick und warf den Kopf zurück und spreizte die Arme, um Hörner darzustellen, die weit über seinen Widerrist hinunterhingen. *«Kubwa sana.»* Abdullah stimmte zu, es sei ein Bock, ein riesiger Bock.

«Los», sagte ich.

Es war einfaches *tracken*, und wir wußten, daß wir dicht daran waren. Bei Regen oder Schnee ist es viel leichter, dicht an Tiere heranzukommen, und ich war sicher, daß ich zu Schuß kommen würde. Wir folgten der Fährte durch dichtes Unterholz hindurch und dann hinaus auf eine offene Stelle. Ich blieb stehen, um den Regen von meinen Brillengläsern zu wischen, und blies durch die Kimme der Springfield. Es regnete jetzt heftig, und ich zog den Hut tief über die Augen, um meine Brille trocken zu halten. Wir gingen am Rand der offenen Stelle entlang, und dann krachte es vor uns, und ich sah ein graues, weißgestreiftes Tier durch das Unterholz davonjagen. Ich riß das Gewehr hoch, aber M'Cola packte mich am Arm und flüsterte: *«Manamouki.»* Es war ein weiblicher Kudu. Aber als wir an die Stelle kamen, wo er abgesprungen war, fanden wir keine weiteren Fährten. Dieselbe Fährte, der wir gefolgt waren, führte folgerichtig und ohne Möglichkeit eines Zweifels von der Straße zu jener Kuh.

«Doumi kubwa sana», sagte ich voller Sarkasmus und Verachtung zu Garrick und mimte gewaltige Hörner, die hinter seinen Ohren rückwärts aufragten.

«Manamouki kubwa sana», sagte er sehr unglücklich und geduldig. «Was für ein riesiges Tier.»

«Du lausiger, straußenfedriger Rotzbengel», sagte ich zu ihm auf englisch. *«Manamouki! Manamouki! Manamouki!»*

«Manamouki», sagte M'Cola und nickte mit dem Kopf.

Ich holte das Wörterbuch hervor, konnte die Worte nicht finden und gab M'Cola durch Zeichen zu verstehen, daß wir in einem weit ausholenden Bogen wieder auf die Straße stoßen wollten, um zu sehen, ob wir noch eine zweite Fährte finden würden. Wir kreisten im Regen zurück, wurden gründlich durchnäßt, sahen nichts, fanden das Auto, und da der Regen nachließ und die Straße noch fest schien, beschlossen wir, weiterzufahren, bis es dunkel würde. Wolkenballen hingen nach dem Regen am Hügelhang, und die Bäume tropften, aber wir sahen nichts. Nichts in den offenen Lichtungen, nichts auf den Flächen, wo der Busch sich lichtete, nichts auf den grünen Hügelhängen. Schließlich war es dunkel, und wir fuhren ins Lager zurück. Die Springfield war sehr naß, als wir aus dem Auto stiegen, und ich sagte M'Cola, er solle sie sehr sorgfältig reinigen und gut einölen. Er sagte, er würde es tun, und ich ging weiter und ins Zelt, wo eine Laterne brannte, zog meine Sachen aus, nahm ein Bad in der Segeltuchwanne und kam heraus ans Feuer, bequem und entspannt in meinem Pyjama, meinem Schlafrock und meinen Moskitostiefeln.

A. O. M. und Pop saßen in ihren Stühlen am Feuer, und A. O. M. stand auf, um mir einen Whisky Soda zu mixen.

«M'Cola hat's erzählt», sagte Pop von seinem Stuhl am Feuer her.

«Eine verdammt große Kuh», erzählte ich ihm. «Ich hab sie beinah zerschmettert. Was halten Sie von morgen früh?»

«Die Lecke, glaube ich. Wir haben Späher draußen, um die beiden Hügel da zu beobachten. Erinnern Sie sich an den alten Mann aus dem Dorf? Er ist irgendwo weit jenseits der Berge hinter ihnen her auf einer Jagd ins Blaue. Er und der Wandorobbo. Sie sind schon drei Tage unterwegs.»

«Es gibt keinen Grund, warum wir nicht einen auf der Lecke kriegen sollten, wo Karl seinen erlegt hat. Ein Tag ist so gut wie der andere.»

«Gewiß.»

«Aber es ist der letzte Tag, verflucht noch mal, und vielleicht ist die Lecke vom Regen ausgewaschen. Sobald es naß ist, gibt's kein Salz. Nur Schlamm.»

«Das stimmt.»

«Ich möchte gern einen sehen.»

«Wenn Sie einen sehen, dann lassen Sie sich Zeit und gehen Sie auf Nummer Sicher. Lassen Sie sich Zeit und schießen Sie ihn.»

«Darüber mach ich mir keine Gedanken.»

«Wir wollen über was anderes reden», sagte A. O. M. «Dies macht mich zu nervös.»

«Schade, daß wir die Alte Lederhose nicht hier haben», sagte Pop. «Mein Gott, war das ein Schwätzer. Der brachte auch unseren alten Freund hier zum Reden. Spielen Sie doch mal die Platte von den modernen Schriftstellern.»

«Der Teufel soll Sie holen.»

«Wieso haben wir kein Geistesleben?» fragte A. O. M. «Warum diskutiert ihr Männer niemals über Weltprobleme? Warum hält man mich über alles, was vorgeht, im dunkeln?»

«Die Welt ist in einer verteufelten Verfassung», konstatierte Pop.

«Furchtbar.»

«Was ist denn in Amerika los?»

«Verflucht noch mal, als ob ich das wüßte! Irgend 'ne Art von Y. M. C. A.-Zirkus. Idioten mit dem Kopf in den Wolken, die Geld ausgeben, das irgend jemand bezahlen muß. In unserer Stadt haben alle aufgehört zu arbeiten, um stempeln zu gehen. Die Fischer sind alle Zimmerleute geworden. Umgekehrt wie in der Bibel.»

«Wie steht's in der Türkei?»

«Entsetzlich. Haben die Fesse abgeschafft. Haben ungezählte alte Kameraden aufgehängt. Ismet ist aber noch dabei.»

«Waren Sie kürzlich in Frankreich?»

«Gefiel mir nicht. Trostlos wie nur was. War gerade jetzt kein erhebendes Schauspiel.»

«Mein Gott, ja», sagte Pop, «wenn man den Zeitungen glauben darf.»

«Wenn die revoluzzern, dann revoluzzern sie aber ordentlich. Teufel noch mal, die haben eine Tradition.»

«Waren Sie während der Revolution in Spanien?»

«Ich kam zum Schluß. Dann haben wir auf zwei gewartet, die nicht stattfanden. Dann haben wir noch eine verpaßt.»

«Haben Sie die in Kuba gesehen?»

«Von Anfang an.»

«Wie war es?»

«Wunderbar. Dann lausig. Sie können sich nicht vorstellen, wie lausig.»

«Hör auf», sagte A. O. M. «Über diese Dinge weiß ich Bescheid. Ich kauerte hinter einem Tisch mit Marmorplatte, als sie in Havanna schossen. Sie kamen in Autos vorbei und schossen auf jeden, den sie sahen. Ich nahm mein Glas Gin mit und war sehr stolz darauf, daß ich's weder vergaß noch vergoß: Die Kinder sagten: ‹Mutter, können wir nachmittags ausgehen, uns die Schießerei ansehen?› Sie regten sich so sehr über die Revolution auf, daß wir sie überhaupt nicht mehr erwähnen durften. Bumby war derart blutdürstig, was Mr. M. betraf, daß er furchtbare Träume hatte.»

«Erstaunlich», sagte Pop.

«Mokieren Sie sich nicht über mich. Ich will einfach nichts über Revolutionen hören. Alles, was man hört oder sieht, sind Revolutionen. Ich hab sie satt.»

«Unser alter Freund mag sie aber sicher.»

«Ich hab sie satt.»

«Stellen Sie sich vor, ich hab nie eine gesehen», sagte Pop.

«Sie sind wunderbar. Wirklich. Eine ganze Zeitlang. Dann werden sie widerlich.»

«Sie sind sehr aufregend», sagte A. O. M. «Das gebe ich zu. Aber ich hab sie satt. Wahrhaftig, ich mach mir überhaupt nichts aus ihnen.»

«Ich hab sie ein bißchen studiert.»

«Zu welchem Schluß sind Sie gekommen?» fragte Pop.

«Sie waren alle ganz verschieden, aber es gab einiges, was sich koordinieren ließ. Ich will versuchen, eine Abhandlung darüber zu schreiben.»

«Das könnte verdammt interessant sein.»

«Wenn man genug Material hat. Man muß furchtbar viel von vergangenen Revolutionen wissen. Es ist sehr schwierig, etwas Wahres über irgend etwas, was man nicht selbst gesehen hat, zu erfahren, weil die, die mißglücken, eine so schlechte Presse haben, und die Sieger immer so lügen. Außerdem kann man eigentlich die Dinge auch nur da verfolgen, wo man die Sprache spricht. Das setzt einem natürlich Grenzen. Deshalb würde ich nie nach Rußland gehen. Wenn man nicht Gespräche belauschen kann, hat's keinen Zweck. Alles, was man bekommt, sind Handzettel und Besichtigungstouren. Jeder, der in irgendeinem Land eine fremde Sprache spricht, neigt mächtig dazu, dir was vorzulügen. Man kriegt gute Informationen immer nur von gewöhnlichen Leuten, und wenn man nicht mit ihnen sprechen kann und sie nicht belauschen kann, erfährt man nichts, was mehr als nur journalistischen Wert hätte.»

«Dann müssen Sie sich aber hinter Ihr Suaheli setzen.»

«Versuch ich ja.»

«Selbst dann können Sie sie nicht belauschen, da sie immer ihre eigene Sprache reden.»

«Aber wenn ich je etwas hierüber schreibe, wird es einfach Landschaftsmalerei sein, bis ich wirklich etwas darüber weiß. Der erste Eindruck von einem Land ist sehr wesentlich. Vielleicht wesentlicher für einen selbst, als für irgend jemanden sonst, das ist das verdammte Pech dabei. Aber man sollte ihn immer niederschreiben, versuchen, ihn festzuhalten. Ganz egal, was man damit macht.»

«Die meisten der verdammten Safaribücher sind scheißlangweilig.»

«Sie sind entsetzlich.»

«Das einzige, das ich je gemocht habe, war das von Streeter. Wie nennt er's doch noch? *Denatured Africa.* Der gab einem ein Gefühl davon, wie es war. Das ist das beste.»

«Ich mochte das von Charlie Curtis. Er war sehr geradezu und gab einem ein gutes Bild.»

«Der Kerl da, der Streeter, war wahnsinnig komisch. Erinnern Sie sich, wie er das Kongoni schoß?»

«Das war sehr komisch.»

«Ich habe aber niemals etwas gelesen, das einem solch ein Gefühl vom Land vermittelt, wie wir's haben. Sie schildern alle diese verfluchte Flottlebigkeit von Nairobi, oder sonst schreiben sie lausigen Quatsch über das Erlegen von wilden Tieren, deren Hörner einen halben Zoll länger waren als die von jemand anderem erlegten, oder Mist über Gefahr.»

«Ich würde gern versuchen, etwas über das Land und die Tiere zu schreiben, und wie es jemandem erscheint, der nichts davon weiß.»

«Versuchen Sie's doch. Kann ja nichts schaden. Sie wissen doch, daß ich über meine Tour nach Alaska Tagebuch geführt habe?»

«Das würde ich schrecklich gern lesen», sagte A. O. M. «Ich wußte nicht, daß Sie ein Schriftsteller sind, Mr. J. P.»

«Nur keine Bange», sagte Pop. «Wenn Sie's aber lesen wollen, laß ich es kommen. Wissen Sie, es ist einfach was wir jeden Tag gemacht haben und wie einem Engländer aus Afrika Alaska erscheint. Es würde Sie langweilen.»

«Nicht, wenn Sie es geschrieben haben», sagte A. O. M.

«Die kleine Frau macht uns Komplimente», sagte Pop.

«Mir nicht. Ihnen.»

«Ich hab allerhand von ihm gelesen», sagte sie. «Ich möchte gern lesen, was Mr. J. P. schreibt.»

«Ist unser alter Freund wirklich ein Schriftsteller?» fragte Pop. «Ich habe bisher nichts gesehen, was es beweist. Wissen Sie bestimmt, daß er Ihren Unterhalt nicht mit *tracken* und Vogeljagd bestreitet?»

«O ja. Er schreibt. Wenn er gut in Gang ist, läßt sich sehr leicht mit ihm auskommen. Aber gerade ehe er in Gang kommt, ist er entsetzlich. Er muß erst furchtbarer Laune sein, ehe er schreiben kann. Wenn er davon spricht, daß er nie wieder schreiben wird, weiß ich, daß er drauf und dran ist, anzufangen.»

«Wir könnten etwas mehr literarische Unterhaltung von ihm erwarten», sagte Pop. «Lederhose, das war unser Mann. Erzählen Sie uns ein paar literarische Anekdoten.»

«Also, am letzten Abend, den wir in Paris waren, war ich den Tag zuvor bei Ben Gallagher in Sologne zur Jagd gewesen, und er hatte eine *fermée*: Sie wissen doch, man stellt ein niedriges Staket auf, wenn sie draußen beim Äsen sind, und ich schoß am Morgen Kaninchen, und am Nachmittag hatten wir mehrere Treibjagden und schossen Fasanen, und ich schoß ein *chevreuil*.»

«Das ist nicht literarisch.»

«Warten Sie. Am letzten Abend kamen Joyce und seine Frau zum Essen, und es gab einen Fasan und ein Viertel von dem *chevreuil* mit dem Rücken und Joyce und ich betranken uns, weil wir am nächsten Tag nach Afrika abreisten. Mein Gott, war das eine Nacht.»

«Teufel noch mal, ist das eine literarische Anekdote!» sagte Pop. «Wer ist Joyce?»

«Ein großartiger Kerl», sagte ich. «Hat *Ulysses* geschrieben.»

«Homer hat *Ulysses* geschrieben», sagte Pop.

«Wer hat *Aeschylus* geschrieben?»

«Homer», sagte Pop, «versuchen Sie nicht, mich reinzulegen. Kennen Sie noch viele literarische Anekdoten?»

«Jemals von Pound gehört?»

«Nein», sagte Pop. «Bestimmt nicht.»

«Ich kenne ein paar gute über Pound.»

«Vermutlich haben Sie und er ein komisch klingendes Viech gegessen und sich dann betrunken.»

«Häufiger», sagte ich.

«Das Literatenleben muß sehr vergnüglich sein. Glauben Sie, ich würde mich zum Schriftsteller eignen?»

«Sicher.»

«Wir werden all dies hier über Bord werfen», sagte Pop zu A. O. M., «und beide Schriftsteller werden. Erzählen Sie uns noch eine Anekdote.»

«Jemals von George Moore gehört?»

«Der Kerl, der geschrieben hat: ‹Aber ehe ich sterbe, George Moore, trink ich ein volles Glas auf dich›?»

«Derselbe.»

«Was ist mit dem?»

«Er ist tot.»

«Das ist eine verdammt trübsinnige Anekdote. Sie können's besser.»

«Ich hab ihn mal in einem Buchladen getroffen.»

«Das ist besser. Sehen Sie, wie lebendig er ihn machen kann?»

«Ich hab ihn einmal in Dublin besucht», sagte A. O. M. «Mit Clara Dunn.»

«Und was passierte?»

«Er war nicht zu Hause.»

«Mein Gott! Ich sag's ja, das Literatenleben ist das Wahre», sagte Pop. «Läßt sich gar nicht übertreffen.»

«Ich hasse Clara Dunn», sagte ich.

«Ich auch», sagte Pop. «Was hat sie geschrieben?»

«Briefe», sagte ich. «Kennen Sie Dos Passos?»

«Niemals von ihm gehört.»

«Er und ich pflegten im Winter heißen Kirsch zu trinken.»

«Und was passierte dann?»

«Die Leute protestierten schließlich.»

«Der einzige Schriftsteller, den ich je kennengelernt habe, war Stewart Edward White», sagte Pop. «Bewunderte unendlich, was er schrieb. Verdammt gut, wissen Sie. Dann lernte ich ihn kennen. Mochte ihn nicht.»

«Sie machen sich», sagte ich. «Sehen Sie wohl. Gibt gar keinen Trick bei einer literarischen Anekdote.»

«Warum mochten Sie ihn nicht?» fragte A. O. M.

«Muß ich das erzählen? Ist die Anekdote nicht vollständig? Sie ist genauso, wie unser alter Freund sie erzählt.»

«Los, erzählen Sie mal.»

«Hatte zuviel von der Alten Garde an sich. Augen, gewohnt an weite Fernen und so in der Art. Hat zu viele kapitale Löwen getötet. Gar kein Verdienst, so viele Löwen zu töten. Ihnen nachgaloppieren, ja. Dabei kann man nicht so viele töten. Der verfluchte Löwe tötet einen statt dessen. Schreibt verdammt gute Sachen in der *Saturday Evening Post* über – wie heißt der Kerl noch? Andy Burnett. Ja, verdammt gute. Mag ihn aber auf den Tod nicht leiden. Hab ihn in Nairobi gesehen mit seinen Augen, gewohnt an weite Fernen. Trug seine ältesten Anzüge in der Stadt. Ein verdammt guter Schütze, sagen alle.»

«Aber Sie sind ja ein literarischer Hundsfott», sagte ich. «Sieh sich das mal einer an als Anekdote.»

«Er ist fabelhaft», sagte A. O. M. «Wollen wir denn überhaupt nicht essen?»

«Ich dachte wahrhaftig, wir hätten schon gegessen», sagte Pop. «Wenn man mal mit Anekdoten loslegt, ist kein Ende abzusehen.»

Nach dem Essen saßen wir kurze Zeit am Feuer und gingen dann schlafen. Pop schien irgend etwas auf der Seele zu haben, und ehe ich ins Zelt ging, sagte er: «Nachdem Sie so lange gewartet haben – falls Sie zu Schuß kommen, immer mit der Ruhe. Sie sind schnell genug, also können Sie sich Zeit lassen, vergessen Sie das nicht. Immer mit der Ruhe.»

«Okay.»

«Ich laß Sie früh wecken.»

«Schön. Ich schlafe schon halb.»

«Gute Nacht, Mr. J. P.», rief A. O. M. aus dem Zelt.

«Gute Nacht», sagte Pop. Er bewegte sich auf sein Zelt zu; er hielt sich drollig steif und ging in der Dunkelheit so behutsam, als ob er eine offene Flasche sei.

2

Molo weckte mich, indem er am Morgen an meiner Decke zog, und ich war beim Anziehen, angezogen und draußen, um mir den Schlaf aus den Augen zu waschen, ehe ich richtig wach war. Es war noch sehr dunkel, und ich konnte Pop von hinten als Silhouette vor dem Feuer sehen. Ich ging hinüber, hielt die heißen Frühmorgentees mit Milch in der Hand und wartete darauf, daß er kühl genug zum Trinken sein würde.

«Morgen», sagte ich.

«Morgen», antwortete er in seinem heiseren Flüsterton.

«Geschlafen?»

«Ausgezeichnet. Gut in Form?»

«Nur schläfrig.»

Ich trank den Tee und spuckte die Blätter ins Feuer.

«Aus denen können Sie sich Ihr verdammtes Schicksal weissagen», sagte Pop.

«Keine Bange.»

Frühstück in der Dunkelheit, bei Laternenlicht, kühle, saftig-glitschige Aprikosen, Gehacktes, innen heiß, braun mit Tomaten-Ketchup, zwei Spiegeleier und der warme, sein Versprechen haltende Kaffee. Bei meiner dritten Tasse sagte Pop, der zusah und seine Pfeife rauchte: «Mir noch zu früh, um mich da ranzumachen.»

«Hat Sie's?»

«Ein bißchen.»

«Ich mach mir Bewegung», sagte ich. «Mir macht's nichts aus.»

«Verfluchte Anekdoten», sagte Pop. «Die Memsahib muß uns für alberne Scheißer halten.»

«Ich werde mir noch ein paar ausdenken.»

«Gibt nichts Besseres als Trinken. Weiß nicht, warum man sich danach so schlecht fühlt.»

«Ist Ihnen schlecht?»

«Nicht sehr.»

«Nehmen Sie 'n bißchen Enos.»

«Es ist dies verdammte Autofahren.»

«Na, heute ist der große Tag.»

«Denken Sie daran: Immer mit der Ruhe.»

«Sie machen sich doch keine Gedanken, wie?»

«Nur ein bißchen.»

«Nicht doch. Ich mach mir keine Sekunde Gedanken darüber.»

«Gut. Und nun machen Sie, daß Sie wegkommen.»

«Muß erst noch 'n Abstecher machen.»

Als ich an der Zeltbahnumrandung der Latrine stand, blickte ich wie jeden Morgen zu jenem verschwommenen Sternbild hinauf, das die Romantiker von Astronomen das «Kreuz des Südens» genannt haben. Jeden Morgen betrachtete ich mir in diesem Moment in feierlichem Ritus das «Kreuz des Südens».

Pop stand am Auto. M'Cola reichte mir die Springfield, und ich stieg vorne ein. Der Tragöde und sein tracker saßen hinten drin. M'Cole kletterte zu ihnen.

«Weidmannsheil», sagte Pop.

Jemand kam von den Zelten her. Es war A. O. M. in ihrem blauen Morgenrock und ihren Moskitostiefeln. «Ach, Weidmannsheil», sagte sie. «*Bitte*, Weidmannsheil.»

Ich winkte, und wir fuhren los, und die Scheinwerfer zeigten den Weg zur Straße.

Es war nichts auf dem Salz, als wir dorthin kamen, nachdem wir das Auto ungefähr drei Meilen entfernt stehengelassen und uns sehr vorsichtig herangepirscht hatten. Den ganzen Morgen über kam nichts. Wir saßen mit eingezogenen Köpfen im Schirm, jeder von uns hatte durch die Löcher in dem Weidenrutengeflecht eine andere Richtung unter Kontrolle, und die ganze Zeit wartete ich auf das Wunder, daß ein Kudubock majestätisch und herrlich durch das offene Gestrüpp schreiten würde zu der farblosen, staubigen Lichtung zwischen den Bäumen, wo die abgewetzte, ausgebuchtete und zertrampelte Salzlecke war. Es führten viele Fährten zwischen den Bäumen zu ihr hin, und auf jeder von ihnen konnte der Bock geräuschlos herankommen. Aber es kam nichts. Als die Sonne hoch stand und wir nach der dunstigen Morgenkälte warm geworden waren, buddelte ich mich mit meinem Hinterteil tiefer in den Erdboden ein und legte mich gegen die Wandung des Lochs, stützte mich mit Kreuz und Schultern dagegen und konnte immer noch durch den Schlitz im Schirm sehen. Als ich die Springfield quer über meine Knie legte, bemerkte ich, daß Rost am Lauf war. Langsam zog ich das Gewehr seitwärts vorbei und besah mir die Mündung. Sie war braun von frischem Rost.

Der Schweinehund hat es gestern abend nach dem Regen überhaupt nicht gereinigt, dachte ich und machte sehr ärgerlich den Verschluß auf und ließ das Schloß herausrutschen. M'Cola beobachtete mich mit gesenktem Kopf. Die anderen beiden blickten durch den Schirm hinaus. Ich hielt das Gewehr mit einer Hand, so daß er durch die Kammer hindurchsehen konnte, und tat dann das Schloß wieder hinein und schob es behutsam vor, drückte es hinunter, mit dem Finger auf dem Abzug, so daß es fertig zum Spannen war; besser, als es gesichert zu haben.

M'Cola hatte den rostigen Lauf gesehen. Sein Gesicht hatte sich nicht verändert, und ich hatte nichts gesagt, aber ich war voller Verachtung, und es hatte Anklage, Beweis und Verurteilung gegeben, ohne daß ein Wort gesprochen wurde. Und so saßen wir da, er mit eingezogenem Kopf, so daß nur die Glatze sichtbar war, ich zurückgelehnt und durch den Schlitz hinausblickend, und wir waren keine Partner und gute Freunde mehr, und nichts kam zum Salz.

Um zehn Uhr begann der Wind, der sich im Osten erhoben hatte, umzuspringen, und wir wußten, daß es zwecklos war. Unsere Witterung wurde von dem Schirm aus in alle Richtungen getragen und würde jedes Tier so sicher vergrämen, als ob wir im Dunkeln einen Scheinwerfer kreisen ließen. Wir standen aus dem Schirm auf und gingen hinaus und hinüber, um auf dem Boden der Lecke nach Fährten zu suchen. Der Regen hatte ihn durchfeuchtet, aber er war nicht aufgeweicht, und wir sahen mehrere Kudufährten, die vielleicht noch von früher in der Nacht herrührten, und eine große

Bocksfährte, lang, schmal, herzförmig, deutlich und tief eingetreten.

Wir nahmen diese Fährte auf und folgten ihr auf dem feuchten, rötlichen Boden zwei Stunden lang durch dichten Busch, der unserem Jungwald ähnelte. Schließlich mußten wir sie in ein Dickicht laufen lassen, durch das wir nicht durch konnten. Die ganze Zeit über war ich ärgerlich über das ungereinigte Gewehr und dennoch glücklich und gespannt in der Erwartung, daß wir vielleicht auf den Bock stoßen würden und ich im Unterholz einen Schnappschuß anbringen könnte. Aber wir sahen ihn nicht und machten jetzt in der Mittagshitze drei große Bogen um einen Hügel herum und kamen schließlich auf einer Wiese voll von kleinem, buckligem Massai-Vieh heraus und ließen allen Schatten hinter uns und schleppten uns über offenes Gelände unter der Mittagssonne zum Auto zurück.

Kamau hatte im Auto gesessen und einen Kudubock hundert Meter entfernt vorbeiziehen sehen. Er hielt um neun Uhr ungefähr auf die Salzlecke zu, als es gerade mit dem Wind heikel wurde, hatte offensichtlich Witterung von uns bekommen und war in die Hügel zurückgegangen. Ich war müde, schwitzte und fühlte mich jetzt mehr erledigt als ärgerlich und setzte mich neben Kamau, und wir fuhren mit dem Auto Richtung Lager. Jetzt hatten wir nur noch einen Abend, und es bestand kein Grund zur Annahme, daß wir mehr Glück haben würden, als wir jetzt hatten. Als wir ins Lager kamen und in den wasserkühlen Schatten der massigen Bäume, nahm ich das Schloß aus der Springfield und reichte M'Cola das verschlußlose Gewehr, ohne mit ihm zu sprechen oder ihn anzusehen. Das Schloß warf ich durch die Öffnung von unserem Zelt auf meine Hängematte.

Pop und A. O. M. saßen unter dem Eßzelt.

«Kein Glück?» fragte Pop leise.

«Keine Bohne. Der Bock ist am Auto vorbei in Richtung Salz gezogen. Muß vergrämt worden sein. Wir haben die ganze Hölle abgepirscht.»

«Hast du gar nichts gesehen?» fragte A. O. M. «Einmal dachten wir, wir hörten dich schießen.»

«Das war Garrick, der mit dem Mund geschossen hat. Haben die Späher etwas gesehen?»

«Überhaupt nichts. Wir haben beide Hügel beobachtet.»

«Von Karl gehört?»

«Kein Wort.»

«Ich hätte gern einen gesehen», sagte ich. Ich war todmüde und rutschte in eine tiefe Bitterkeit ab. «Verdammt noch mal. Wozu, in drei Teufels Namen, mußte er am ersten Morgen die Lecke in die

Luft sprengen und einen lausigen Bock weidwund schießen und ihn durch das ganze beschissene Land jagen und es verdammt noch mal verhexen?»

«Schweinehunde», sagte A. O. M. und hielt zu mir in meiner Unvernunft. «Scheißer.»

«Du bist ein braves Mädchen», sagte ich. «Bin wieder in Ordnung, oder wenigstens bald.»

«Es ist einfach gemein», sagte sie. «Armer oller Papa.»

«Trinken Sie mal einen», sagte Pop. «Das brauchen Sie jetzt.»

«Ich hab sie schwer gejagt, Pop. Ich schwör's bei Gott, das hab ich. Es hat mir Spaß gemacht, und ich hab mir bis heute auch keine Gedanken darüber gemacht. Ich war so verflucht sicher. Diese verdammten Fährten die ganze Zeit über – und was, wenn ich überhaupt nie einen zu sehen kriege? Woher, in drei Teufels Namen, weiß ich, ob wir je wieder hierher zurückkommen können?»

«Sie werden wiederkommen», sagte Pop. «Darüber brauchen Sie sich keine Gedanken machen. Los doch. Trinken Sie.»

«Ich bin einfach ein lausiger Schweinehund mit Bauchweh, aber ich schwör's, bis heute war's mir nicht an die Nerven gegangen.»

«Bauchweh», sagte Pop. «Besser, Sie werden das los.»

«Wie ist es mit Essen?» fragte A. O. M. «Bist du nicht entsetzlich hungrig?»

«Zum Teufel mit dem Essen! Feststeht, daß wir sie nie abends auf der Salzlecke gesehen haben und daß wir noch keinen Bock in den Hügeln gesehen haben, Pop. Ich hab nur noch heute abend. Wahrscheinlich kann ich's abschreiben. Dreimal hab ich sie eigentlich so gut wie gehabt, aber Karl und der Österreicher und der Wandorobbo haben uns geschlagen.»

«Wir sind nicht geschlagen», sagte Pop. «Trinken Sie noch einen von der Sorte.»

Wir aßen Lunch, ein sehr gutes Lunch, und wir waren gerade fertig, als Kati kam und sagte, es sei jemand da, der Pop sprechen wolle. Wir konnten ihre Schatten auf der Zeltwand sehen, dann kamen sie herum zum Zelteingang. Es war der alte Mann vom ersten Tag, der alte Bauer, aber jetzt war er als Jäger ausstaffiert und trug einen Langbogen und einen fest verschlossenen Köcher.

Er sah älter, verkommener und müder aus denn je, und sein Aufzug war offensichtlich eine Verkleidung. Bei ihm war der hagere, schmutzige Wandorobbo mit den aufgeschlitzten und aufgerollten Ohren, der auf einem Bein stand und sich die Kniekehle mit den Zehen kratzte. Er hielt den Kopf schief zur Seite, und er hatte ein schmales, albernes und lasterhaft aussehendes Gesicht.

Der alte Mann sprach ernsthaft mit Pop, sah ihm in die Augen und redete langsam und ohne Gebärden.

«Was ist denn mit dem los? Hat sich wohl so zurechtgemacht, um was von dem Spähergeld abzukriegen?» fragte ich.

«Augenblick», sagte Pop.

Schließlich war der alte Mann fertig, und er stand da und stützte sich auf seinen Requisitenbogen. Sie sahen beide sehr müde aus, aber ich weiß noch, daß ich dachte: Sie sehen aus wie ein paar widerliche olle Betrüger.

«Er sagt», fing Pop an, «sie haben ein Gebiet gefunden, wo es Kudus und Rappenantilopen gibt. Er ist drei Tage dort gewesen. Sie wissen, wo es einen großen Kudubock gibt, und er hat einen Mann da, der ihn jetzt beobachtet.»

«Glauben Sie das?» Ich konnte spüren, wie der Alkohol und die Müdigkeit aus mir entwichen und die Erregung an ihre Stelle trat.

«Das weiß der Himmel», sagte Pop.

«Wie weit weg ist es denn?»

«Einen Tagesmarsch. Ich nehme an, das sind drei bis vier Stunden im Auto, falls das Auto durchkommt.»

«Glaubt er, daß man mit dem Auto hin kann?»

«Es ist noch nie eines dort gewesen, aber er glaubt, daß Sie's schaffen können.»

«Wann haben sie den Mann verlassen, der den Kudu beobachtet?»

«Heute morgen.»

«Wo sind die Rappen?»

«Dort in den Bergen.»

«Wie kommen wir dorthin?»

«Ich werde nicht ganz klug daraus, außer, daß man die Ebene überquert, um den Berg da herumfährt und dann nach Süden. Er sagt, daß dort noch nie jemand gejagt hat. Er hat da gejagt, als er jung war.»

«Glauben Sie das?»

«Natürlich lügen Eingeborene wie gedruckt, aber er erzählt es sehr sicher.»

«Wir wollen fahren.»

«Sie brechen am besten sofort auf. Fahren Sie mit dem Auto, so weit es geht, benutzen Sie es dann als Basis und jagen Sie von dort aus. Die Memsahib und ich werden morgen früh das Lager abbrechen, das ganze Zubehör abtransportieren und uns dorthin begeben, wo Dan und Mr. T. sind. Wenn wir erst mal mit dem ganzen Zeugs durch die schwarze Mullstrecke durch sind, macht es nichts, wenn der Regen uns einholt. Sie kommen uns nach und stoßen zu uns. Wenn Sie da hängenbleiben, können wir, wenn alle Stricke reißen, immer das Auto über Kandoa zurückschicken und die Lastwagen nach Tanga runter und herum.»

«Wollen Sie nicht mitkommen?»

«Nein. Sie sind bei so 'ner Geschichte besser allein dran. Je mehr Menschen, um so weniger Wild bekommen Sie zu sehen. Kudus soll man allein jagen. Ich werde das ganze Zeugs abtransportieren und mich um die kleine Memsahib kümmern.»

«Schön», sagte ich. «Und Abdullah oder Garrick brauch ich doch nicht mitzunehmen, wie?»

«Bewahre. Nehmen Sie M'Cola mit, Kamau und diese zwei hier. Ich werde Molo sagen, daß er Ihre Sachen packt. So wenig wie möglich.»

«Gott! Verdammt noch mal, Pop. Glauben Sie, daß es wahr sein kann?»

«Vielleicht. Wir müssen's darauf ankommen lassen.»

«Was sagt man für Rappenantilope?»

«Tarahalla.»

«Walhalla kann ich behalten. Haben die weiblichen Hörner?»

«Gewiß, aber Sie können sich nicht irren. Der Bock ist schwarz und sie sind braun. Sie können nicht fehlgehen.»

«Hat M'Cola je eine gesehen?»

«Ich glaube nicht. Sie haben vier auf Ihrem Jagdschein. Jedesmal, wenn Sie eine bessere bekommen können, gehen Sie ran.»

«Sind sie schwer zu töten?»

«Sie sind zäh. Sie sind nicht wie die Kudus. Wenn sie eine am Boden haben, seien Sie vorsichtig beim Rangehen.»

«Wie steht's mit der Zeit?»

«Wir müssen hier raus. Seien Sie morgen abend wieder da, wenn Sie können. Sie müssen selbst entscheiden. Ich glaube, dies ist der Wendepunkt. Sie kriegen einen Kudu.»

«Wissen Sie, wie mir das hier vorkommt?» sagte ich. «Es ist genau wie damals, als wir Kinder waren und von einem Fluß hörten, in dem noch nie jemand gefischt hatte, draußen auf den Heidelbeerebenen, jenseits vom Sturgeon und Pigeon.»

«Und wie macht sich der Fluß?»

«Hören Sie zu. Wir hatten unsere liebe Müh und Not hinzukommen, und an dem Abend, an dem wir hinkamen, gerade vor Dunkelheit, und ihn sahen, da war da ein tiefer Kolk und eine lange, gerade Strecke, und das Wasser war so kalt, daß man seine Hand nicht darinlassen konnte, und ich warf einen Zigarettenstummel hinein, und eine große Forelle schoß auf ihn los, und sie schnappten dauernd nach ihm und spuckten ihn wieder aus, solange er schwamm, bis er sich auflöste.»

«Große Forellen?»
«Die größte Sorte.»
«Der Himmel soll uns schützen», sagte Pop. «Was haben Sie dann gemacht?»
«Meine Rute zurechtgemacht und die Angel ausgeworfen, und es war dunkel, und ein Nachtfalke trieb sich umher, und es war verteufelt kalt, und dann hatte ich drei Fische am Haken in der Sekunde, als die Fliegen auf dem Wasser landeten.»
«Haben Sie sie an Land gebracht?»
«Alle drei.»
«Sie verdammter Lügner.»
«Ich schwör's bei Gott.»
«Ich glaube es Ihnen. Erzählen Sie mir den Rest, wenn Sie zurückkommen. Waren es große Forellen?»
«Die allergrößte Sorte.»
«Der Himmel bewahre uns», sagte Pop. «Sie kriegen einen Kudu. Los mit Ihnen.»
Ich ging ins Zelt zu A. O. M. und erzählte ihr alles.
«Tatsache?»
«Ja.»
«Beeil dich», sagte sie. «Red nicht. Hau ab.»
Ich nahm meinen Regenmantel, Reservestiefel, Socken, Bademantel, Flasche mit Chinintabletten, Zitronella, Notizbuch, einen Bleistift, meine Vollmantelpatronen, die Fotoapparate, das nötigste Handwerkszeug, Messer, Streichhölzer, ein Reservehemd und -unterhemd, ein Buch, zwei Lichte, Geld, die Hüftflasche.
«Was noch?»
«Hast du Seife? Pack einen Kamm und ein Handtuch ein. Hast du Taschentücher?»
«Gut.»
Molo ließ alles in einen Rucksack packen, und ich nahm mein Jagdglas. M'Cola nahm Pops großes Glas, eine Feldflasche mit Wasser, und von Kati kam eine Kiste mit Eßsachen.
«Nehmen Sie reichlich Bier mit», sagte Pop. «Sie können es im Auto lassen. Mit Whisky sind wir etwas knapp dran, aber hier ist eine Flasche.»
«Wieviel bleibt Ihnen dann?»
«Das geht in Ordnung. Wir haben mehr im anderen Lager. Wir haben zwei Flaschen mit Mr. K. vorausgeschickt.»
«Ich brauche nur die Hüftflasche», sagte ich. «Wir wollen die Flasche teilen.»
«Aber dann nehmen Sie reichlich Bier mit. Davon haben wir jede Menge.»

«Was macht denn das Mistviech da?» sagte ich und zeigte auf Garrick, der gerade ins Auto stieg.

«Er sagt, Sie und M'Cola werden dort mit den Eingeborenen nicht reden können. Sie brauchen jemand zum Dolmetschen.»

«Er ist die wahre Pest.»

«Sie *werden* jemand brauchen, der, was immer da gesprochen wird, in Suaheli übersetzt.»

«Schön. Aber sagen Sie ihm, daß er nicht die Regie führt und daß er sein verfluchtes Maul hält.»

«Wir kommen bis oben auf den Hügel mit Ihnen mit», sagte Pop, und wir fuhren los. Der Wandorobbo hing draußen an einer Seite des Autos. «Wir lesen den alten Mann im Dorf auf.»

Jeder im Lager kam heraus, um uns wegfahren zu sehen.

«Haben wir reichlich Salz?»

«Ja.»

Jetzt standen wir neben dem Auto auf der Straße im Dorf und warteten darauf, daß der alte Mann und Garrick von ihren Hütten zurückkommen würden. Es war Frühnachmittag, und der Himmel bewölkte sich, und ich blickte A. O. M. an, die sehr begehrenswert aussah und kühl und adrett in ihrem Khaki und ihren Stiefeln und ihrem Stetson, den sie schief auf dem Kopf hatte, und Pop, groß und dick in seiner ausgeblichenen, ärmellosen Kordjacke, die vom Waschen und von der Sonne beinahe weiß war.

«Sei schön brav, mein Mädchen.»

«Mach dir keine Gedanken. Ich wünschte, ich könnte mit.»

«Dies ist ein Solo-Akt», sagte Pop. «Sie müssen schnell hin, die Dreckarbeit erledigen und schnell wieder raus. Sie haben sowieso allerhand vor sich.»

Der alte Mann erschien und stieg hinten ins Auto zu M'Cola, der meine ärmellose alte Khaki-Wachteljagdjoppe trug.

«M'Cola hat die Jacke vom Alten an», sagte Pop.

«Er steckt gern was in die Wildtaschen», sagte ich.

M'Cola sah, daß wir über ihn redeten. Ich hatte das nichtgereinigte Gewehr vergessen, Jetzt dachte ich daran und sagte zu Pop: «Fragen Sie ihn, wo er die neue Jacke herhat.»

M'Cola grinste und sagte irgend etwas.

«Er sagt, sie gehört ihm.»

Ich grinste ihm zu, und er schüttelte seinen alten, kahlen Kopf, und es war klar, daß ich nichts über das Gewehr gesagt hatte.

«Wo ist das alte Mistviech, der Garrick?» fragte ich. Schließlich kam er mit seiner Decke und stieg hinten zu M'Cola und dem alten Mann. Der Wandorobbo saß mit mir vorn neben Kamau.

«Du hast ja da einen reizend aussehenden Freund», sagte A. O. M.

«Sei du man auch brav.»

Ich gab ihr einen Kuß zum Abschied, und wir flüsterten miteinander.

«Schnäbeln und gurren», sagte Pop. «Ekelhaft.»

«Wiedersehn, Sie oller Halunke.»

«Wiedersehn, Sie blöder Stierkämpfer.»

«Wiedersehn, Süße.»

«Wiedersehn und Weidmannsheil.»

«Sie haben reichlich Benzin mit, und wir lassen Ihnen eine Menge hier», rief Pop.

Ich winkte, und wir fuhren los, bergab durchs Dorf auf einem schmalen Pfad, der hinunter und auf die gestrüppreiche Ebene führte, die sich unterhalb der beiden großen blauen Hügel ausdehnte.

Ich blickte zurück, als wir den Hügel hinunterfuhren, und sah die beiden Gestalten, die große dicke und die kleine zierliche, beide mit großen Stetsons, sich auf der Straße wie Schattenrisse abheben, als sie zum Lager zurückgingen, dann blickte ich vorwärts auf die ausgedörrte, gestrüppreiche Ebene.

Jagd als Glück

I

Der Weg war nur ein Pfad, und die Ebene war ein sehr entmutigender Anblick. Als wir weiterfuhren, sahen wir ein paar magere Grantgazellen, die sich weiß von dem versengten Gelb des Grases und den grauen Bäumen abhoben. Meine freudige Erregung verging, als sich diese Ebene immer weiter ausdehnte, typisch armes Wildland, und das Ganze fing an, mir völlig unwahrscheinlich und phantastisch und ganz unmöglich vorzukommen. Der Wandorobbo hatte einen sehr strengen Geruch an sich, und ich besah mir seine Ohrläppchen, die gewaltsam ausgeweitet und dann fein säuberlich übereinandergeklappt waren, und sein merkwürdiges, unnegroides, schmallippiges Gesicht. Als er bemerkte, daß ich sein Gesicht studierte, lächelte er freundlich und kratzte sich die Brust. Ich blickte mich um. Hinten im Auto schlief M'Cola. Garrick saß kerzengerade da und dramatisierte sein Wachsein, und der alte Mann gab sich Mühe, den Pfad zu sehen.

Inzwischen gab es keinen Pfad mehr, nur noch ein Viehpfad, aber wir kamen an den Rand der Ebene. Dann lag die Ebene hinter uns, und vor uns waren hohe Bäume, und wir kamen in eine Landschaft, die allerschönste, die ich in Afrika gesehen hatte. Das Gras war grün und glatt, kurz wie auf einer gemähten Wiese, auf der es gerade frisch nachgewachsen ist, und die Bäume waren groß und hochstämmig und alt, ohne Unterholz, nichts als das glatte Grün des Rasens wie in einem Wildpark, und wir fuhren weiter durch Schatten und Sonnenflecken und folgten einer schwachen Spur, auf die der Wandorobbo hindeutete. Ich konnte es nicht fassen, daß wir plötzlich in eine derart wunderbare Gegend gekommen waren. Es war ein Land, um beglückt aufzuwachen, nachdem man davon geträumt hatte, und weil ich sehen wollte, ob es sich davontrollen würde, langte ich hoch und berührte das Ohr der Wandorobbo. Er fuhr zusammen, und Kamau kicherte. M'Cola schubste mich von hinten und zeigte auf etwas, und da stand in einer Öffnung zwischen den Bäumen, mit erhobenem Kopf uns anstarrend, mit hochstehenden Borsten auf dem Rücken, mit langen, dicken, weißen, aufwärtsgebogenen Hauern und hell funkelnden Augen ein sehr großes männliches Warzenschwein, das uns aus einer Entfernung von knapp zwanzig Metern beobachtete. Ich gab Kamau ein Zeichen anzuhalten, und wir saßen da und blickten es an, und es blickte uns an. Ich hob das Gewehr und zielte auf seine Brust. Es beobachtete weiter und rührte sich nicht. Dann gab ich Kamau ein Zeichen, wieder anzufahren, und wir fuhren weiter und machten einen Bogen nach rechts und ließen das Warzenschwein zurück, das sich überhaupt nicht bewegte und auch keine Angst bei unserem Anblick gezeigt hatte.

Ich konnte Kamaus Aufregung sehen, und als ich mich umblickte, nickte M'Cola zustimmend mit dem Kopf auf und ab. Keiner von uns hatte je ein Warzenschwein gesehen, das nicht in schnellem Trott, mit erhobenem Schwanz davongejagt wäre. Dies war jungfräuliches Land, eine von Jagd unberührte Enklave inmitten der Millionen Meilen beschissenen Afrikas. Ich war bereit, irgendwo anzuhalten und das Lager aufzuschlagen.

Dies war die schönste Gegend, die ich gesehen hatte, aber wir fuhren weiter, schlängelten uns zwischen hohen Bäumen hindurch, über das sanft wellige Gras. Dann sahen wir vor uns zur Rechten die hohe Umzäunung eines Massaidorfs. Es war ein sehr großes Dorf, und aus ihm kamen langbeinige braune, geschmeidige Männer gerannt, die alle gleichaltrig zu sein schienen und ihr Haar in einem schweren, keulenartigen Zopf trugen, der ihnen beim Laufen um die Schultern schlug. Sie kamen ans Auto heran und umgaben es, und alle lachten und strahlten und redeten. Sie waren alle groß; ihre Zähne waren weiß und gesund, und ihr Haar war rotbraun gefärbt und in zusammengedrehten Büscheln in die Stirn frisiert. Sie trugen Speere und sahen sehr gut aus und waren äußerst vergnügt, nicht stur und hochmütig wie die Massai im Norden, und sie wollten wissen, was wir vorhatten. Der Wandorobbo sagte offensichtlich, daß wir auf Kudujagd seien und es eilig hätten. Sie hatten das Auto umringt, so daß wir nicht weiter konnten. Einer sagte etwas, und drei oder vier andere beteiligten sich an der Unterhaltung, und Kamau erklärte mir, daß sie am Nachmittag zwei Kuduböcke auf diesem Pfad hätten entlangziehen sehen.

«Das kann nicht wahr sein», sagte ich zu mir. «Kann einfach nicht.»

Ich ließ Kamau losfahren, und langsam arbeiteten wir uns zwischen ihnen hindurch; sie lachten alle und versuchten das Auto aufzuhalten, so daß es sie nur um Haaresbreite nicht überfuhr. Dies waren die größten, bestgewachsenen, prächtigsten Menschen, die ich je gesehen hatte, und die ersten wirklich fröhlichen, glücklichen Menschen, die ich in Afrika gesehen hatte. Als wir schließlich fuhren, fingen sie an, strahlend und lachend neben dem Auto herzulaufen, und zeigten, wie mühelos sie laufen konnten, und dann, als wir in dem Tal eines Flusses schneller vorwärts kamen, wurde ein Wettstreit daraus, und einer nach dem andern gab das Rennen auf und winkte und lächelte, wenn er zurückblieb, bis nur noch zwei mit uns rannten, die besten Läufer von allen, die mühelos mit dem Auto Schritt hielten, wie sie sich langbeinig, locker und mit Stolz vorwärts bewegten. Dabei liefen sie im Tempo eines schnellen Langstreckenläufers und trugen außerdem noch ihre Speere. Dann mußten wir nach rechts abbiegen und aus der *putting green*-Glätte des Tals in eine wellige Wiese hinaufklettern, und als wir langsamer fuhren, uns im ersten Gang hinaufarbeiteten, kam die ganze Bande lachend wieder an und gab sich Mühe, keinen atemlosen Eindruck zu machen. Wir fuhren durch ein kleines Gehölz, und ein junges Kaninchen schreckte auf und jagte in wildem Zickzack davon, und alle Massai sprinteten wie verrückt hinter ihm her. Sie fingen das Kaninchen, und der größte der Läufer kam mit ihm ans Auto und reichte es mir. Ich hielt es und konnte durch den weichen, warmen, pelzigen Körper sein Herz klopfen fühlen, und als ich es streichelte, tätschelte mir der Massai den Arm. Ich hielt es an den Ohren und reichte es ihm zurück. Nein. Nein, es gehöre mir. Es sei ein Geschenk. Ich reichte es M'Cola. M'Cola nahm es nicht ernst und reichte es einem der Massai. Jetzt fuhren wir wieder, und sie liefen. Der Massai bückte sich und setzte das Kaninchen zu Boden, und als es weglief, lachten alle. M'Cola schüttelte den Kopf. Wir waren alle sehr beeindruckt von diesen Massai.

«Gute Massai», sagte M'Cola sehr gerührt. «Massai viel Vieh. Massai nicht töten, zu essen. Massai töten Menschen.»

Der Wandorobbo tätschelte seine Brust.

«Wandorobbo-Massai», sagte er stolz und erhob Anspruch auf Verwandtschaft. Seine Ohren waren auf die gleiche Weise zusammengerollt. Wir waren alle vergnügt, wie wir sie so laufen sahen, so verflixt hübsch und vergnügt. Ich hatte noch nie derart spontane, uneigennützige Freundlichkeit gesehen, noch so prächtig aussehende Leute.

«*Gute* Massai», wiederholte M'Cola und nickte nachdrücklich mit dem Kopf. «*Gute, gute* Massai!» Nur Garrick schien auf eine andere Art beeindruckt zu sein. Ich glaube, daß ihm diese Massai trotz all seiner Khakikleidung und seines Briefs von B'wana Simba an einer uralten Stelle Angst einjagten. Sie waren unsere Freunde, nicht seine. Aber unsere Freunde waren sie ganz gewiß. Sie hatten die Haltung, die Menschen zu Brüdern macht, jene unausgesprochene, aber spontane und alles umfassende Bereitschaft, dich für einen Massai zu nehmen, ganz gleich, wo du herkamst. Jene Haltung, die man nur bei den besten Engländern, den besten Ungarn und den allerbesten Spaniern findet, die einmal das wesentlichste

Merkmal des Adels war, als es noch Adel gab. Es ist eine weltfremde Haltung, und die, die sie haben, sind nicht lebensfähig, aber dir werden sehr wenige angenehmere Dinge zustoßen als eine solche Begegnung.

So, jetzt waren also nur wieder die beiden Läufer übrig, und es war schlechtes Vorwärtskommen, und die Maschine war ihnen überlegen. Sie liefen noch gut und locker und lang ausschreitend, aber die Maschine war ein grausamer Schrittmacher. Darum ließ ich Kamau Tempo zulegen, um Schluß zu machen, weil ein plötzlicher Spurt nicht die Demütigung von langsamer Erschöpfung in sich hatte. Sie sprinteten, wurden geschlagen, lachten, und dann lehnten wir uns hinaus und winkten, und sie standen auf ihre Speere gelehnt da und winkten. Wir waren immer noch gute Freunde, aber jetzt waren wir wieder allein, und es gab keinen Pfad, sondern nur die allgemeine Richtung, der wir um Baumgruppen herum und dem Lauf dieses grünen Tals entlang folgen konnten.

Nach einer Weile standen die Bäume dichter, und wir ließen die idyllische Landschaft hinter uns und suchten uns jetzt mühselig auf einem schwachen Pfad durch Jungwald unseren Weg. Manchmal blieben wir völlig stecken und mußten aussteigen und einen Stamm aus dem Weg räumen oder einen Baum fällen, der das Auto aufhielt. Manchmal mußten wir aus dem Busch zurücksetzen und nach einer Möglichkeit suchen, um in einem Bogen herumzufahren und wieder auf den Pfad zu stoßen, und mußten uns mit unseren langen Hackmessern, die *panga* heißen, einen Weg hacken. Der Wandorobbo war ein jämmerlicher Hacker, und Garrick war wenig besser. M'Cola machte alles gut, wobei ein Messer benutzt wurde, und er schwang seine *panga* mit schnellem und doch schwerem und rachsüchtigem Streich. Ich benutzte sie ungeschickt. Man brauchte zuviel Handgelenk, um es schnell erlernen zu können; das Handgelenk ermüdete, und die Klinge schien ein Gewicht zu haben, die sie nicht hatte. Ich wünschte mir eine doppelschneidige, wie ein Rasiermesser scharf geschliffene Axt aus Michigan herbei, um die Bäume abzuhacken, anstatt sie abzusäbeln.

Wenn wir nicht weiterkonnten, hackten wir uns hindurch; wir umgingen alles, was möglich war, und Kamau fuhr mit Intelligenz und untrüglichem Gefühl für das Gelände, und so brachten wir das schwierige Terrain hinter uns und kamen hinaus auf eine zweite offene Wiesenfläche und konnten querab zu unserer Rechten eine Hügelkette sehen. Aber hier war vor kurzem schwerer Regen niedergegangen, und wir mußten bei den tiefliegenden Stellen der Wiese sehr vorsichtig sein, wo die Reifen sich durch den Rasen hindurch in den Lehm eingruben und in der glatten Glitschigkeit leerliefen. Wir schnitten Reisig ab und buddelten das Auto zweimal aus, und danach trauten wir keiner tiefliegenden Stelle mehr und fuhren am hochgelegenen Rand der Wiese entlang und waren dann wieder in bewaldetem Gebiet. Als wir herauskamen, nach langem Umherkurven im Wald, um Stellen zu finden, wo wir mit dem Wagen durch konnten, waren wir am Ufer eines Bachs, wo eine Art von Reisigüberbrückung über das Flußbett führte, wie ein Biberdamm gebaut und offensichtlich dazu bestimmt, das Wasser einzudämmen. Auf der anderen Seite war ein dornbuschumzäuntes Maisfeld, ein steiles Ufer, auf dem auch überall Mais gepflanzt war, mit vereinzelten Baumstümpfen und einige verlassen aussehende Krals oder Dornbusch-Einfriedungen mit Lehm- und Holzhütten, die über einen dichten Dornenzaun hinausragten. Wir stiegen alle aus, denn dieser Bach war ein Problem, und drüben auf der anderen Seite führte die einzige Stelle, an der wir die Böschung hinauffahren konnten, durch das mit Baumstümpfen durchsetzte Maisfeld.

Der alte Mann sagte, daß der Regen tagsüber gefallen sei. Es wäre kein Wasser über den Reisigdamm geflossen, als sie am Morgen hier vorbeigekommen waren. Ich fühlte mich reichlich deprimiert. Hier waren wir durch ein wunderbares Land mit Urwald gekommen, wo man Kudus auf unserem Weg hatte vorüberwechseln sehen, um schließlich am Ufer eines Bächleins in irgend jemands Maisfeld steckenzubleiben. Ich hatte kein Maisfeld erwartet und ärgerte mich darüber. Ich dachte, daß wir Erlaubnis einholen müßten, um durch den Mais hindurchzufahren, vorausgesetzt, daß wir über den Fluß und das Ufer hinaufkommen konnten, und ich zog meine Schuhe aus und watete durch den Fluß, um den Boden zu untersuchen. Das Gestrüpp und die Schößlinge auf dem Grund lagen fest und dicht gepackt, und ich war sicher, daß wir hinüberkommen konnten, wenn wir es ziemlich schnell nahmen. M'Cola und Kamau waren derselben Meinung, und wir gingen die Böschung hinauf, um zu sehen, wie es da aussah. Der Lehm auf der Böschung war weich, aber darunter war trockene Erde, und ich hielt es für wahrscheinlich, daß wir uns hinaufschippen konnten, falls wir zwischen den Stümpfen durchkommen konnten. Aber wir würden alles ausladen müssen, bevor wir den Versuch machten.

Von den Hütten her kamen zwei Männer und ein Junge auf uns zu. Ich sagte: *«Jambo»*, als sie herankamen. Sie antworteten *«Jambo»*, und dann sprachen der alte Mann und der Wandorobbo mit ihnen. M'Cola schüttelte den Kopf. Er verstand kein Wort. Ich glaubte, daß wir um Erlaubnis baten, durch das Maisfeld zu fahren. Als der alte Mann zu reden aufhörte, kamen die beiden Männer näher, und wir schüttelten einander die Hände.

Sie sahen anders aus als alle Neger, die ich je gesehen hatte. Ihre Gesichter waren hellbraun; der ältere sah ungefähr wie fünfzig aus, hatte schmale Lippen, eine fast griechische Nase, ziemlich hohe Backenknochen und große, intelligente Augen. Er hatte viel Haltung und Würde und schien sehr intelligent zu sein. Der jüngere Mann hatte die gleichen Gesichtszüge, und ich hielt ihn für einen jüngeren Bruder. Er sah ungefähr wie fünfunddreißig aus. Der Junge war hübsch wie ein Mädchen und sah ziemlich schüchtern und dümmlich aus. Ich hatte ihn zuerst einen Augenblick lang, als er herankam, seinem Gesicht nach für ein Mädchen gehalten, da sie alle eine Art von römischer Toga aus gebleichtem Musselin trugen, die an den Schultern gerafft war und keine Körperformen sehen ließ.

Sie sprachen mit dem alten Mann, der jetzt, als ich ihn neben ihnen stehen sah, eine Art von runzliger und degenerierter Ähnlichkeit mit den klassischen Gesichtszügen des Shamba-Besitzers aufzuweisen schien, gerade so, wie der Wandorobbo-Massai eine verschrumpelte Karikatur von den gutaussehenden Massai war, die wir im Wald getroffen hatten.

Dann gingen wir alle zum Fluß hinunter, und Kamau und ich wanden Taue, die als Ketten dienen sollten, um die Räder, während der ältere Römer und die übrigen das Auto entluden und die schwersten Sachen das steile Ufer hinauftrugen. Dann setzten wir in einem wilden, wasseraufwerfenden Schwupps hinüber und kamen, während alle kräftig schoben, halbwegs die Böschung hinauf, ehe wir festsaßen. Wir hackten und schaufelten, und schließlich schafften wir es die Böschung hinauf, aber vor uns lag das Maisfeld, und ich konnte mit nicht vorstellen, wo wir von da aus hin sollten.

«Wo fahren wir jetzt hin?» fragte ich den älteren Römer.

Sie verstanden Garricks Verdolmetscherei nicht, und der alte Mann machte ihnen die Frage verständlich.

Der Römer zeigte auf den dichten Dornenzaun linker Hand am Rand des Waldes.

«Wir können dort mit dem Auto nicht durch.»

«Campi», sagte M'Cola und meinte damit, daß wir dort unser Lager aufschlagen würden.

«Eine verteufelte Stelle», sagte ich.

«Campi», sagte M'Cola mit Bestimmtheit, und alle nickten.

«Campi, campi», sagte der alte Mann.

«Dort wir aufschlagen Lager», kündigte Garrick hochtrabend an.

«Du, geh zum Teufel», sagte ich aufgekratzt zu ihm.

Ich ging mit dem Römer, der unaufhörlich in einer Sprache weiterredete, von der ich kein Wort verstand, auf den Lagerplatz zu. M'Cola kam mit, und die anderen luden auf und folgten uns mit dem Auto. Ich besann mich, daß ich irgendwo gelesen hatte, man solle niemals in einem von Eingeborenen verlassenen Quartier sein Lager aufschlagen, wegen Zecken und anderer Gefahren, und ich bereitete mich darauf vor, gegen dieses Lager zu protestieren. Wir kamen durch eine Öffnung in der Dornbuschhecke, und innen war ein Bauwerk aus Baumstämmen und Schößlingen, die in den Boden gerammt und mit Zweigen verbunden waren. Es sah wie ein großer Hühnerstall aus. Der Römer stellte uns dies und das Gehege mit einer Handbewegung zur Verfügung und fuhr fort zu reden.

«Wanzen», sagte ich zu M'Cola auf Suaheli und sprach mit großer Abscheu.

«Nein», sagte er, den Gedanken von sich weisend. «Keine Wanzen.»

«Schlimme Wanzen. Viele Wanzen. Krankheit.»

«Keine Wanzen», sagte er mit Bestimmtheit.

Sein «Keine Wanzen» siegte, und während der Römer unaufhörlich weitersprach, hoffentlich über ein angenehmes Thema, kam das Auto heran, hielt unter einem riesigen Baum, ungefähr fünfzig Meter von der Dornbuschhecke entfernt, und alle begannen herbeizuschleppen, was zum Lagermachen notwendig war. Meine Zeltplane wurde zwischen einem Baum und einer Seite des Hühnerstalls aufgespannt, und ich setzte mich auf einen Benzinkanister, um mit dem Römer, dem alten Mann und Garrick die Jagdlage zu besprechen, während Kamau und M'Cola das Lager zurechtmachten und der Wandorobbo-Massai auf einem Bein dastand und den Unterkiefer hängenließ.

«Wo waren Kudus?»

«Dort hinten», mit einer Armschwenkung.

«Große?»

Ausgespreizte Arme, um die Riesenhaftigkeit der Hörner zu zeigen, und ein Redestrom von dem Römer.

Ich wörterbüchelte heftig: «Wo war der, den sie beobachtet hatten?»

Keinerlei Resultat, sondern nur eine lange Rede des Römers, aus der ich schloß, daß sie sie alle beobachteten.

Jetzt war es spätnachmittag, und der Himmel hing voll schwerer Wolken. Ich war bis zu den Hüften naß, und meine Socken waren schlammdurchtränkt. Außerdem schwitzte ich vom Autoschieben und Holzhacken.

«Wann gehen wir los?» fragte ich.

«Morgen», antwortete Garrick, ohne sich erst die Mühe zu nehmen, den Römer zu fragen.

«Nein», sagte ich. «Heute abend.»

«Morgen», antwortete Garrick. «Jetzt spät. Eine Stunde hell.» Er zeigte mir eine Stunde auf meiner Uhr.

Ich wörterbüchelte. «Jagd heute abend. Letzte Stunde, beste Stunde.»

Garrick gab mir zu verstehen, daß die Kudus zu weit weg wären. Daß es unmöglich sei, zu jagen und zurückzukommen, all dies in Zeichensprache. «Jagd morgen.»

«Du Mistviech», sagte ich auf englisch. Die ganze Zeit über hatten der Römer und der alte Mann dagestanden und nichts gesagt. Mich fröstelte. Es war kalt mit der Sonne hinter den Wolken, trotz der schweren Luft nach dem Regen.

«Alter Mann», sagte ich.

«Ja, Herr», sagte der alte Mann. Ich wörterbüchelte und sagte: «Kudujagd heute abend. Letzte Stunde, beste Stunde. Kudus nah?»

«Vielleicht.»

«Jagen jetzt?»

Sie sprachen miteinander.

«Jagen morgen», warf Garrick ein.

«Halt den Mund, du Possenreißer», sagte ich. «Alter Mann, kleine Jagd jetzt?»

«Ja», sagte der alte Mann, und der Römer nickte. «Kleine Zeit.»

«Gut», sagte ich und ging, um mir ein Hemd und Unterhemd und ein paar Socken herauszusuchen.

«Jetzt jagen», sagte ich zu M'Cola.

«Gut», sagte er. *«M'uzuri.»*

Mit dem sauberen Gefühl von trockenem Hemd, frischen Socken und einem Stiefelwechsel saß ich auf dem Benzinkanister und trank einen Whisky Soda, während ich auf die Rückkehr des Römers wartete. Ich hatte das sichere Gefühl, ich würde auf einen Kudu zu Schuß kommen, und ich wollte mich etwas abregen, damit ich nicht nervös sein würde. Ich wollte mich auch nicht erkälten. Und dann wollte ich den Whisky auch um seiner selbst willen, weil ich den Geschmack gern hatte und weil ich mich, obwohl ich schon denkbar glücklich war, durch ihn noch wohler fühlte.

Ich sah den Römer kommen, und ich zog die Reißverschlüsse an meinen Stiefeln hoch und kontrollierte die Patronen im Magazin der Springfield, nahm die Hülle vom Korn und pustete durch die Kimme. Dann trank ich, was noch in der Blechtasse war, die auf der Erde neben der Kiste stand, erhob mich und vergewisserte mich, daß ich ein paar Taschentücher in meinen Hemdtaschen hatte.

M'Cola kam und trug sein Messer und Pops großen Feldstecher.

«Du bleibst hier», sagte ich zu Garrick.

Ihm war es egal. Er fand es dumm von uns, noch so spät loszugehen, und er hätte uns gern bewiesen, wie verkehrt es war. Der Wandorobbo wollte mitkommen.

«Das genügt reichlich», sagte ich und winkte dem alten Mann ab, und wir verließen den Kral, mit dem Römer, der einen Speer trug, an der Spitze, dann kam ich, dann M'Cola mit Feldstechern und der Mannlicher mit Vollmantelgeschossen und zuletzt der Wandorobbo auch mit einem Speer.

Es war nach fünf, als wir über das Maisfeld loszogen und hinunter zum Fluß, den wir hundert Meter oberhalb des Dammes überquerten, wo er sich in hohem Gras verengte, und dann gingen wir langsam und behutsam die grasbestandene Böschung an der anderen Seite hinauf und wurden bis zu den Hüften naß, als wir uns in dem hohen Gras und Farnkraut gebückt vorwärts bewegten. Wir waren noch nicht zehn Minuten unterwegs und kletterten vorsichtig die Flußböschung hinauf, als mich der Römer völlig unerwartet am Arm packte und, als er sich hinkauerte, mit zu Boden zog. Während ich niederging, riß ich den Verschluß zurück und spannte. Mit angehaltenem Atem zeigte er auf etwas, und jenseits des Flusses am anderen Ufer am Waldrand stand ein großes graues Tier; weiße Streifen zeigten sich auf seinen Flanken, und riesige Hörner ringelten sich rückwärts, wie es mit der Breitseite uns zugewandt dastand und mit erhobenem Kopf zu lauschen schien. Ich hob das Gewehr, aber ein Busch war im Schußfeld. Ich konnte nicht über den Busch hinwegschießen, ohne aufzustehen.

«*Piga*», flüsterte M'Cola.

Ich bewegte verneinend den Finger und begann vorwärts zu kriechen, um von dem Busch klar zu kommen, krank vor Angst, der Bock würde abspringen, während ich versuchte, ihn sicher zu Schuß zu bekommen, und ich dachte an Pops «Immer mit der Ruhe». Als ich sah, daß ich frei war, stützte ich mich auf das eine Knie, sah den Bock durch die Kimme, staunte, wie groß er aussah, und dann sagte ich mir, daß mir das gleich sein solle, daß es genau wie jeder andere Schuß sei, und ich sah das Korn genau im Zentrum, wo es sein sollte, gerade etwas unterhalb von der Spitze des Blatts, und drückte ab. Als es krachte, sprang er los und flüchtete ins Unterholz, aber ich wußte, ich hatte ihn getroffen. Ich schoß auf etwas Graues zwischen den Bäumen, als er hineinflüchtete, und M'Cola schrie: «*Piga! Piga!*», was ‹er ist getroffen, er ist getroffen› bedeutet, und der Römer klopfte mir auf die Schulter; dann schlug er seine Toga bis zum Hals hoch und lief nackt los, und wir vier liefen jetzt in irrem Tempo wie Jagdhunde, planschten durch den Fluß, rasten die Böschung hinauf, der Römer voraus, der nackt durch das Unterholz brach, sich bückte und ein Blatt mit hellem Schweiß hochhielt und mir auf den Rücken schlug, während M'Cola *«Damu, damu»*, «Schweiß, Schweiß», sagte; dann ging's der tief eingeschnittenen Fährte zur Rechten nach; ich lud durch; wir folgten alle der Fährte völlig erschöpft, und es war beinahe dunkel zwischen den Bäumen; der Römer lief, einen Augenblick durch die Fährte irregeleitet, nach rechts, dann nahm er die Schweißspur von neuem auf, zerrte mich wieder am Arm zu Boden, und keiner von uns atmete, als wir ihn in einer Lichtung hundert Meter entfernt vor uns stehen sahen. Er schien mir schwer verletzt, und er blickte zurück, die großen Lauscher aufgestellt, groß, grau-weiß gestreift, seine Hörner ein wahres Wunder, als er über die Schulter direkt in unsere Richtung blickte. Ich dachte, daß ich diesmal absolut sichergehen müsse, da jetzt die Dunkelheit hereinbrach, und ich hielt den Atem an, und ich traf ihn eine Spur hinter dem Blatt. Wir hörten die Kugel aufschlagen und sahen ihn sich bäumen, als die Kugel traf. M'Cola schrie: *«Piga! Piga! Piga!»* als er uns außer Sicht kam, und als wir wieder wie die Jagdhunde hinter ihm her jagten, fielen wir beinahe über etwas. Es war ein riesiger, herrlicher Kudubock, der mausetot auf der Seite lag, seine Hörner in großen dunklen Spiralen ausladend, und unglaubhaft, wie er tot dalag, fünf Meter von dort entfernt, wo wir standen, als ich gerade vor einem Moment geschossen hatte. Ich sah ihn mir an, groß, langbeinig, ein glattes Grau mit den weißen Streifen und den großen, gedrehten, schwungvollen Hörnern, braun wie Walnußkerne und elfenbeinern zugespitzt, die großen Lauscher und den großen, schönen, schwerbemähnten Hals, das weiße Dreieck zwischen den Augen und das Weiß der Schnauze, und ich bückte mich und berührte ihn, um es glauben zu können. Er lag auf der Seite, auf der die Kugel eingedrungen war, und es war nichts an ihm zu sehen, und er roch rein und wunderbar wie der Atem von Vieh und der Geruch von Thymian nach dem Regen.

Dann spürte ich, wie der Römer mich umarmte, und M'Cola rief etwas in seiner seltsamen hohen Singsangstimme, und der Wandorobbo-Massai klopfte mir dauernd auf die Schultern und sprang auf und nieder, und dann schüttelten sie mir einer nach dem andern die Hand auf eine merkwürdige Art, die mir ganz unbekannt war, bei der sie meinen Daumen in ihre Faust nahmen und festhielten und schüttelten und zogen und wieder festhielten, während sie mir dabei leidenschaftlich in die Augen sahen.

Wir besahen ihn alle, und M'Cola kniete sich hin und zog mit den Fingern die Kurve seiner Hörner nach und maß die Auslage mit den Armen und croonte noch immer: «Uu–uu–iii–iii» und gab schrille, ekstatische Geräusche von sich und streichelte die Schnauze und die Mähne des Kudus.

Ich schlug dem Römer auf den Rücken, und wir wiederholten nochmals die Daumenzieherei, und ich zog auch an seinem Daumen. Ich umarmte den Wandorobbo-Massai, und nach einer Daumenzieherei von großer Intensität und Gefühlsduselei schlug er gegen seine Brust und sagte sehr stolz: «Wandorobbo-Massai wunderbarer Führer.»

«Wandorobbo-Massai wunderbarer Massai», sagte ich.

M'Cola schüttelte andauernd den Kopf, blickte auf den Kudu, und gab immer noch die gleichen Croon-Töne von sich. Dann sagte er: *«Doumi, doumi! B'wana Kabor, kidogo, kidogo»*, was hieß: dies sei der Bock aller Böcke, und Karls sei ein kleines Murkel, ein Nichts dagegen.

Wir wußten alle, daß wir den anderen Kudu getötet hatten, den ich aus Versehen für diesen gehalten hatte, während dieser erste von dem ersten Schuß tödlich getroffen dalag, und es schien unwichtig neben diesem Wunder von einem Kudu. Aber ich wollte den andern sehen. «Los, kommt, Kudu», sagte ich.

«Er ist tot», sagte M'Cola. *«Kufa.»*

«Los, kommt.»

«Dies bester.»

«Los, kommt.»

«Messen», bat M'Cola.

Ich ließ das stählerne Band um die Kurve des einen Horns gehen. M'Cola hielt es herunter. Es war gut über fünfzig Zoll. M'Cola sah mich gespannt an.

«Groß! Groß!» sagte ich. «Zweimal so groß wie B'wana Kabors.»

«Iii–iii», croonte er.

«Los, kommt», sagte ich. Der Römer war schon voraus.

Wir gingen auf die Stelle zu, wo wir den Bock gesehen hatten, als ich schoß, und da war die Fährte von Anfang an mit Schweiß brusthoch an den Blättern im Unterholz. Nach noch nicht hundert Metern stießen wir auf ihn; er war tot. Er war nicht ganz so groß wie der erste Bock. Die Hörner waren ebenso lang, jedoch enger gestellt, aber er war ebenso schön, und er lag auf der Seite und hatte das Unterholz niedergebrochen, wo er gestürzt war.

Wir schüttelten einander wieder alle die Hand und benutzten die Daumen, was offenbar äußerste Gemütsbewegung bedeutete.

«Dies Askari», erklärte M'Cola. Dieser Bock war der Polizist oder der Leibwächter für den größeren. Er war offensichtlich im Wald gewesen, als wir den ersten Bock gesehen hatten, war mit ihm gelaufen und war stehengeblieben, um zu sehen, warum der große Bock ihm nicht folgte.

Ich wollte Aufnahmen hiervon und schickte M'Cola und den Römer zusammen ins Lager hinunter, um die beiden Fotoapparate, die Graflex und Filmkamera und meine Taschenlampe zu holen. Ich wußte, wir waren auf derselben Seite des Flusses und oberhalb des Lagers, und ich hoffte, der Römer würde abschneiden können und zurück sein, ehe die Sonne unterging.

Sie gingen los, und jetzt am Ende des Tages brach die Sonne strahlend unter den Wolken hervor; der Wandorobbo-Massai und ich besahen uns den zweiten Kudu, maßen seine Hörner, rochen seinen feinen Geruch, noch wohlriechender als der der Elenantilope, streichelten ihm die Nase, den Hals und das Blatt, bewunderten die großen Lauscher und die Glätte und Sauberkeit seines Fells, besahen uns seine Hufe, die lang, schmal und elastisch gebaut waren, auf denen er wie auf Zehenspitzen zu gehen schien, suchten unter dem Blatt nach der Einschußstelle, und dann schüttelten wir einander von neuem die Hand, während mir der Wandorobbo-Massai erzählte, was er für ein Kerl sei, und ich sagte zu ihm, er sei mein Kamerad, und schenkte ihm mein bestes Taschenmesser mit den vier Klingen.

«Wir wollen uns den ersten noch mal ansehen, Wandorobbo-Massai», sagte ich auf englisch.

Der Wandorobbo-Massai nickte. Er hatte genau verstanden, und wir folgten der Fährte zurück zu der Stelle, wo der große am Rand der kleinen Lichtung lag. Wir umkreisten ihn, besahen ihn uns, und dann fand der Wandorobbo-Massai, während ich das Blatt hochhielt und er darunterlangte, das Schußloch und steckte seinen Finger hinein. Dann berührte er seine Stirn mit dem blutigen Finger und hielt die Rede auf Wandorobbo-Massai, wunderbarer Führer.

«Wandorobbo-Massai König aller Führer», sagte ich. «Wandorobbo-Massai mein Freund.»

Ich war völlig naß geschwitzt und zog meinen Regenmantel an, den M'Cola getragen und zurückgelassen hatte, und schlug den Kragen am Hals hoch. Ich beobachtete jetzt die Sonne und war besorgt, sie könne untergegangen sein, bevor die beiden mit den Apparaten zurück waren. Kurz darauf konnten wir sie im Unterholz kommen hören, und ich rief, um sie wissen zu lassen, wo wir waren. M'Cola antwortete, und wir riefen zurück und dann wieder sie, und ich hörte sie durch das Unterholz brechen und sich unterhalten, während ich rief und die Sonne beobachtete, die jetzt beinahe untergegangen war. Schließlich sah ich sie, und ich schrie M'Cola zu: «Laufen! Schnell!» und zeigte auf die Sonne, aber sie konnten kein Laufen mehr aus sich herausholen. Sie hatten einen schnellen Anstieg durch dichtes Unterholz hinter sich, und als ich den Apparat endlich bekam, die Blende ganz geöffnet und auf den Bock eingestellt hatte, beleuchtete die Sonne nur noch die Gipfel der Bäume. Ich machte ein halbes Dutzend Aufnahmen und benutzte die Filmkamera, während die anderen den Kudu an eine Stelle zerrten, wo etwas mehr Licht zu sein schien; dann war die Sonne untergegangen und die Verpflichtung, Aufnahmen zu machen, vorbei, und ich steckte den Apparat in seine Tasche und überließ mich in der einbrechenden Dunkelheit glücklich der Sorglosigkeit meines Sieges, aus der ich mich nur aufrappelte, um M'Cola zu zeigen, wo er einschneiden sollte, um ein genügend weites Cape zu bekommen, als er den Kopf aus der Decke streifte. M'Cola benutzte sein Messer sehr geschickt und ich sah gern zu, wenn er abhäutete, aber heute abend sah ich ihm nicht zu, nachdem ich ihm gezeigt hatte, wo er den ersten Einschnitt machen sollte, ziemlich weit unten an den Läufen, tief unten um die Brust, wo sie an den Bauch grenzt, und weit hinten über den Widerrist, weil ich den Bock so im Gedächtnis behalten wollte, wie ich ihn zuerst gesehen hatte, und so ging ich in der Dämmerung zu dem zweiten Kudu und wartete dort, bis sie mit der Taschenlampe kamen und dann erinnerte ich mich, daß ich bei jedem Tier, das ich je geschossen hatte, das Abhäuten selbst besorgt oder beim Abhäuten zugesehen hatte und mich dennoch an jedes genau erinnern konnte, wie es in jedem Augenblick gewesen war, und daß eine Erinnerung die andere nicht auslöscht, und daß die Idee mit dem Nichtzusehen einfach Faulheit war, von der Art, wie das Geschirr bis zum anderen Morgen im Ausguß stehen zu lassen, und ich hielt die Taschenlampe für M'Cola, während er an dem zweiten Bock arbeitete, und obwohl ich müde war, genoß ich wie immer sein schnelles, sauberes, sorgfältiges Sezieren mit dem Messer, bis er das Cape völlig losgelöst und zurückgefaltet hatte und die Verbindung zwischen Gehirn und Wirbelsäule durchschlug und dann den Kopf losbekam, indem er die Hörner hin und her drehte und ihn dann, Cape und alles, frei vom Hals abhob, das Cape schwer und naß im Licht der elektrischen Taschenlampe, das auf seine roten Hände und das schmutzige Khaki seiner Jacke fiel. Wir ließen den Wandorobbo-Massai, Garrick, den Römer und seinen Bruder mit einer Laterne zum Abhäuten und Einpacken des Fleisches zurück, und wir brachen in der Dunkelheit zum Lager auf, M'Cola mit einem Kopf, der alte Mann mit einem Kopf, und ich mit der Taschenlampe und den beiden Gewehren.

In der Dunkelheit schlug der alte Mann hin, und M'Cola lachte; dann rollte das Cape auseinander und fiel ihm übers Gesicht, und er erstickte beinahe, und wir lachten beide. Der alte Mann lachte auch. Dann fiel M'Cola in der Dunkelheit hin, und der alte Mann und ich lachten. Ein Stückchen weiter brach ich durch die Decke einer Art Wildfalle und fiel der Länge nach hin, und als ich aufstand, hörte ich M'Cola prusten und gurgeln und den alten Mann vor sich hin kichern.

«Was ist denn das, verdammt noch mal! Eine Charlie Chaplin-Komödie?» fragte ich sie auf englisch. Sie lachten beide unter den Köpfen. Schließlich kamen wir nach einem Alpdruck von Marsch durch dichtes Unterholz an die Dornbuscheinzäunung und sahen das Lagerfeuer, und M'Cola schien entzückt zu sein, wie der alte Mann durch die Dornen ging und dabei hinschlug und fluchend aufstand und kaum fähig schien, den Kopf aufzuheben, als ich ihm mit der Taschenlampe voranleuchtete, um ihm die Öffnung zu zeigen.

Wir kamen ans Feuer, und ich sah, daß das Gesicht des alten Mannes blutete, als er den Kudukopf herunternahm und ihn an der Holz-und-Lehm-Hütte niederlegte. M'Cola legte seinen Kopf auch hin, zeigte auf das Gesicht des alten Mannes und lachte und schüttelte den Kopf. Ich blickte den alten Mann an. Er war völlig erledigt; sein Gesicht war schlimm zerkratzt, mit Lehm bedeckt und blutete, aber er lachte vergnügt vor sich hin.

«B'wana hinfallen», sagte M'Cola und machte nach, wie ich vornüber gestürzt war. Beide kicherten in sich hinein.

Ich tat so, als ob ich ihm eine langen wollte, und sagte: *«Shenzi.»*

Er machte noch einmal nach, wie ich hingefallen war, und dann kam Kamau und schüttelte mir sehr freundlich und respektvoll die Hand und sagte: «Gut, B'wana, sehr gut, B'wana» und ging dann hinüber mit strahlenden Augen und kniete hin und streichelte die Hörner und befühlte die Lauscher und croonte das gleiche seufzende «Uuu–uuu! Iii–iii», das M'Cola von sich gegeben hatte.

Ich ging in das Dunkel des Zeltes; wir hatten die Laterne bei den Fleischträgern gelassen, und ich wusch mich, zog meine nassen Sachen aus und stöberte im Dunkeln in meinem Rucksack herum und fand einen Pyjama und einen Bademantel. Ich zog beides und meine Moskitostiefel an und trat ans Feuer. Ich brachte meine nassen Sachen und meine Stiefel ans Feuer, und Kamau spreizte sie über Stöcke und stülpte die Stiefel mit dem Schaft nach unten, jeden auf einen Stock und weit genug von der Glut entfernt, wo das Feuer sie nicht versengen würde.

Ich saß im Feuerschein auf einem Benzinkanister mit dem Rücken gegen einen Baum, und Kamau brachte die Whiskyflasche und goß etwas in eine Tasse, und ich tat Wasser aus der Feldflasche hinzu und saß da und trank und blickte ins Feuer und dachte an nichts, vollständig glücklich, fühlte, wie mich der Whisky wärmte und glättete, wie man ein zerknittertes Laken im Bett glattstreicht, während Mamau Büchsen aus unserem Vorrat anschleppte, um zu hören, was ich zum Abendbrot essen wollte. Es gab drei Büchsen mit Weihnachts-*mincemeat* erster Qualität, drei Büchsen mit Lachs und drei mit gemischtem Kompott; es gab auch eine Anzahl von Schokoladentafeln und eine Büchse mit Weihnachts-Plumpudding erster Qualität. Ich schickte alles zurück; was sich wohl Kati unter *mincemeat* vorgestellt hatte? Und seit zwei Monaten hatten wir nach diesem Plumpudding gesucht.

«Fleisch?» fragte ich.

Kamau brachte ein dickes langes, gebratenes Lendenstück von einer Grantgazelle, einer von den Grants, die Pop in der Ebene erlegt hatte, während wir auf der Salzlecke bei Meile 25 gejagt hatten, und etwas Brot.

«Bier?»

Er brachte eine von den großen deutschen Literflaschen und öffnete sie.

Es war mir zu umständlich, auf dem Benzinkanister zu sitzen, und ich breitete meinen Regenmantel am Boden vor dem Feuer aus, wo die Erde von der Hitze getrocknet war, und streckte die Beine von mir und lehnte mich mit dem Rücken gegen die Holzkiste. Der alte Mann röstete Fleisch an einem Stock. Es war ein besonderes Stück, das er sich in seine Toga eingewickelt mitgebracht hatte. Nach kurzer Zeit kamen sie alle an, trugen Fleisch und die Häute, und dann lag ich ausgestreckt da, trank mein Bier und beobachtete das Feuer, und um mich herum unterhielten sich alle und rösteten ihr Fleisch an Stöcken. Es wurde kalt, und die Nacht war klar, und man roch den Geruch von gebratenem Fleisch, den Geruch von dem Rauch des Feuers, den Geruch von meinen dampfenden Stiefeln und dort, wo er in der Nähe hockte, den Geruch von dem guten ollen Wandorobbo-Massai. Aber ich konnte mich an den Geruch des Kudus erinnern, wie er da im Wald lag.

Jeder Mann hatte sein eigenes Stück Fleisch oder eine Reihe von Fleischstücken auf Stöcken, die um das Feuer in den Boden gerammt waren; sie drehten sie und paßten auf sie auf, und es wurde viel geredet. Zwei andere, die ich noch nie gesehen hatte, waren von den Hütten herübergekommen, und der Junge, den wir am Nachmittag gesehen hatten, war bei ihnen. Ich aß ein Stück heiße gebratene Leber, die ich von einem der Stöcke des Wandorobbo-Massai abgezogen hatte, und überlegte, wo wohl die Nieren waren. Die Leber war köstlich. Ich überlegte, ob es sich verlohnte, aufzustehen, das Wörterbuch zu holen, um nach den Nieren zu fragen, als M'Cola «Bier?» sagte.

«Schön.»

Er brachte die Flasche, öffnete sie, und ich hob sie hoch und trank die Hälfte in einem Zug hinunter, um die Leber hinunterzuspülen.

«Ist schon ein tolles Leben», sagte ich zu ihm auf englisch.

Er grinste und sagte auf Suaheli: «Mehr Bier?»

Daß ich Englisch mit ihm sprach war ein willkommener Ulk.

«Paß auf», sagte ich und kippte die Flasche hoch und ließ alles hinunterlaufen. Dies war ein alter Kniff, den wir in Spanien gelernt hatten: aus Weinschläuchen trinken, ohne zu schlucken. Es imponierte dem Römer mächtig. Er kam herüber, hockte sich neben meinem Regenmantel hin und fing an zu reden. Er redete eine lange Zeit.

«Aber gewiß doch», erwiderte ich ihm. «Und außerdem kann er mit mir Schlitten fahren.»

«Noch mehr Bier?» fragte M'Cola.

«Ihr wollt den Ollen wohl betrunken sehen?»

«N'Dio», sagte er. «Ja», und tat so, als ob er Englisch verstand.

«Paß auf, Römer.» Ich fing an, das Bier hinunterlaufen zu lassen, und sah, wie der Römer die Bewegung mit seinem Hals nachmachte, erstickte beinahe, erholte mich kaum wieder und ließ die Flasche sinken.

«Damit hat sich's. Kann es nicht öfter als zweimal an einem Abend machen. Schlägt auf die Leber.»

Der Römer fuhr fort, in seiner Sprache zu reden. Ich hörte, wie er zweimal «Simba» sagte.

«Simba hier?»

«Nein», sagte er. «Dort drüben», und er zeigte in die Dunkelheit. Ich konnte seine Geschichte nicht verstehen. Aber es klang sehr gut.

«Ich viel Simba», sagte ich. «Mordskerl mit Simba. Frag M'Cola.» Ich spürte, daß ich wieder meine Abendprotzerei kriegte, aber Pop und A. O. M. waren nicht da, um zuzuhören. Es war nicht im entferntesten so befriedigend, zu protzen, wenn einen keiner verstand, aber dennoch war es besser als nichts. Ich hatte zweifellos das Protzen, und noch dazu durch Bier.

«Phantastisch», erzählte ich dem Römer.

Er fuhr mit seiner eigenen Geschichte fort. Es war noch etwas Bier auf dem Grund der Flasche.

«Alter Mann», sagte ich. *«Mzee.»*

«Ja, B'wana», sagte der alte Mann.

«Hier ist etwas Bier für dich. Du bist alt genug. Es kann dir nichts schaden.»

Ich hatte die Augen des alten Mannes gesehen, während er mich beim Trinken beobachtete, und ich wußte, er war einer vom gleichen Schlag. Er nahm die Flasche, leerte sie bis auf den letzten Rest von Schaum und hielt sie, neben seinen Fleischstöcken hockend, liebevoll fest.

«Mehr Bier?» fragte M'Cola.

«Ja», sagte ich. «Und meine Patronen.»

Der Römer redete immer weiter ohne Unterbrechung. Er konnte wahrhaftig eine noch längere Geschichte erzählen als Carlos in Kuba.

«Das ist höchst interessant», sagte ich zu ihm. «Du bist ja auch ein verteufelter Bursche. Wir sind beide fabelhaft. Hör zu!» M'Cola hatte das Bier und meine Khakijacke mit den Patronen in der Tasche gebracht. Ich trank ein bißchen Bier, sah, daß der alte Mann mir zusah, und legte sechs Patronen hin. «Ich hab's Protzen», sagte ich. «Das mußt du schlucken. Sieh her!» Ich berührte jede Patrone der Reihe nach. «*Simba. Simba. Faro. Nyati. Tendalla. Tendalla.* Na, was sagst du dazu? Du brauchst es nicht zu glauben. Sieh mal, M'Cola», und ich benannte die sechs Patronen noch einmal: «Löwe, Löwe, Rhino, Büffel, Kudu, Kudu.»

«Ayee», sagte der Römer aufgeregt.

«N'Dio», sagte M'Cola feierlich. «Ja, es ist wahr.»

«Ayee», sagte der Römer und packte mich am Daumen.

«Die reine Wahrheit», sagte ich. «Höchst unwahrscheinlich, was?»

«N'Dio», sagte M'Cola und zählte sie nochmals selbst nach. *«Simba. Simba. Faro. Nyati. Tendalla. Tendalla!»*

«Das kannst du den andern erzählen», sagte ich auf englisch. «Das ist allerhand Protzerei, was? Das wird mir für heute abend langen.»

Der Römer redete wieder auf mich ein, und ich hörte aufmerksam zu und aß noch ein Stück geröstete Leber. M'Cola arbeitete jetzt an den Köpfen, fleischte einen Schädel aus und zeigte Kamau, wie man den unkomplizierten Teil des andern abhäutete. Es war eine mächtige Arbeit für die beiden; sie arbeiteten sorgfältig um die Augen herum und die Schnauze und die Knorpel an den Lauschern und fleischten die Kopfhäute nachher aus, damit sie nicht verdarben, und sie arbeiteten sehr sorgfältig und behutsam im Feuerschein. Ich erinnere mich nicht ans Zubettgehen, noch *ob* wir zu Bett gingen.

Ich erinnere mich, daß ich das Wörterbuch holte und M'Cola beauftragte, den Jungen zu fragen, ob er eine Schwester habe, und wie M'Cola sehr bestimmt und ernsthaft zu mir sagte: «Nein! Nein!»

«Nichts Verruchtes, verstehst du? Neugier.»

M'Cola blieb fest. «Nein», sagte er und schüttelte den Kopf. *«Hapana»*, im gleichen Tonfall wie damals, als wir dem Löwen ins

Sansevierengebüsch folgten. Damit war die Möglichkeit eines gesellschaftlichen Lebens abgetan, und ich sah «Nieren» nach, und der Bruder des Römers rückte einige aus seinem Anteil heraus, und ich steckte ein Stück zwischen zwei Leberstücke auf einen Stock und begann sie zu rösten.

«Wird ein ausgezeichnetes Frühstück abgeben», sagte ich laut. «Viel besser als *mincemeat.*»

Dann führten wir eine lange Unterhaltung über Rappenantilopen. Der Römer nannte sie nicht *tarahalla*; dieser Name besagte ihm nichts. Es gab auch allerhand Konfusion über Büffel, weil der Römer ständig *«Nyati»* sagte, aber er meinte, sie seien schwarz wie Büffel. Dann zeichneten wir Bilder in die Asche vom Feuer, und was er meinte, waren tatsächlich Rappenantilopen. Die Hörner bogen sich wie Türkensäbel weit rückwärts über ihren Widerrist.

«Böcke?» sagte ich.

«Böcke und Tiere.»

Der alte Mann und Garrick dolmetschten, und ich glaubte zu verstehen, daß es sich um zwei Herden handelte.

«Morgen.»

«Ja», sagte der Römer. «Morgen.»

«'Cola», sagte ich. «Heute Kudu, morgen Rappenantilopen, Büffel, Simba.»

«*Hapana* Büffel», sagte er und schüttelte den Kopf. «*Hapana* Simba.»

«Ich und der Wandorobbo-Massai Büffel», sagte ich.

«Ja», sagte der Wandorobbo-Massai aufgeregt. «Ja.»

«Hier in der Nähe gibt's sehr große Elefanten», sagte Garrick.

«Morgen Elefanten», sagte ich, um M'Cola aufzuziehen.

«*Hapana* Elefanten.» Er wußte, daß ich ihn aufzog, aber er wollte noch nicht einmal hören, daß man so etwas sagte.

«Elefanten», sagte ich. «Büffel, Simba, Leoparden.»

Der Wandorobbo-Massai nickte aufgeregt. «Rhino», fügte er hinzu.

«Hapana», sagte M'Cola und schüttelte den Kopf. Er fing an Qualen auszustehen.

«In den Hügeln da viele Büffel», dolmetschte der alte Mann für den jetzt sehr aufgeregten Römer, der dastand und in die Ferne zeigte, über die Hütten hinaus.

«Hapana! Hapana! Hapana!» sagte M'Cola bestimmt und endgültig. «Mehr Bier?» und legte sein Messer hin.

«Schön», sagte ich. «Ich zieh dich doch nur ein bißchen auf.»

M'Cola hockte dicht neben mir und redete, um mir etwas zu erklären. Ich hörte Pops Namen, und es schien sich darum zu handeln, daß Pop es nicht gern haben würde. Daß Pop es nicht billigen würde.

«Ich hab dich doch nur ein bißchen aufgezogen», sagte ich auf englisch. Dann auf Suaheli: «Morgen Rappen?»

«Ja», sagte er mit Nachdruck. «Ja.»

Danach führten der Römer und ich eine lange Unterhaltung, bei der ich Spanisch sprach, und er sprach, was immer er eben sprach, und ich glaube, wir planten die Kampagne für den nächsten Tag.

2

Ich erinnere mich weder ans Zubettgehen noch ans Aufstehen, nur daran, daß ich im Dämmergrau vor Tagesanbruch mit einer Blechtasse voll heißen Tees in der Hand am Feuer stand und daß mein Frühstück an einem Holzstöckchen ganz mit Asche überpudert war und alles andere als verlockend aussah. Der Römer stand da und hielt eine Rede und gestikulierte in die Richtung, wo sich die erste Helligkeit zu zeigen begann, und ich weiß noch, daß ich mich fragte, ob der Kerl wohl die ganze Nacht über geredet hatte.

Die Kopfhäute waren alle ausgespreizt und sorgfältig eingesalzen, und die Schädel mit den Hörnern lehnten gegen die Holzhütte. M'Cola faltete die Kopfhäute zusammen. Kamau brachte mir ein paar Dosen, und ich ließ ihn eine mit Kompott aufmachen. Es war kalt von der Nacht her, und das gemischte Kompott und der kalte, sirupartige Saft rutschten glatt hinunter. Ich trank noch eine Tasse Tee, ging ins Zelt, kleidete mich an, zog meine trockenen Stiefel an, und wir waren fertig zum Aufbruch. Der Römer hatte gesagt, daß wir vor dem Mittagessen zurück sein würden.

Wir hatten den Bruder des Römers als Führer mit. Der Römer wollte, soweit ich verstehen konnte, einer der Rappenherden nachspüren, und wir wollten feststellen, wo sich die andere befand. Wir brachen auf, vorneweg der Bruder, der mit einer Toga bekleidet war und einen Speer trug, dann ich mit der übergehängten Springfield und meinem kleinen Zeissglas in der Tasche, dann M'Cola, der Pops Jagdglas auf einer Seite und die Wasserflasche auf der andern umgehängt hatte, mit dem Messer zum Abhäuten, einem Schleifstein, einer Extraschachtel Patronen und Schokoladentafeln in den Taschen und das große Gewehr über der Schulter, dann der alte Mann mit der Graflex, Garrick mit der Filmkamera und der Wandorobbo-Massai mit einem Speer und Bogen und Pfeilen.

Wir verabschiedeten uns von dem Römer und gingen durch die

Dornbuscheinfriedung, gerade als die Sonne durch die Lücke zwischen den Hügeln kam und auf das Maisfeld, die Hütten und die blauen Hügel in der Ferne schien. Es versprach ein klarer, schöner Tag zu werden.

Der Bruder führte uns durch sehr dichtes Unterholz, das uns alle durchnäßte, dann durch lichten Wald, dann steil bergan, bis wir ziemlich hoch oben auf dem Hang waren, der hinter dem Rand des Feldes, auf dem wir kampierten, anstieg. Dann waren wir auf einem guten, glatten Pfad, der in jene Hügel zurückführte, über denen die Sonne noch nicht aufgegangen war. Ich genoß den frühen Morgen, war noch ein bißchen schläfrig, ging ein bißchen mechanisch vor mich hin und dachte gerade, daß wir viel zuviel Leute waren, um geräuschlos zu jagen, obwohl jeder einzelne sich doch ganz geräuschlos zu bewegen schien, als wir zwei Menschen auf uns zukommen sahen.

Es war ein großer, gutaussehender Mann mit Gesichtszügen wie der Römer, nur etwas weniger edel, der eine Toga anhatte und einen Bogen und einen Köcher mit Pfeilen trug, und hinter ihm seine Frau, sehr hübsch, sehr bescheiden, sehr ehefraulich, die ein Gewand aus braunen, gegerbten Häuten trug und einen Halsschmuck von konzentrischen Kupferdrahtringen und viele Drahtringe an Armen und Knöcheln. Wir blieben stehen, sagten *«Jambo»*, und der Bruder sprach mit diesem augenscheinlichen Stammesgenossen, der das Gebaren eines Geschäftsmannes auf dem Weg in die Stadt zu seinem Büro hatte, und als sie sich in schneller Frage und Antwort unterhielten, beobachtete ich die äußerst bräutliche Ehefrau, die ein bißchen im Profil stand, so daß ich ihre hübschen, birnenförmigen Brüste und die langen, glatten Negerbeine sah, und ich studierte ihr reizvolles Profil mit höchstem Genuß, bis ihr Mann etwas zu ihr sagte, plötzlich und scharf, dann erklärend und ruhig-gebietend, und sie mit niedergeschlagenen Augen um uns herumging und auf dem Pfad, den wir heraufgekommen waren, allein entlangschritt, und wir sie alle beobachteten. Allem Anschein nach kam der Ehemann mit uns mit. Er hatte an jenem Morgen die Rappenantilopen gesehen, und leicht mißtrauisch und offensichtlich mißvergnügt, die inzwischen aus unserem Gesichtskreis entschwundene Frau aller Frauen zu verlassen, die wir alle mit den Blicken besessen hatten, führte er uns weiter und nach rechts einen anderen gut ausgetretenen und glatten Pfad entlang durch Wälder, die so aussahen wie der Herbst zu Hause, wo man erwarten konnte, ein Schneehuhn aufzuscheuchen und es zu dem anderen Hügel hinüberschwirren oder im Tal einfallen zu sehen.

Und tatsächlich stöberten wir Rebhühner auf, und als wir sie fliegen sahen, dachte ich: Alles Land auf der Welt ist sich gleich, und alle Jäger sind sich gleich. Dann sahen wir eine frische Kudufährte neben dem Pfad, und dann, als wir durch die frühmorgendlichen Wälder gingen, jetzt ohne Unterholz, und die erste Sonne durch die Gipfel der Bäume kam, stießen wir auf das immer wieder neue Wunder von Elefantenstapfen, jede so groß wie der Kreis, den man mit den Armen macht, wenn sich die Hände berühren, und einen Fuß tief in dem Lehm des Waldbodens, wo ein Bulle vorbeigezogen war, der nach dem Regen unterwegs war. Als ich den Spuren mit den Blicken folgte, die durch den prächtigen Wald hinabführten, dachte ich, daß wir auch vor sehr langer Zeit Mammuts gehabt hatten, die ebensolche Fährten hinterlassen hatten, wenn sie durch die Hügel des südlichen Illinois zogen. Nur war eben unser Land in Amerika älter, und das größte Wild war ausgestorben.

Wir hielten uns an der Außenseite dieses Hügels auf einem angenehmen, vorspringenden Plateau und kamen dann am Rand des Hügels heraus, wo ein Tal war und eine weite, offene Wiese mit Wald an der anderen Seite und eine Hügelreihe am oberen Ende, wo ein zweites Tal nach links abging. Wir standen am Waldrand, am Hang dieses Hügels, und blickten über das Wiesental, das sich am oberen Ende, wo die Hügel es begrenzten, zu einer Art steilem, grasbedecktem Becken erweiterte. Zu unserer Linken waren steile, gerundete, bewaldete Hügel mit zutage liegendem Kalkstein, die von dort, wo wir standen, bis zum äußersten Ende des Tales liefen und dort einen Teil der anderen Hügelkette bildeten, die es abriegelte. Unter uns zur Rechten war das Land zerklüftet und aufgeteilt in Hügel und Wiesenflächen und dann einen steilen Waldhang, der bis zu den blauen Hügeln reichte, die wir im Westen hinter den Hütten, in denen der Römer und seine Familie lebten, gesehen hatten. Ich schätzte, daß unser Lager direkt in der Tiefe unter uns lag und ungefähr fünf Meilen nordwestlich durch den Wald.

Der Ehemann stand da und sprach mit dem Bruder und gestikulierte und gab an, daß er die Rappenantilopen auf der gegenüberliegenden Seite der Talwiese hatte äsen sehen und daß sie äsend entweder das Tal hinauf- oder hinuntergezogen sein müßten. Wir saßen im Schutz der Bäume und schickten den Wandorobbo-Massai hinunter ins Tal, um nach Fährten zu suchen. Er kam zurück und berichtete, daß es unter uns im Tal keine Fährten gab, die hinunter und westwärts führten, also wußten wir, daß sie äsend die Talwiese hinaufgezogen waren.

Jetzt bestand unsere Aufgabe darin, das Gelände zu nutzen, daß wir ihren Standort feststellen und ungesehen hinauf und in Schußweite gelangen konnten. Die Sonne kam über die Hügel am oberen

Talende und beschien uns, während alles am oberen Talende in tiefem Schatten lag. Ich sagte der ganzen Gesellschaft, sie sollten in den Wäldern bleiben, wo sie waren, außer M'Çola und dem Ehemann, die mit mir kommen sollten. Wir wollten uns im Wald halten und unsere Seite des Tals hinaufsteigen, bis wir über ihm sein würden und in die Ausbuchtung der Kurve am oberen Ende hineinsehen konnten, um sie mit den Gläsern nach Rappenantilopen abzusuchen.

Sie fragen, wie dies trotz der Sprachschranke besprochen, geplant und verstanden wurde, und ich sage Ihnen, es wurde so ausgiebig besprochen und deutlich verstanden, als ob wir eine Kavallerie-Patrouille gewesen wären und alle dieselbe Sprache gesprochen hätten. Wir waren alle Jäger, vielleicht mit Ausnahme von Garrick, und das Ganze konnte geplant, verstanden und vereinbart werden, ohne daß man mehr als einen Finger zum Winken brauchte und eine Hand zum Warnen. Wir verließen sie und arbeiteten uns sehr vorsichtig tief drinnen im Wald voran, um Höhe zu gewinnen. Dann, als wir weit und hoch genug waren, krochen wir auf eine Felsstelle hinaus und waren hinter einem Felsblock, und ich deckte die Gläser mit meinem Hut ab, so daß sie nicht die Sonne reflektierten, und M'Cola nickte und grunzte, als er sah, wie praktisch das war, und wir suchten mit den Gläsern die gegenüberliegende Seite der Wiese am Waldrand ab und weiter oben die Ausbuchtung am Talende; und da waren sie. M'Cola sah sie kurz vor mir und zog mich am Ärmel.

«N'Dio», sagte ich. Dann hielt ich den Atem an, um sie zu beobachten. Alle sahen sehr schwarz, schwernackig und massig aus. Alle hatten sie rückwärts geschwungene Hörner. Sie waren sehr weit weg. Einige hatten sich hingelegt. Eine stand. Wir konnten sieben sehen.

«Wo ist der Bock?» flüsterte ich.

M'Cola bewegte die linke Hand und zählte vier Finger ab. Es war eine von denen, die im hohen Gras lagen, und das Tier sah wirklich viel größer aus, und seine Hörner schienen viel schwungvoller. Aber wir blickten in die Morgensonne, und es war schwierig, gut zu sehen. Hinter ihnen lief eine Art Schlucht hinauf in den Hügel, der das Talende abriegelte.

Jetzt wußten wir, was wir zu tun hatten. Wir mußten zurückgehen, die Wiese so weit unten überqueren, daß wir außer Sicht waren, in den Wald auf der anderen Seite gelangen und uns durch den Wald durcharbeiten, um über den Rappenantilopen herauszukommen. Zuerst mußten wir uns zu vergewissern suchen, daß nicht noch mehr von ihnen im Wald oder auf der Wiese waren, durch die wir uns hindurcharbeiten mußten, ehe wir uns anpirschten.

Ich feuchtete den Finger an und hielt ihn hoch. Nach der kühlen Seite zu urteilen, kam der Wind das Tal herunter. M'Cola nahm ein paar tote Blätter, krumpelte sie zusammen und warf sie hoch. Sie fielen ein bißchen auf uns zu. Der Wind war schon recht; jetzt mußten wir mit den Gläsern den Waldrand absuchen und nachkontrollieren.

«Hapana», sagte M'Cola schließlich.

Ich hatte auch nichts gesehen, und meine Augen schmerzten von dem Sog des achtfachen Glases. Wir konnten es mit dem Wald wagen. Möglicherweise würden wir etwas aufscheuchen und die Rappenantilopen vergrämen, aber das mußten wir riskieren, um sie zu umgehen und über ihnen herauszukommen.

Wir gingen zurück und hinunter und berichteten den anderen. Von dort, wo sie waren, konnten wir das Tal überqueren, ohne vom oberen Ende aus gesehen zu werden, und wir duckten uns tief – ich hatte den Hut abgenommen – und gingen in das hohe Wiesengras hinunter und durch das tief eingeschnittene Bachbett, das durch die Mitte der Wiese abwärts lief, über den felsigen Grund und auf der anderen Seite die grasbewachsene Böschung hinauf, am Rand einer Talfalte und hinein in den Schutz des Waldes. Dann gingen wir geduckt einer hinter dem andern durch den Wald bergan, um zu versuchen, oberhalb der Rappenantilopen herauszukommen.

Wir gingen so schnell vorwärts, wie wir es lautlos schaffen konnten. Ich hatte zu oft Dickhornschafe angepirscht, nur um festzustellen, daß sie sich fortgeäst hatten und außer Sicht waren, wenn man um den Bergvorsprung kam, als daß ich von diesen Rappenantilopen erwartete, sie würden bleiben, wo sie waren, und da wir sie nicht mehr sehen konnten, sobald wir erst einmal im Wald waren, hielt ich es für wichtig, daß wir, so schnell wir konnten, hoch über ihnen herauskamen, ohne daß ich dabei zu atemlos und zu zittrig zum Schießen sein würde.

M'Colas Wasserflasche schlug hörbar gegen die Patronen in seiner Tasche, und ich blieb stehen und ließ sie ihn an den Wandorobbo-Massai abgeben. Für meinen Geschmack waren es zuviel Leute zum Jagen, aber sie bewegten sich alle so geräuschlos wie Schlangen, und ich war sowieso überzuversichtlich. Ich war sicher, daß die Rappen uns weder wittern noch im Wald sehen konnten.

Schließlich war ich überzeugt davon, daß wir über ihnen waren und daß sie vor uns sein mußten und hinter einer sonnenbeschienenen Stelle im Wald und unter uns unter der Hügelkante. Ich vergewisserte mich, daß die Kimme sauber war, säuberte meine Brillengläser und wischte mir den Schweiß von der Stirn und dachte daran, das benutzte Taschentuch in meine linke Tasche zu stecken, damit ich meine Gläser nicht noch einmal mit ihnen abwischen und sie dadurch trüben würde. M'Cola und ich und der Ehemann begannen, uns zum Waldrand vorzuarbeiten; schließlich krochen wir beinahe bis zur Hügelkante. Es waren immer noch ein paar Bäume zwischen uns und der freiliegenden Wiese unter uns, und wir waren hinter einem kleinen Busch und einem umgestürzten Baum, als wir die Köpfe hoben und sie im Freien im Gras, ungefähr dreihundert Meter entfernt, sehen konnten; im Schatten sahen sie groß und sehr dunkel aus. Zwischen uns waren vereinzelte Bäume im vollen Sonnenlicht und die offene, tiefe Schlucht. Während wir beobachteten, standen zwei auf und schienen dazustehen und uns anzublicken. Der Schuß war möglich, aber es war zu verflucht weit, um sicher zu sein, und während ich dalag und beobachtete, fühlte ich, wie mich jemand am Arm berührte und Garrick, der herangekrochen war, heiser flüsterte: *«Piga! Piga, B'wana. Doumi. Doumi»*, was ‹schießen, es ist ein Bock› hieß. Ich sah mich flüchtig um, und da war die ganze Gesellschaft auf dem Bauch oder auf allen vieren, und der Wandorobbo-Massai zitterte wie ein Hühnerhund. Ich war wütend und winkte ihnen zu, sich zu ducken.

Also das war ein Bock; na schön, aber das war ja ein viel größerer Bock, den M'Cola und ich im Gras hatten liegen sehen. Die beiden Rappen beobachteten uns, und ich senkte den Kopf, weil ich dachte, daß sie vielleicht ein Aufblitzen meiner Gläser wahrnehmen konnten. Als ich sehr langsam wieder hochblickte, beschattete ich die Augen mit der Hand. Die beiden Rappenantilopen blickten nicht mehr herüber und ästen. Aber eine blickte von neuem unruhig hoch, und ich sah die dunkle, schwer gebaute Antilope, mit rückwärts geschwungenen türkensäbelartigen Hörnern, uns anstarren.

Ich hatte noch nie eine Rappenantilope gesehen. Ich wußte nichts über sie, weder ob ihre Sehkraft der eines Widders gleichkam, der einen auf jede Entfernung sieht, auf die man ihn sehen kann, oder der eines Hirsches, der einen auf zweihundert Meter nicht sieht, falls man sich nicht bewegt. Ich wußte auch nichts Genaues über ihre Größe, aber ich schätzte die Entfernung an die dreihundert Meter. Ich wußte, ich konnte eine treffen, wenn ich sitzend oder aufgelegt schoß, aber ich konnte nicht sagen, wohin ich sie treffen würde.

Dann Garrick von neuem: *«Piga! B'wana, piga!»* Ich drehte mich ihm zu, als ob ich ihm eine reinhauen wollte. Ich hätte mich wesentlich erleichtert danach gefühlt. Wahrhaftig, ich war nicht nervös, als ich die Rappen zuerst sah, aber Garrick machte mich nervös.

«Weit», flüsterte ich M'Cola zu, der herangekrochen war und neben mir lag.

«Ja.»

«Schießen?»

«Nein. Glas.»

Wir beobachteten beide und benutzten vorsichtig unsere Gläser. Ich konnte nur vier sehen. Es waren sieben gewesen. Wenn das ein Bock war, auf den Garrick deutete, dann waren es alles Böcke. Sie hatten alle dieselbe Farbe im Schatten. Ihre Hörner sahen mir alle groß aus. Ich wußte von Bergschafen, daß die Widder in Rudeln zusammen blieben bis tief in den späten Winter, wenn sie sich zu den Mutterschafen schlugen, daß man im Spätsommer, vor der Brunftzeit, auch Hirsche in Rudeln antraf und daß sie sich später wieder in gemischten Herden zusammen fanden. Wir hatten auf der Serenea bis zu zwanzig Impallaböcke auf einem Haufen gesehen. Also gut, vielleicht waren es alles Böcke, aber ich wollte einen guten, den besten, und ich versuchte mich an etwas zu erinnern, was ich über sie gelesen hatte, aber alles, woran ich mich erinnern konnte, war eine dumme Geschichte von einem Mann, der denselben Bock jeden Morgen an derselben Stelle sah und niemals zu Schuß kam. Alles, woran ich mich erinnern konnte, war das wunderbare Paar Hörner, das wir im Büro des Wildhüters in Arusha gesehen hatten. Und hier waren nun Rappen, und ich mußte es richtig anstellen und den besten kriegen. Der Gedanke kam mir überhaupt nicht, daß Garrick noch nie eine Rappenantilope gesehen hatte und nicht mehr über sie wußte als M'Cola und ich.

«Zu weit», sagte ich zu M'Cola.

«Ja.»

«Komm, los», sagte ich; dann winkte ich die anderen in Deckung, und wir begannen zum Hügelrand hinaufzukriechen.

Schließlich lagen wir hinter einem Baum, und ich spähte hinter ihm hervor. Jetzt konnten wir ihre Hörner deutlich mit dem Glas sehen, und wir konnten auch die anderen drei sehen. Eine liegende war bei weitem die größte, und ihre Hörner schienen sich auch viel höher und weiter nach hinten zu krümmen, als ich sie als Silhouette sah. Ich ließ sie nicht aus den Augen, war aber viel zu aufgeregt, um glücklich zu sein, während ich sie beobachtete, als ich M'Cola «B'wana» flüstern hörte.

Ich ließ das Glas sinken und blickte mich um, und da war Garrick, der, ohne die Deckung zu nutzen, auf Händen und Knien zu uns herankroch. Ich hob die Hand, die Innenfläche ihm zugekehrt, und winkte ihm ab, aber er kümmerte sich nicht darum und kroch immer weiter, so auffällig wie ein Mann, der mitten in der Stadt auf Händen und Füßen eine Straße entlangkommt. Ich sah, wie eine Rappenantilope zu uns herüberblickte, vielmehr zu ihm. Dann waren noch drei weitere auf den Läufen. Dann stand die größte auf und stand breitseit mit dem Kopf uns zugewandt, als Garrick flüsternd anlangte: *«Piga, B'wana! Piga! Doumi! Doumi! Kubwa sana.»*

Jetzt gab es keine Wahl. Sie waren bestimmt vergrämt, und ich legte mich flach auf den Bauch, steckte den Arm durch die Schlinge, stützte die Ellbogen fest auf und bohrte die rechte Fußspitze in den Boden und drückte ab, mitten aufs Blatt des Bocks. Aber das Geräusch sagte mir, daß der Schuß nicht gesessen hatte. Ich hatte zu hoch gehalten. Sie machten alle einen Satz und standen da und blickten um sich und wußten nicht, wo das Geräusch herkam. Ich gab einen zweiten Schuß auf den Bock ab und warf einen Haufen Erde über ihn, und sie setzten los. Ich sprang auf und traf ihn, als er flüchtete, und er brach zusammen. Dann wurde er hoch, und ich traf ihn wieder, und er nahm es hin und war mitten im Rudel. Sie zogen an ihm vorbei, und mein Schuß landete hinter ihm. Dann traf ich ihn wieder, und er schleppte sich langsam weiter, und ich wußte, ich hatte ihn. M'Cola gab mir Munition, und ich stieß die Patronen in das beschissene, blöde, wacklige Springfield-Magazin und beobachtete, welche Schwierigkeiten der Rappe beim Überqueren des Wasserlaufs hatte. Ja, wir hatten ihn. Ich konnte sehen, daß er sehr mitgenommen war. Die anderen zogen hinauf in den Wald. Im Sonnenlicht auf der anderen Seite sahen sie viel heller aus, und der, den ich getroffen hatte, sah auch heller aus. Sie waren tief kastanienbraun, und der, den ich getroffen hatte, war beinahe schwarz. Aber er war nicht schwarz, und ich wußte, hier stimmte etwas nicht. Ich stieß die letzte Patrone hinein, und Garrick versuchte meine Hand zu packen, um mir zu gratulieren, als unter uns, quer über die offene Fläche, wo die tiefe Schlucht, die wir nicht sehen konnten, ins obere Talende einmündete, Rappenantilopen in fluchtartiger Panik vorbeizukommen begannen.

Herrgott, dachte ich. Sie sahen alle aus wie die, die ich getroffen hatte, und ich versuchte eine große auszusuchen. Sie sahen alle ziemlich gleich aus, und sie drängten sich beim Laufen zusammen, und dann kam der Bock. Selbst im Schatten war er pechschwarz – und glänzend, als er in die Sonne kam, und seine Hörner schwangen sich in die Höhe und dann rückwärts, riesig und dunkel in zwei großen Bogen, und berührten beinahe die Mitte seines Rückens. Ja, das war ein Bock! Gott, war das ein Bock!

«Doumi», sagte M'Cola in mein Ohr. *«Doumi.»*

Ich traf ihn, und als es krachte, war er am Boden. Ich sah, daß er hoch war; die anderen waren vorüber, zogen auseinander und schlossen sich dann zusammen. Ich verfehlte ihn. Dann sah ich ihn fast geradeaus flüchten, im hohen Gras das Tal hinaufflüchten, und ich traf ihn noch einmal, und er war nicht mehr zu sehen. Die

Rappen liefen jetzt weit auseinandergezogen und in großer Fahrt am oberen Talende den Hügel hinauf, den Hügel rechts von uns hinauf, den Hügel hinauf im Wald jenseits des Tals. Jetzt, nachdem ich einen Bock gesehen hatte, wußte ich, daß es alles Tiere gewesen waren, die erste, die ich getroffen hatte, inbegriffen. Der Bock war nirgends zu sehen, und ich war überzeugt davon, daß wir ihn an der Stelle finden würden, wo ich ihn im hohen Gras hatte zusammenbrechen sehen.

Die ganze Gesellschaft war da, und ich machte das Händeschütteln und Daumenziehen kurz ab, ehe wir in irrem Lauf losjagten zwischen den Bäumen hindurch und über den Rand der Schlucht und auf die Wiese hinaus. Meine Augen, meine Sinne und mein ganzes Innere waren voll von der Schwärze dieses Rappenbocks und dem Schwung jener Hörner, und ich dankte Gott, daß ich nachgeladen hatte, ehe er herauskam. Aber das Ganze war ein aufgeregtes Geschieße gewesen, und ich war nicht stolz darauf. Ich war aufgeregt gewesen und hatte auf das ganze Tier geschossen statt auf die richtige Stelle, und ich schämte mich, aber die anderen waren jetzt besoffen vor Aufregung. Ich wollte gehen, aber man konnte sie nicht halten; sie waren wie eine Koppel Hunde, als wir rannten. Als wir die offene Wiese überquerten, wo wir zuerst die sieben gesehen hatten, und über die Stelle hinausliefen, wo der Bock außer Sicht gegangen war, stand das Gras plötzlich hoch und über unsere Köpfe, und alle verlangsamten das Tempo. Hier waren zwei ausgewaschene, verborgene, zehn bis zwölf Fuß tiefe Schluchten, die zu dem Wasserlauf hinunterliefen, und was wie ein glattes, grasgefülltes Becken ausgesehen hatte, war sehr zerklüftetes, trügerisches Gelände mit Gras, das an manchen Stellen hüfthoch stand und an andern uns weit über den Kopf ging. Wir fanden sofort Schweiß, und er führte nach links, über den Wasserlauf und den Hügel links hinauf, dem oberen Talende zu. Ich dachte, es sei der erste Rappe, aber es schien ein weiter ausholender Bogen zu sein als der, den er unserer Meinung nach gemacht hatte, als wir ihn oben, vom Wald her, beim Laufen beobachtet hatten. Ich beschrieb einen Kreis, um den großen Bock zu suchen, aber ich konnte seine Fährte nicht aus der Masse der Fährten herausfinden, und in dem hohen Gras und dem zerklüfteten Gelände war es schwierig, genau abzuschätzen, wo er sich hingewandt haben mochte.

Sie waren alle hinter der Schweißspur her, und es war wie der Versuch, schlecht ausgebildete Hühnerhunde einen toten Vogel suchen zu lassen, wenn sie verrückt darauf sind, hinter dem übrigen Volk herzuhetzen.

«Doumi!» sagte ich. *«Kubwa sana!* Der Bock! Der große Bock!»

«Ja», stimmten alle zu. «Hier! Hier!» Die Schweißspur, die den Wasserlauf überquerte.

Schließlich nahm ich diese Fährte auf, weil ich dachte, wir müssen sie einen nach dem andern suchen, und da ich wußte, daß dieser schwer getroffen war und der andere sich halten würde. Außerdem konnte ich mich irren, und dies konnte der große Bock sein; möglicherweise hatte er in dem hohen Gras kehrtgemacht und hier das Wasser überquert, während wir hinunterliefen. Ich hatte mich schon mal geirrt, fiel mir ein.

Wir folgten der Spur schnell den Hang hinauf in den Wald; überall war reichlich Schweiß verspritzt. Wir bogen nach rechts ab, kletterten steil bergan und stöberten am oberen Ende des Tals zwischen einigen Felsblöcken eine Rappenantilope auf. Sie kletterte und setzte in wilden Fluchten zwischen den Felsen hindurch. Ich sah sofort, daß sie nicht getroffen war, und wußte durch das Kastanienbraun, daß dies trotz der rückwärts schwingenden dunklen Hörner eine Antilopenkuh war. Ich sah es gerade noch rechtzeitig, um nicht zu schießen. Ich hatte schon begonnen durchzuziehen, als ich das Gewehr senkte.

«Manamouki», sagte ich. «Es ist eine Kuh.»

M'Cola und die beiden römischen Führer waren der gleichen Meinung. Ich hatte beinahe geschossen. Wir gingen vielleicht fünf Meter weiter, und eine zweite Rappenantilope setzte los. Aber diese schwang wild den Kopf hin und her und konnte die Felsen nicht nehmen. Sie war schwer getroffen, und ich ließ mir Zeit, schoß sorgfältig und zerschmetterte ihren Hals.

Wir kamen zu ihr hinauf. Zwischen den Felsen lag ein großes, tiefkastanienbraunes, beinahe schwarzes Tier mit schwarzen Hörnern, die sich wunderschön rückwärts bogen; da war ein weißer Fleck auf der Schnauze und über den Augen; da war ein weißer Bauch, aber es war kein Bock.

M'Cola, der immer noch im Zweifel war, bestätigte es, nachdem er die kurzen Ansätze der Zitzen befühlt hatte, sagte *«Manamouki»* und schüttelte traurig den Kopf.

Dies war der erste große Bock, auf den Garrick gezeigt hatte.

«Bock dort unten», zeigte ich.

«Ja», sagte M'Cola.

Ich dachte, wir sollten ihm Zeit lassen, sich ins Wundbett niederzutun, falls er nur angeschossen war, und dann hinuntergehen, um ihn zu suchen. So ließ ich M'Cola die Einschnitte zum Abziehen der Kopfhaut machen; wir wollten den alten Mann dalassen, um den Kopf aus der Haut zu schlagen, während wir, dem Bock nach, hinuntergingen.

Ich trank etwas Wasser aus der Hüftflasche. Ich war durstig vom Laufen und Klettern, und die Sonne stand jetzt hoch, und es wurde heiß. Dann stiegen wir hinunter auf der entgegengesetzten Seite des Tals, von der, die wir gerade dem angeschossenen Tier hinauf gefolgt waren, und unten, im hohen Gras, schlugen wir weite Bogen und begannen nach der Fährte des Bocks zu suchen. Wir konnten sie nicht finden.

Die Rappen waren in einem geschlossenen Rudel gelaufen, als sie hervorbrachen, und jede Einzelfährte war verwischt oder ausgelöscht. Wir fanden etwas Schweiß auf den Grashalmen dort, wo ich ihn zuerst angeschossen hatte, verloren den Schweiß und fanden ihn wieder, wo die andere Schweißspur abbog. Dann liefen die Fährten alle auseinander, als sie fächerförmig das Tal und die Hügel hinaufgehetzt waren, und wir konnten keinen Schweiß mehr finden. Schließlich fand ich Schweiß auf einem Grashalm ungefähr fünfzig Meter talaufwärts, und ich pflückte den Halm ab und hielt ihn hoch. Das war ein Fehler. Ich hätte sie zu ihm hinführen müssen. Keiner außer M'Cola glaubte mehr recht an die Existenz des Bocks.

Er war nicht da. Er war weg. Er war verschwunden. Vielleicht hatte er nie existiert. Wer vermochte zu sagen, ob er ein Bock aus Fleisch und Blut gewesen war. Hätte ich den Grashalm mit dem Schweiß nicht abgepflückt, wären sie vielleicht bei der Stange geblieben. Wie er da wuchs mit Schweiß drauf, war er ein Beweis. Abgepflückt besagte er gar nichts, außer für mich und M'Cola. Aber ich konnte keinen weiteren Schweiß finden, und sie waren jetzt alle nur noch halb bei der Sache. Die einzige Möglichkeit war, jeden Fußbreit des hohen Grases zu durchstöbern und jeden Fußbreit in den Schluchten abzusuchen. Es war jetzt sehr heiß, und sie taten nur noch so, als ob sie suchten.

Garrick kam heran. «Alles Kühe», sagte er. «Kein Bock. Nur größte Kuh. Sie töten größte Kuh. Wir sie gefunden. Kleine Kuh weg.»

«Du Scheiß-Schwätzer», sagte ich, dann benutzte ich die Finger: «Hör zu! Sieben Kühe. Dann fünfzehn Kühe und ein Bock. Bock verwundet. Hier.»

«Alles Kühe», sagte Garrick.

«Eine große Kuh getroffen. Ein Bock getroffen.»

Es klang so überzeugend, daß sie mir beistimmten und eine Weile weitersuchten, aber ich konnte sehen, wie sie den Glauben an den Bock verloren.

Wenn ich bloß einen Hund hätte! dachte ich. Nur einen guten Hund.

Dann kam Garrick heran. «Alles Kühe», sagte er. «Große Kühe.»

«Du bist eine Kuh», sagte ich. «Eine sehr große Kuh.»

Das brachte mir ein Lachen von dem Wandorobbo-Massai ein, der langsam wie das heulende Elend persönlich aussah. Der Bruder glaubte an den Bock, das konnte ich sehen. Der Ehemann traute jetzt schon keinem mehr von uns. Wahrscheinlich glaubte er nicht einmal mehr an den Kudu vom vergangenen Abend. Nun, nach diesem Geschieße konnte ich ihm das nicht weiter verübeln.

M'Cola kam heran. *«Hapana»*, sagte er verdrießlich. Dann: «B'wana, Sie schießen Bock?»

«Ja», sagte ich. Einen Augenblick lang begann ich zu zweifeln, ob es je einen Bock gegeben hatte. Dann sah ich wieder die massige Schwärze mit dem hohen Widerrist und das gewaltige Ansteigen der Hörner, ehe sie rückwärts schwangen, sah, wie er mit dem Rudel lief, viel höher gebaut als die anderen und schwarz wie der Teufel, und als ich es sah, sah es M'Cola auch wieder durch den ansteigenden Dunst von Unglauben, den der Primitive gegenüber allem hat, was er nicht sehen kann.

«Ja», stimmte M'Cola zu. «Ich sehen ihn. Sie schießen ihn.»

Ich erzählte es von neuem. «Sieben Kühe. Schießen größte. Fünfzehn Kühe, ein Bock. Treffen Bock.»

Alle glaubten es jetzt einen Augenblick lang und kreisten suchend umher, aber ihr Glaube starb umgehend in der Sonnenhitze und dem hohen, wuchernden Gras.

«Alles Kühe», sagte Garrick. Der Wandorobbo-Massai nickte mit offenem Mund. Ich konnte spüren, wie der so bequeme Mangel an Glauben auch mich überkam. Es war verflucht viel leichter, nicht zu jagen in dieser Sonne, in dieser schattenlosen Ausbuchtung und in der Sonne auf dem steilen Hügelhang. Ich sagte M'Cola, daß wir das Tal auf beiden Seiten hinaufpirschen, den Kopf zu Ende abhäuten wollten und er und ich allein hinuntergehen und den Bock finden würden. Man konnte sie nicht gegen soviel Unglauben zum Jagen zwingen. Ich hatte keine Gelegenheit gehabt, sie zu drillen, und keine Macht, sie zu strafen. Hätte es kein Gesetz gegeben, würde ich Garrick erschossen haben, und dann hätten alle weitergesucht oder wären abgehauen. Ich glaube, sie hätten gesucht. Garrick war nicht beliebt. Er war die wahre Pest.

M'Cola und ich kamen zurück, das Tal hinunter, durchstöberten es wie Hühnerhunde, kreisten umher und verfolgten und inspizierten eine Fährte nach der andern. Mir war heiß, und ich war sehr durstig. Die Sonne war mittlerweile wahrhaft gefährlich.

«Hapana», sagte M'Cola.

Wir konnten ihn nicht finden. Was immer es war, wir hatten ihn verloren.

Vielleicht war es eine Kuh. Vielleicht war es einfach idiotisch, dachte ich und ließ den Unglauben wie einen Trost in mich ein. Wir hatten vor, den Seitenhügel zur Rechten hinaufzupirschen; dann hatten wir alles kontrolliert und würden den Kuhkopf ins Lager bringen und hören, was der Römer festgestellt hatte. Ich war wahnsinnig durstig und leerte die Flasche bis auf den letzten Tropfen. Im Lager konnten wir Wasser bekommen.

Wir gingen los, den Hügel hinauf, und ich jagte eine Rappenantilope aus dem Unterholz auf. Ich feuerte beinahe auf sie, ehe ich merkte, daß es ein Tier war. Da sah man, wie gut sich eine verstecken konnte, dachte ich. Wir würden die Männer holen müssen und alles noch einmal absuchen, und dann kam von dem alten Mann ein wildes Geschrei.

«Doumi! Doumi!» in hohen, schrillen Kreischtönen.

«Wo?» rief ich und lief über den Hügel auf ihn zu.

«Da! Da!» schrie er und zeigte auf den Wald an der anderen Seite am oberen Talende. «Da! Da! Da er laufen! Da!»

Wir rannten wie die Irren, aber der Bock war außer Sicht im Wald auf dem Hügelhang. Der alte Mann sagte, er sei riesengroß, er sei schwarz, er habe große Hörner, und er wäre zehn Meter von ihm entfernt vorbeigekommen, an zwei Stellen getroffen, in den Eingeweiden und hoch oben im Rumpf, schwer verletzt, aber er habe schnell das Tal durchquert, durch das Geröll hindurch und den Hügelhang hinauf.

Ich habe ihn weidwund geschossen, dachte ich. Dann, als er sich entfernte, hatte ich ihm eins hintendrauf gebrannt. Er hatte sich ins Wundbett niedergetan, und wir hatten ihn nicht gefunden. Dann, als wir vorbei waren, setzte er los.

«Los, kommt!» sagte ich. Alle waren jetzt aufgeregt und bereit mitzugehen, und der alte Mann schwatzte über den Bock, als er die Kopfhaut zusammenfaltete und sich den Kopf auf seinen eigenen Kopf setzte, und wir brachen auf, zwischen den Felsen hindurch und hinauf, und durchstöberten den Hügelhang. Dort, wo der alte Mann hingezeigt hatte, war eine sehr große Rappenfährte, die Eindrücke der Hufe weit auseinander; die Fährten liefen in den Wald hinauf, und da war Schweiß, eine Menge Schweiß.

Wir folgten ihm schnell, hofften, ihn aufzustöbern und zu Schuß zu kommen, und die Verfolgung war mühelos im Schatten der Bäume bei dem vielen Schweiß, dem man folgen konnte. Aber er kletterte immer höher; in Schrägen jagte er um den Hügel aufwärts, und er legte großes Tempo vor. Der Schweiß war weiter hell und naß, aber wir konnten ihm nicht näher kommen. Ich trackte nicht, sondern hielt den Blick vorwärts gerichtet in dem Gedanken, ihn möglicherweise zu sehen, wenn er sich umblickte, oder ihn am Boden zu sehen, oder wie er durch den Wald über den Hügel hinunterzog, und M'Cola und Garrick verfolgten die Fährte, und alle halfen, bis auf den alten Mann, der mit dem Rappenschädel und der Kopfhaut, die er auf seinem eigenen grauen Kopf trug, einherwankte. M'Cola hatte ihm die leere Wasserflasche umgehängt, und Garrick hatte ihn mit der Filmkamera beladen. Es war schweres Vorwärtskommen für den alten Mann.

Einmal kamen wir an eine Stelle, wo der Bock ausgeruht hatte, und betrachteten den von ihm zurückgelegten Weg; hinter ein paar Büschen war eine kleine Schweißpfütze auf einem Felsen, auf dem er gestanden hatte, und ich verwünschte den Wind, der unsere Witterung vor uns her trieb. Jetzt blies eine scharfe Brise, und ich wußte, wir hatten keine Chance, ihn zu überraschen. Alles würde sich, von unserer Witterung gewarnt, aus dem Staube machen, solange es sich überhaupt fortbewegen konnte. Ich dachte daran, ob ich versuchen sollte, mit M'Cola in einem Bogen an ihm vorbeizukommen und die anderen weiter tracken zu lassen, aber wir kamen rasch voran; der Schweiß glänzte noch hell auf den Steinen und auf den abgefallenen Blättern und dem Gras, und die Hügel waren zu steil für uns, um einen Bogen zu schlagen. Ich sah einfach nicht, wie wir ihn verlieren konnten.

Dann folgten wir ihm hinauf und in ein felsiges, zerklüftetes Gelände, wo das Tracken langsam und das Klettern schwierig war. Hier, dachte ich, würden wir ihn in einer Schlucht aufschrecken, aber die Schweißspritzer, die jetzt nicht mehr so hell waren, liefen weiter um das Geröll herum, über die Felsen und höher und höher und ließen uns am Rand einer Felsplatte. Von hier mußte er abwärts gezogen sein. Es war zu steil für ihn weiter oben; er konnte nicht über die Hügelkuppe gezogen sein. Es gab keine andere Möglichkeit, als hinunterzugehen, aber wie war er gegangen und welche Schlucht hinab? Ich schickte sie drei verschiedene Wege hinunter auf die Suche und begab mich an den äußersten Rand, um ihn vielleicht zu Gesicht zu bekommen. Sie konnten keine Spur finden, und dann rief der Wandorobbo-Massai von unten rechts, daß er Schweiß habe, und beim Hinabklettern sahen wir welchen auf einem Felsblock, und dann folgten wir gelegentlichen, ausgetrockneten Spritzern hinunter, einen Steilhang hinab auf die Wiese unten. Es gab mir neuen Mut, daß er jetzt bergab ging, und in dem knietiefen, schweren Gras der Wiese war die Nachsuche wieder leicht, weil das Gras gegen seinen Bauch gefegt war, und wenn man auch nicht, ohne sich tief zu bücken und das Gras auseinander zu biegen, die Fährte klar sehen konnte, so war doch die Schweißspur auf den

Grashalmen deutlich sichtbar. Aber sie war jetzt trocken und glanzlos, und ich wußte, daß wir viel Zeit verloren hatten, als er mit uns auf dem Hügel Versteck gespielt hatte.

Schließlich kreuzte seine Fährte den trockenen Wasserlauf ungefähr da, wo wir am Morgen die Wiese zuerst zu Gesicht bekommen hatten, und führte hinaus in das abfallende, spärlich bewaldete Gelände auf der anderen Seite. Der Himmel war wolkenlos, und ich fühlte die Sonne jetzt nicht einfach als Hitze, sondern als tödlich schweres Gewicht auf meinem Kopf, und ich war sehr durstig. Es war sehr heiß, aber es war nicht die Hitze, die einem zusetzte. Es war das Gewicht der Sonne.

Garrick hatte es aufgegeben, ernsthaft zu tracken, und steuerte nur noch theatralische Erfolge beim Schweißauffinden bei, wenn M'Cola und ich nicht weiterkonnten. Er gab sich mit dem normalen Tracken nicht mehr ab, sondern ruhte sich aus und trackte nur noch in irritierenden Spurts. Der Wandorobbo nutzte so wenig wie ein Blue Jay-Hühneraugenpflaster, und ich sagte zu M'Cola: «Gib ihm das schwere Gewehr zu tragen, damit er uns wenigstens zu etwas nützlich ist.» Der Bruder des Römers war ganz offensichtlich kein Jäger, und der Ehemann war nicht sehr bei der Sache. Auch er schien kein Jäger zu sein. Während wir langsam pirschten und der Boden jetzt so hart war, wie die Sonne ihn gebrannt hatte, und der Schweiß nur noch in schwarzen Flecken und Spritzern auf dem kurzen Gras sichtbar war, gab einer nach dem andern auf, der Bruder, Garrick und der Wandorobbo-Massai, und alle setzten sich in den Schatten der vereinzelten Bäume.

Die Sonne war grausam, und da man mit gesenktem Kopf und gebückt tracken mußte, fühlte ich, trotz eines über den Nacken gebreiteten Taschentuchs, einen hämmernden Schmerz im Kopf.

M'Cola trackte langsam weiter, stetig und völlig vertieft in seine Aufgabe. Sein unbedeckter, kahler Kopf glänzte von Schweiß, und wenn er ihm hinunter in die Augen lief, pflückte er einen Grashalm, nahm ihn zwischen beide Hände und streifte den Schweiß mit dem Stiel von der Stirn und dem kahlen schwarzen Schädel.

Wir gingen langsam weiter. Ich hatte Pop immer beteuert, daß ich M'Cola im Tracken weit über sei, aber jetzt wurde mir klar, daß ich bisher eine Art Garrick-Vorstellung zum besten gegeben hatte, wenn ich die Spur aufnahm, nachdem wir sie verloren hatten, und daß beim richtigen, steten Tracken, jetzt in der Hitze, als die Sonne wirklich schlimm war, wahrhaftig schlimm, so daß du fühlen konntest, was sie mit deinem Kopf machte, nämlich ihn zu Schanden schmorte, beim Tracken in kurzem Gras auf hartem Boden, wo ein Schweißfleck eine trockene, schwer zu sehende Blase an einem

Grashalm war und man vielleicht den nächsten kleinen Fleck zwanzig Meter entfernt zu suchen hatte, während der eine auf die letzte Schweißspur wies, während der andere die nächste fand und wir dann weitergingen, einer zu jeder Seite der Spur, und ich mit einem Grashalm auf die Flecken zeigte, um mir das Sprechen zu ersparen, bis sie wieder völlig verschwanden, und ich den letzten Schweißspritzer mit einem Blick festhielt und wir beide Berechnungen anstellten, um die Spur wieder aufzunehmen, als ich mit erhobener Hand ein Zeichen gab, weil mein Mund zum Sprechen zu trocken war, und ein Hitzeflimmer über dem Boden lag, als ich mich aufrichtete, damit der Schmerz im Nacken aufhörte, und ich vorwärtsblickte: da wußte ich, daß M'Cola der unvergleichlich bessere Mann und der bessere Tracker war. Muß ich Pop sagen, dachte ich.

In dem Augenblick machte M'Cola einen Witz. Mein Mund war so trocken, daß mir das Sprechen schwerfiel.

«B'wana», sagte M'Cola und blickte mich an, als ich mich aufgerichtet hatte und den Kopf nach hinten lehnte, um den Krampf im Nacken loszuwerden.

«Ja?»

«Whisky?» und er bot mir die Hüftflasche an.

«Du Mistviech», sagte ich auf englisch, und er kicherte und schüttelte den Kopf.

«*Hapana* Whisky?»

«Du Wilder», sagte ich auf Suaheli.

Wir begannen wieder zu tracken. M'Cola schüttelte den Kopf und amüsierte sich, und kurze Zeit darauf stand das Gras höher, und es war wieder leichter. Wir durchquerten all das halboffene Land, das wir am Morgen von dem Hügelhang gesehen hatten, und als wir eine Böschung hinuntergingen, schwenkten die Fährten um, zurück ins hohe Gras. Ich stellte fest, daß ich in diesem höheren Gras, wenn ich die Augen halb zukniff, seine Spur sehen konnte, wo er sich mit der Schulter den Weg durch das Gras gebahnt hatte, und ich ging schnell vorwärts, ohne zu M'Colas Erstaunen nach Schweiß zu suchen, aber dann stießen wir wieder auf sehr kurzes Gras und Geröll, und jetzt war das Tracken schwieriger als je zuvor.

Er verlor jetzt nicht viel Schweiß; die Sonne und Hitze hatten wohl die Wunden ausgetrocknet,und wir fanden nur gelegentlich einen kleinen, sternförmigen Spritzer auf dem felsigen Boden.

Garrick kam heran und machte ein paar geniale Entdeckungen von Schweißflecken, dann setzte er sich unter einen Baum. Unter einem zweiten Baum sah ich den armen alten Wandorobbo-Massai, der zum ersten- und letztenmal den Beruf eines Gewehrträgers ausübte. Unter einem dritten saß der alte Mann; der Kopf der

Rappenantilope neben ihm sah wie irgendein Symbol in einer Schwarzen Messe aus; seine Ausrüstung hing ihm von den Schultern. M'Cola und ich trackten sehr langsam und mühselig weiter über den langen, steinigen Abhang und zurück und hinauf in eine zweite Wiese mit vereinzelten Bäumen und durch sie hindurch und auf ein langes Feld mit aufgetürmten Steinblöcken am Ende. In der Mitte dieses Feldes verloren wir die Spur völlig und kreisten und pirschten beinahe zwei Stunden, ehe wir wieder Schweiß fanden.

Der alte Mann fand ihn für uns unter den Steinblöcken und nach rechts, eine halbe Meine entfernt. Nachdem er sich überlegt hatte, was der Bock wohl tun würde, war er, dort hinunter, vorangegangen. Der alte Mann war ein Jäger.

Dann spürten wir ihm sehr langsam nach auf hartem, steinigem Boden eine Meile entfernt. Aber von da konnten wir nicht weiter *tracken*. Der Boden war zu hart, um Fährten festzuhalten, und wir fanden keinen Schweiß mehr. Dann pirschten wir nach unseren verschiedenen Theorien, wohin der Bock sich gewandt haben konnte, weiter, aber das Land war zu groß, und wir hatten kein Glück.

«Nix gut», sagte M'Cola.

Ich richtete mich auf und ging hinüber in den Schatten eines großen Baumes. Er fühlte sich kühl wie Wasser an, und der Wind kühlte meine Haut durch das nasse Hemd hindurch. Ich dachte an den Bock und dachte: Mein Gott, hätte ich ihn doch nie getroffen! Jetzt hatte ich ihn angeschossen und verloren. Ich glaubte, er lief unentwegt weiter und wechselte aus diesem Gebiet heraus. Er hatte nie eine Neigung erkennen lassen, in einem Bogen zurückzukommen. Heute nacht starb er wohl, und die Hyänen würden ihn fressen, oder schlimmer, sie würden ihn kriegen, ehe er tot war, ihm die Kniefiechsen durchbeißen und ihm die Eingeweide herausreißen, während er noch lebte. Die erste, die diese Schweißspur fand, würde ihr folgen, bis sie ihn gefunden hatte. Dann würde sie die anderen herbeirufen. Ich fühlte mich saumäßig, weil ich ihn getroffen und nicht getötet hatte. Ich hatte kein Bedenken, irgend etwas, irgendein Tier zu töten, wenn ich es ‹sauber› tötete; sie mußten alle sterben, und mein Eingriff in das nächtliche und jahreszeitliche Töten, das die ganze Zeit über vor sich ging, spielte gar keine Rolle, und ich hatte überhaupt kein Schuldgefühl. Wir aßen das Fleisch und behielten die Häute und Hörner. Aber wegen dieses Rappenantilopenbocks fühlte ich mich hundeelend. Außerdem wollte ich ihn haben. Ich wollte ihn haben, verflucht noch mal. Ich wollte ihn haben, mehr als ich je zugeben würde. Nun, wir hatten das Spiel mit ihm verloren. Wir hatten unsere Chance am Anfang gehabt, als er zusammenbrach und wir ihn nicht gefunden hatten. Die hatten wir verpaßt. Nein, unsere beste Chance, die einzige Chance, die sich ein Schütze je wünschen sollte, war, als ich zu Schuß kam und auf das ganze Tier geschossen hatte, anstatt auf eine bestimmte Stelle. Es war meine eigene verdammte Schuld. Ich war ein elender Scheißkerl, ihn weidwund zu schießen. Es kam von meinem übergroßen Selbstvertrauen, etwas leisten zu können und dabei einen der Schritte auszulassen, die unerläßlich sind. Nun ja, wir hatten ihn verloren. Ich bezweifelte, daß es auf der Welt einen Hund gab, der ihn jetzt bei dieser Hitze aufspüren konnte. Dennoch war dies die einzige Chance. Ich holte das Wörterbuch heraus und fragte den alten Mann, ob es dort, wo der Römer wohnte, irgendwelche Hunde gab.

«Nein», sagte der alte Mann. *«Hapana.»*

Wir schlugen einen sehr weiten Bogen, und ich schickte den Bruder und den Ehemann in einem zweiten Bogen aus. Wir fanden nichts, keine Spur, keine Fährten, keinen Schweiß, und ich sagte M'Cola, wir würden uns zum Lager aufmachen. Der Bruder des Römers und der Ehemann gingen das Tal hinauf, um das Fleisch von der Rappenantilopenkuh, die wir erlegt hatten, zu holen. Wir waren geschlagen.

M'Cola und ich voran, die anderen hinterher, so gingen wir durch den weiten Hitzedunst des offenen Landes hinunter, um den trockenen Wasserlauf zu überqueren, und hinauf in den wohltuenden Schatten des Waldpfades. Während wir durch das gebrochene Sonnenlicht und den Schatten auf dem glatten, elastischen Waldboden gingen, auf dem wir abschnitten, um unseren Weg abzukürzen, sahen wir weniger als hundert Meter entfernt im Gehölz eine Rappenantilopenherde stehen und uns anblicken. Ich zog den Verschluß zurück und hielt Ausschau nach dem besten Paar Hörner.

«Doumi», flüsterte Garrick. *«Doumi kubwa sana.»*

Ich blickte dorthin, wo er hinzeigte. Es war eine sehr große Antilopenkuh, tief kastanienfarben mit weißen Malen, weißem Bauch, schwer gebaut und mit ein Paar schön geschwungener Hörner. Sie stand breitseit, hatte uns den Kopf zugewandt und äugte. Ich besah mir sorgfältig das ganze Rudel. Es waren alles Tiere, offensichtlich das Rudel, dessen Bock ich angeschweißt und verloren hatte, und sie waren über den Hügel gekommen und hatten sich hier wieder zusammengeschlossen.

«Wir gehen ins Lager», sagte ich zu M'Cola.

Als wir vorwärts gingen, sprangen die Rappen los und liefen an uns vorüber, als sie den Pfad vor uns kreuzten. Bei jedem guten Paar Kuhhörner sagte Garrick: «Bock, B'wana. Großer, großer Bock. Schießen, B'wana. Schießen, ach schießen!»

«Alles Kühe», sagte ich zu M'Cola, als sie vorbei und in panischer Angst durch den sonnengefleckten Wald jagten.

«Ja», stimmte er zu.

«Alter Mann», sagte ich.

Der alte Mann kam heran.

«Laß den Führer das tragen», sagte ich.

Der alte Mann nahm den Antilopenkopf herunter.

«Nein», sagte Garrick.

«Ja», sagte ich. «Ja, verflucht noch mal!»

Wir gingen weiter durch den Wald in der Richtung des Lagers. Ich fühlte mich wohler, viel wohler. Den ganzen Tag über hatte ich nicht ein einziges Mal an die Kudus gedacht. Jetzt kamen wir nach Hause, wo sie auf uns warteten.

Der Heimweg erschien mir viel länger, obgleich gewöhnlich die Rückkehr auf einem neuen Weg kürzer ist. Ich war müde bis auf die Knochen; mein Kopf war wie geschmort, und ich war durstiger, als ich je in meinem Leben gewesen war. Aber plötzlich wurde es viel kühler, während wir durch den Wald gingen. Eine Wolke hatte die Sonne verdeckt.

Wir kamen aus den Bäumen heraus und hinunter in die Ebene, und die Dorneinzäunung kam in Sicht. Die Sonne war jetzt hinter einer Wolkenbank, und dann nach einer kleinen Weile war der Himmel völlig bedeckt, und die Wolken sahen schwer und bedrohlich aus. Ich dachte, daß dies vielleicht der letzte heiße, klare Tag gewesen sei; ungewöhnliche Hitze vor der Regenzeit. Zuerst dachte ich: wenn es nur geregnet hätte, so daß sich eine Fährte im Boden hätte halten können, dann hätten wir es ewig mit dem Bock aushalten können; dann, als ich auf die schweren, wolligen Wolken blickte, die so schnell den ganzen Himmel bedeckt hatten, dachte ich, daß, falls wir die anderen treffen und das Auto über jene zehn Meilen Strecke von schwarzer, mullartiger Straße auf dem Weg nach Handeni bringen wollten, wir lieber aufbrechen sollten. Ich deutete auf den Himmel.

«Schlimm», gab M'Cola zu.

«In Lager von B'wana M'Kubwa gehen?»

«Besser.» Dann energisch, den Entschluß bejahend: *«N'Dio. N'Dio.»*

«Wir gehen», sagte ich.

Wir kamen an die Dorneinzäunung und die Hütte und brachen schnell das Lager ab. Wir fanden einen Boten aus unserem letzten Lager vor, der mein Moskitonetz und einen Zettel brachte, der geschrieben war, ehe A. O. M. und Pop aufgebrochen waren. Es stand nichts weiter auf dem Zettel, nur Weidmannsheil und daß sie im Aufbruch seien. Ich trank etwas Wasser aus einem der Leinwandbeutel, saß auf einem Benzinkanister und sah mir den Himmel an. Ich konnte mit guten Gewissen nicht riskieren, hier zu bleiben. Wenn es hier regnete, konnten wir vielleicht nicht einmal mehr auf die Straße gelangen. Wenn es auf der Straße heftig regnete, würden wir in dieser Saison niemals bis an die Küste kommen. Beide, der Österreicher und Pop, hatten das gesagt. Ich mußte aufbrechen.

Das war entschieden, also hatte es keinen Sinn, darüber nachzudenken, wie gern ich geblieben wäre. Die Strapazen des Tages taten das ihre, die Entscheidung zu erleichtern. Alles wurde ins Auto verladen, und alle nahmen ihr Fleisch von den Stöcken um das ausgebrannte Feuer.

«Wollen Sie nicht essen, B'wana?» fragte mich Kamau.

«Nein», sagte ich. Dann auf englisch: «Zu verflucht müde.»

«Essen Sie. Sie sind hungrig.»

«Später, im Auto.»

M'Cola ging mit einer Last vorüber, und sein großes, flaches Gesicht war wieder völlig ausdruckslos. Es belebte sich nur beim Jagen oder bei einem Scherz. Ich fand eine Blechtasse am Feuer und rief ihm zu, den Whisky zu bringen, und das ausdruckslose Gesicht brach um Augen und Mund herum in ein Lächeln auf, als er die Hüftflasche aus der Tasche zog.

«Mit Wasser besser», sagte er.

«Du schwarzer Chinese.»

Alle arbeiteten schnell, und die Frauen des Römers kamen herüber und standen ein bißchen abseits und sahen beim Tragen und beim Beladen des Autos zu. Es waren zwei; sie waren gutaussehend, schön gewachsen und schüchtern; aber interessiert. Der Römer war noch nicht zurück. Mir war's gräßlich, so ohne Erklärung aufzubrechen. Ich hatte den Römer sehr gern und respektierte ihn.

Ich trank einen Schluck Whisky mit Wasser und blickte auf die beiden Paar Kuduhörner, die gegen die Wand der hühnerstallartigen Hütte lehnten. Von den weißen, sorgsam gereinigten Schädeln stiegen die Hörner in langsamen Spiralen an, machten, sich spreizend, eine Drehung und noch eine Drehung und liefen dann in anmutigem Schwung in jene glatten, elfenbeinartigen Spitzen aus. Ein Paar lehnte schmaler und höher gegen die Hüttenwand. Das andere war beinahe so hoch, aber ausladender und schwerer in der Stange. Sie hatten die Farbe von schwarzen Walnußkernen, und sie waren herrlich anzusehen. Ich ging hinüber und stellte die Springfield zwischen sie gegen die Hüttenwand, und die Spitzen reichten über die Gewehrmündung hinaus. Als Kamau, nachdem er seine Ladung ins Auto getragen hatte, zurückkam, schickte ich ihn den Fotoapparat holen, und dann ließ ich ihn sich danebenstellen, während ich eine Aufnahme machte. Dann nahm er sie hoch, jeder Kopf eine Ladung, und trug sie zum Auto hinüber.

Garrick unterhielt sich laut und gockelhaft mit den Frauen des Römers. Soweit ich feststellen konnte, bot er ihnen die leeren Benzinkanister zum Tausch gegen irgendwas an.

«Komm her», rief ich ihm zu.

Er kam herüber und fühlte sich immer noch wer weiß wie.

«Hör mal», sagte ich zu ihm auf englisch. «Falls ich diese Safari beende, ohne dir eine reinzuhauen, wär's ein wahres Wunder. Und wenn ich dir eine reinboxe, schlag ich dir die Fresse kaputt. Das ist alles.»

Er verstand die Worte nicht, aber der Ton machte es ihm klarer, als wenn ich etwas aus dem Wörterbuch für ihn herausgesucht hätte. Ich stand auf und gab den Frauen zu verstehen, daß sie die Benzinkanister und die Kisten nehmen konnten. Verflucht noch mal, wenn ich zugab, daß Garrick amouröse Annäherungsversuche machte, wenn *ich* nichts mit ihnen haben konnte.

«Los mit dir ins Auto», sagte ich zu ihm. «Nein», als er sich anschickte, einen Benzinkanister selbst auszuhändigen. «Ins Auto.» Er ging zum Auto hinüber.

Jetzt war alles verpackt, und wir waren fertig zur Abfahrt. Die Hörner, die auf der Ladung festgeschnürt waren, ringelten sich hinten aus dem Auto heraus. Ich ließ etwas Geld und eine der Kuduhäute bei dem Jungen für den Römer zurück. Dann stiegen wir ein. Ich setzte mich mit dem Wandorobbo-Massai auf den Vordersitz. Hinten saßen M'Cola, Garrick und der Bote, der in das Dorf des alten Mannes an der Straße gehörte. Der alte Mann hockte oben auf der Ladung, dicht unter der Plane.

Wir winkten und fuhren los, kamen an dem älteren und häßlicheren Teil der Haushaltsmitglieder des Römers vorbei, die Berge von Fleisch an einem Holzfeuer neben dem Pfad, der vom Fluß durch das Maisfeld heraufführte, brieten. Die Durchfahrt ging glatt vonstatten; der kleine Fluß führte wenig Wasser, und die Böschungen waren getrocknet, und ich blickte zu dem Feld zurück, zu den Hütten des Römers und der Einfriedung, wo wir kampiert hatten, und den blauen Hügeln, dunkel unter schwerem Himmel, und es war mir gräßlich, daß ich den Römer nicht mehr gesehen und ihm erklärt hatte, warum wir so plötzlich aufgebrochen waren.

Dann fuhren wir durch die Wälder, folgten unserer Spur und versuchten möglichst schnell zu fahren, um vor der Dunkelheit herauszukommen. Zweimal hatten wir Schwierigkeiten an sumpfigen Stellen, und Garrick befand sich offenbar in einem Zustand äußerster Hysterie und kommandierte alle herum, als wir Unterholz abhackten und schippten, bis ich sicher war, daß ich ihm eine runterhauen müßte. Er forderte direkt eine körperliche Züchtigung heraus, so wie ein prahlendes Kind einen Klaps herausfordert. Kamau und M'Cola lachten beide über ihn. Er spielte jetzt den siegreichen Führer, der von der Jagd nach Hause kommt. Ich fand, es war ein wahrer Jammer, daß er nicht seine Straußenfedern da hatte.

Einmal, als wir festgefahren waren, und ich schippte, und er sich in einem rasenden Schwall von Ratschlägen und Befehlen vorbeugte, stieß ich ihm den Griff der Schaufel mit betonter Absichtslosigkeit und mit aller Kraft in den Bauch, und er setzte sich rücklings hin. Ich sah überhaupt nicht in seine Richtung, und M'Cola, Kamau und ich konnten einander nicht ansehen, aus Angst, daß wir loslachen würden.

«Ich Schmerzen», sagte er staunend und stand auf.

«Geh nicht in die Nähe von jemand, der schippt», sagte ich auf englisch. «Verdammt gefährlich.»

«Ich Schmerzen», sagte Garrick und hielt sich den Bauch.

«Reiben», sagte ich zu ihm und rieb mir meinen, um ihm zu zeigen, wie. Wir stiegen dann alle wieder ins Auto, und mir begann der arme, blöde, unbrauchbare Possenreißer leid zu tun, und ich sagte zu M'Cola, daß ich eine Flasche Bier trinken wollte. Er holte eine hinten unter der Ladung hervor – wir fuhren jetzt durch das wie ein Wildpark aussehende Land –, öffnete sie und trank das Bier langsam herunter. Ich blickte mich um und sah, daß Garrick jetzt ganz in Ordnung war und wieder munter drauflosplapperte. Er rieb sich den Bauch und schien ihnen gerade zu erzählen, was er doch für ein Mordskerl sei und daß er es überhaupt nicht gespürt habe. Ich merkte, wie mich der alte Mann von oben, unter dem Verdeck her, beobachtete, als ich das Bier trank.

«Alter Mann», sagte ich.

«Ja, B'wana.»

«Ein Geschenk», und ich reichte das, was noch in der Flasche war, nach hinten. Es war nicht viel übrig, nur Schaum und wenig Bier.

«Bier?» fragte M'Cola.

«Mein Gott, ja», sagte ich. Ich dachte an Bier und war in Gedanken wieder im Frühling jenes Jahres, als wir auf der Bergstraße nach Bains d'Alliez zum Bier-Trink-Wettbewerb gingen, wo es uns nicht gelang, das Kalb zu gewinnen, und wie wir an an jenem Abend nach Hause gingen um den Berg herum, mit dem Mondlicht auf den Feldern von Narzissen, die auf den Wiesen wuchsen, und wie betrunken wir waren, und wie wir uns darüber unterhielten, wie man jenes Licht auf jener Blässe beschreiben würde; ich dachte an das braune Bier, als wir an den Holztischen unter der Glyzinie in Aigle saßen, als wir durch das Rhônetal vom Angeln im Stockalper zurückkamen, mit den Kastanienbäumen in Blüte, und Chink und ich wieder über Schreiben diskutierten, und ob man sie wohl wächserne Kandelaber nennen könne. Mein Gott, was hatten wir für idiotische literarische Diskussionen; damals, direkt nach dem Krieg, waren wir so literarisch wie nur was, und später gab es das gute Bier bei *Lipp* um Mitternacht nach Mascart–Ledoux im Cirque de Paris oder nach Routis–Ledoux oder nach irgendeinem anderen großen Kampf, wo man sich heiser schrie und noch zu aufgeregt war, um nach Hause zu gehen; aber Bier, das waren hauptsächlich jene Jahre direkt nach dem Krieg mit Chink und in den Bergen. «Fahnen dem Füsilier, Klippen dem Alpinier, englischen Dichtern Bier, Starkbier für mich!» Das war Chink damals, wie er damals Robert Graves zitierte. Wir entwuchsen manchen Ländern und gingen in andere, aber Bier war nach wie vor ein Scheißwunder. Der alte Mann wußte das auch. Ich hatte es in seinem Blick gesehen, als er mich zum erstenmal Bier trinken sah.

«Bier», sagte M'Cola. Er hatte es geöffnet, und ich blickte hinaus auf jenes parkartige Land – der Motor heiß unter meinen Stiefeln, der Wandorobbo-Massai so übelriechend wie je neben mir, Kamau, der die Rillen der Reifenspuren in dem grünen Rasen beobachtete –, und ich ließ meine bestiefelten Beine über die Seite baumeln, um meine Füße abzukühlen, und trank das Bier und wünschte, der alte Chink wäre da. Captain Eric Edward Dorman-Smith, M. C. von Seiner Majestät 5. Füsilier-Regiment. Ja, wenn er jetzt hier wäre, könnten wir diskutieren, wie dies Wildparkland am besten zu beschreiben sei und ob Wildpark als Bezeichnung genügte. Pop und Chink waren einander sehr ähnlich. Pop war älter und seinen Jahren entsprechend toleranter, aber die gleiche Sorte Gesellschaft. Ich lernte von Pop, während Chink und ich ein gut Teil der Welt zusammen entdeckt hatten, und dann liefen unsere Wege sehr weit auseinander.

Aber dieser verfluchte Rappenbock! Ich hätte ihn töten sollen, aber es war ein freihändiger Schuß. Um ihn überhaupt zu treffen, hatte ich den ganzen Bock als Zielscheibe nehmen müssen. Jawohl, du Scheißkerl, aber wie war's mit der Kuh, die du zweimal, auf dem Bauch liegend, verfehlt hast, obwohl sie breitseit dastand? War das ein freihändiger Schuß? Nein. Wenn ich gestern abend schlafen gegangen wäre, hätte mir das nicht passieren können. Oder wenn ich den Lauf ausgewischt hätte, um das Öl zu entfernen, hätte sie nicht beim erstenmal eine hohe Flucht gemacht. Dann hätte ich nicht tiefer gehalten, und der zweite Schuß wäre nicht unter ihr gelandet.

Jede verfluchte Sache ist dein eigener Fehler, falls du irgend etwas taugst. Ich hatte geglaubt, daß ich besser mit einem Schießgewehr schießen konnte, als ich konnte, und ich hatte eine Masse Geld verloren, das ich auf meine Meinung gesetzt hatte, aber ich wußte kaltblütig und objektiv, daß ich so gut wie irgendein Scheißkerl, der je gelebt hat, mit einer Büchse Wild schießen konnte. Verdammt, und wie ich das konnte! Na und? Also schoß ich einen Rappenbock weidwund und ließ ihn entkommen. Konnte ich so gut schießen, wie ich glaubte, daß ich konnte? Gewiß. Und warum hatte ich dann diese Kuh verfehlt? Zum Teufel noch mal, jeder ist mal nicht ganz auf der Höhe. Verflucht noch mal, du hast keine Berechtigung, nicht auf der Höhe zu sein. Wer, in drei Teufels Namen, bist du? Mein Gewissen? Hör mal, ich steh mit meinem Gewissen sehr gut. Ich weiß ganz genau, was für ein Mistviech ich bin, und ich weiß, was ich gut mache. Wenn ich nicht abhauen und weg müßte, würde ich einen Rappenbock gekriegt haben. Du weißt ja, daß der Römer ein Jäger war. Es gab eine zweite Herde. Warum mußte ich mich auf diese Eintagsgeschichte einlassen? War das eine Art zu jagen? Teufel, nein! Ich würde irgendwie Geld verdienen, und wenn wir zurückkämen, würden wir in Lastwagen in das Dorf des alten Mannes kommen, dann alles mit Trägern weiterbefördern, so daß man sich um kein verfluchtes Auto zu kümmern brauchte, die Träger zurückschicken und ein Lager im Wald stromaufwärts aufschlagen, oberhalb der Hütte des Römers, und dies Land langsam durchstreifen, dort leben und jeden Tag auf Jagd gehen, manchmal eine Pause einschieben und eine Woche lang schreiben oder den halben Tag schreiben, oder jeden zweiten Tag, und es so kennenlernen, wie ich das Land um den See herum kannte, wo wir aufgewachsen waren. Ich würde die Büffel äsen sehen, wo sie lebten, und wenn die Elefanten die Hügel durchquerten, würden wir sie sehen und beobachten, wie sie Zweige abbrachen, und nicht schießen müssen, und ich würde in den abgefallenen Blättern liegen und beobachten, wie die Kudus draußen ästen, und niemals einen Schuß abgeben, falls ich nicht einen besseren Kopf sah als den da hinten drin, und anstatt diesen weidwund geschossenen Rappenbock den ganzen Tag lang zu verfolgen, würde ich hinter einem Felsen liegen und sie auf dem Hügelhang beobachten und sie so lange ansehen, daß sie mir auf immer gehörten. Sicher, wenn Garrick nicht seinen B'wana Simba hierher brächte und das Land leer schoß. Aber wenn er das tat, konnte ich weiter hinuntergehen, jenseits jener Hügel, und da würde wieder ein Land sein, wo ein Mann leben und jagen konnte, falls er Zeit zum Leben und Jagen hatte. Sie waren überall, wo man mit einem Auto hinkonnte. Aber es muß überall Winkel geben wie diesen, von denen niemand etwas weiß, an denen die Autos auf der Straße alle vorbeifahren. Alle jagen sie an denselben Stellen.

«Bier?» fragte M'Cola.

«Ja», sagte ich.

Gewiß, man konnte seinen Lebensunterhalt hier nicht verdienen. Das hatte uns jeder auseinandergesetzt. Die Heuschrecken kamen und fraßen einem die Ernten weg, und der Monsun setzte aus, und die Regenzeit kam nicht, und alles vertrocknete und ging zugrunde. Es gab Zecken und Fliegen, die das Vieh töteten, und die Moskitos verursachten Fieber, und vielleicht bekam man Schwarzwasserfieber. Das Vieh würde einem sterben, und man würde keinen anständigen Preis für seinen Kaffee bekommen. Man mußte ein Inder sein, um an Sisal Geld zu verdienen, und an der Küste war jede Kokosnußplantage gleichbedeutend mit einem Mann, der, durch seine Idee, mit Kopra Geld zu verdienen, ruiniert war. Ein weißer Jäger arbeitete drei Monate im Jahr und trank zwölf, und die Regierung brachte das Land zugunsten der Hindus und Eingeborenen auf den Hund. Das war's, was einem so erzählt wurde. Gewiß. Aber ich wollte ja kein Geld verdienen. Alles, was ich wollte, war, hier leben und Zeit zum Jagen haben. Ich hatte bereits eine von diesen Krankheiten gehabt und die Notwendigkeit am eigenen Leibe erfahren, ein drei Zoll langes Stück meines Dickdarms mit Wasser und Seife zu waschen und es ungezählte Male am Tage wieder dort zu verstauen, wo es hingehörte. Es gab Medizinen, die dies kurierten, und es lohnte sich schon, dies durchzumachen für das, was ich gesehen hatte und wo ich gewesen war. Außerdem hatte ich mir das auf dem schmutzigen Schiff auf der Ausreise von Marseille geholt. A. O. M. war keinen Tag lang krank gewesen. Und Karl auch nicht. Ich liebte dieses Land, und ich fühlte mich hier zu Hause, und wo ein Mann sich außerhalb seiner Heimat zu Hause fühlt, dorthin sollte er gehen. Damals, zur Zeit meines Großvaters, war Michigan ein von Malaria verseuchter Staat. Man nannte es Fieber und Schüttelfrost. Und in Tortugas, wo ich Monate verbracht hatte, starben einmal tausend Menschen am Gelben Fieber. Neue Kontinente und Inseln versuchen einem mit Krankheiten Angst einzujagen, so wie eine Schlange zischt. Auch die Schlange kann giftig sein. Man tötet sie. Teufel noch mal, das, was ich vor einem Monat gehabt hatte, würde mich in der guten alten Zeit getötet haben, ehe sie die Heilmittel erfunden hatten. Vielleicht würde es, vielleicht wäre ich aber auch gesund geworden.

Es ist leichter, in einem guten Land gesund zu bleiben, indem man einfache Vorsichtsmaßregeln ergreift, als sich vorzumachen, daß ein Land, das erledigt ist, noch gut ist.

Ein Kontinent altert schnell, sobald wir kommen. Die Eingeborenen leben mit ihm in Harmonie. Aber der Fremde zerstört, fällt die Bäume, zieht das Wasser ab, so daß die Wasserversorgung eine andere ist, und in kurzer Zeit ist der Boden, wenn die Scholle erst einmal umgewendet ist, ausgelaugt, und das nächste ist, daß er wegzuwehen beginnt, wie er in jedem alten Land weggeweht ist und wie ich den Anfang davon in Kanada gesehen hatte. Die Erde ermüdet, wenn man sie ausnutzt. Ein Land verbraucht sich schnell, wenn der Mensch nicht all seine Rückstände und die all seiner Tiere wieder hineinsteckt. Wenn er aufhört, Tiere zu benutzen, und Maschinen benutzt, besiegt ihn die Erde schnell. Die Maschine kann nichts erzeugen, sie kann auch nicht den Boden fruchtbar machen, und sie verbraucht, was er nicht hervorbringen kann. Ein Land war geschaffen, so zu sein, wie wir es vorfanden. Wir sind die Eindringlinge, und wenn wir tot sind, mag es von uns ruiniert worden sein, aber es wird noch da sein, und wir wissen nicht, was die nächsten Veränderungen sind. Ich vermute, sie enden alle wie die Mongolei.

Bestimmt würde ich nach Afrika zurückkommen, aber nicht um meinen Lebensunterhalt zu verdienen. Das konnte ich mit zwei Bleistiften und ein paar hundert Bogen vom billigsten Papier tun. Aber ich würde dorthin zurückkehren, wo ich gern lebte, um wirklich zu leben. Nicht einfach, um mein Leben vorübergehen zu lassen. Unsere Vorfahren sind nach Amerika gegangen, weil das damals das Land war, wohin man gehen sollte. Es war ein gutes Land gewesen, und wir hatten eine furchtbare Sauerei daraus gemacht, und ich würde jetzt woanders hingehen, da wir immer das Recht hatten, woandershin zu gehen, und wir auch immer gegangen waren. Man konnte immer zurückkommen. Sollten die anderen ruhig nach Amerika kommen, die nicht wußten, daß sie zu spät kamen. Unsere Vorfahren hatten es auf seinem Höhepunkt gesehen und hatten für es gekämpft, als es sich verlohnte, dafür zu kämpfen. Jetzt würde ich woandershin gehen. Wir sind in den guten alten Zeiten immer irgendwohin gegangen, und es gab immer noch gute Orte, an die man gehen konnte.

Ich erkannte ein gutes Land, wenn ich eines sah. Hier gab es Wild, eine Menge Vögel, und ich mochte die Eingeborenen. Hier konnte ich jagen und fischen. Das und schreiben und lesen und Bilder ansehen war alles, was ich gern tat. Und ich konnte mich an alle Bilder erinnern. Andere Dinge beobachtete ich gern, aber dies waren die Dinge, die ich gern *tat.* Die und Ski laufen. Aber meine Beine waren jetzt nicht in Ordnung, und es war nicht mehr die Zeit wert, die man mit der Jagd nach gutem Schnee verbrachte. Man sah heutzutage zuviel Leute Ski laufen.

Das Auto machte jetzt einen Bogen um eine Anhöhe, überquerte ein grünes, begrastes Feld, und das Massaidorf kam in Sicht.

Als die Massai uns sahen, kamen sie auf uns zugelaufen, und wir hielten, von ihnen umzingelt, gerade unterhalb der Einzäunung. Da waren die jungen Krieger, die mit uns gelaufen waren, und jetzt kamen all ihre Frauen und Kinder heraus, um uns zu begrüßen. Die Kinder waren alle sehr jung, und die Männer und Frauen schienen alle gleichaltrig. Es gab keine alten Leute. Alle schienen mit uns innig befreundet, und wir gaben eine erfolgreiche Gesellschaft mit Erfrischungen in Gestalt von unserem Brot, das sie alle unter viel Gelächter aßen, zuerst die Männer, dann die Frauen. Dann ließ ich M'Cola die beiden Dosen mit *mincemeat* öffnen und den Plumpudding, und ich schnitt alles in Stücke und verteilte es. Ich hatte gehört und gelesen, daß sich die Massai nur von dem mit Milch vermischten Blut ihres Viehs ernährten, das sie aus einer Wunde in einer Ader am Hals abzogen, die durch einen Pfeilschuß aus nächster Nähe gemacht war. Diese Massai jedoch aßen Brot, kaltes *mincemeat* und Plumpudding mit größtem Wohlbehagen unter viel Gelächter und Scherzen. Ein sehr großer und gutaussehender fragte mich mit viel Ausdauer nach etwas, was ich nicht verstand, und dann gesellten sich noch fünf oder sechs andere hinzu. Was immer es war, sie wünschten es sehr heftig. Schließlich schnitt der größte ein sehr merkwürdiges Gesicht und gab einen Ton von sich wie ein sterbendes Ferkel. Schließlich verstand ich. Er fragte, ob wir eine von diesen hätten, und ich drückte auf den Knopf der Hupe. Die Kinder liefen schreiend davon; die Krieger lachten und lachten, und als Kamau dann als Antwort auf den allgemeinen Wunsch wieder und wieder auf die Hupe drückte, beobachtete ich den Ausdruck äußerster Verzückung und Ekstase auf den Gesichtern der Frauen und wußte, daß er mit der Hupe jede Frau des Stammes hätte haben können.

Schließlich mußten wir aufbrechen, und nachdem wir die leeren Bierflaschen, die Etiketts von den Flaschen und schließlich die Flaschenkapseln, die M'Cola von der Erde aufgehoben hatte, verteilt hatten, fuhren wir weiter, hupten die Frauen in Ekstase, die Kinder in panische Angst und die Krieger in Begeisterung. Die Krieger liefen ein gut Stück mit uns, aber wir mußten uns beeilen; man kam in dem parkartigen Gelände gut vorwärts, und nach kurzem winkten wir den letzten von ihnen, die in ihren braunen Gewändern aus Fell, mit ihren herunterhängenden keulenförmigen Zöpfen, ihren rotbraun gefärbten Gesichtern aufrecht und groß dastanden, sich auf ihre Speere lehnten, uns nachblickten und lächelten.

Die Sonne war beinahe untergegangen, und da ich den Weg nicht kannte, ließ ich den Boten vorn einsteigen und neben dem Wandorobbo-Massai sitzen, um ihm zu helfen, Kamau den Weg zu weisen, und ich setzte mich nach hinten zu M'Cola und Garrick. Ehe die Sonne untergegangen war, waren wir aus dem Parkland heraus und auf der trockenen, mit Büschen gesprenkelten Ebene, und ich trank noch eine Flasche deutsches Bier, und während ich das Land betrachtete, sah ich plötzlich, daß alle Bäume voll mit weißen Störchen waren. Ich wußte nicht, ob sie auf der Wanderschaft waren oder ob sie die Heuschrecken verfolgten, aber im Zwielicht sahen sie wunderschön aus, und tief ergriffen von ihrem Anblick gab ich dem alten Mann zwei Finger Bier, das noch in der Flasche drin war.

Bei der nächsten Flasche vergaß ich's und trank alles aus, bevor ich an den alten Mann dachte. (Es waren immer noch Störche in den Bäumen, und wir sahen rechts ein paar äsende Grantgazellen. Ein Schakal, der wie ein grauer Fuchs aussah, trottete über den Weg.) Darum ließ ich M'Cola noch eine Flasche aufmachen, und wir hatten die Ebene hinter uns und erklommen die lange Steigung der Straße und dem Dorf zu, mit den beiden Hügeln jetzt in Sicht, und es war beinahe dunkel und recht kalt, als ich dem alten Mann die Flasche reichte, der zusammengekauert unter dem Verdeck saß, sie nahm und zärtlich im Arm hielt.

Im Dorf hielten wir auf der Straße in der Dunkelheit an, und ich gab dem Boten den Betrag, der auf dem Zettel, den er gebracht hatte, angegeben war. Ich gab dem alten Mann den Betrag, den Pop bestimmt hatte, und etwas extra. Dann brach ein heftiger Streit zwischen ihnen allen aus. Garrick sollte ins Hauptlager gehen, um sein Geld zu bekommen. Abdullah bestand darauf, mitzugehen. Er traute Garrick nicht. Der Wandorobbo-Massai bestand jämmerlich darauf, auch mitzugehen. Er war überzeugt davon, daß die anderen ihn um seinen Anteil betrügen würden, und ich war auch ziemlich überzeugt davon. Wir fanden Benzin vor, das für uns hier zurückgelassen war für den Fall, daß wir knapp waren, und das wir in jedem Fall mitbringen sollten. Wir waren überbelastet, und ich wußte nicht, wie die Straße vor uns war. Aber ich glaubte, daß wir Abdullah und Garrick mitnehmen und den Wandorobbo-Massai dazwischen quetschen konnten. Es war nie die Rede davon, daß der alte Mann mitkommen sollte. Er hatte sein Geld bekommen und sich mit dem Betrag einverstanden erklärt, aber jetzt wollte er das Auto nicht verlassen. Er kauerte schon oben auf der Ladung und hielt sich an den Seilen fest und sagte: «Ich fahren mit B'wana.»

M'Cola und Kamau mußten seine Hände aufmachen und ihn herunterzerren, um umzuladen, und er schrie: «Ich wollen fahren mit B'wana.»

Während sie in der Dunkelheit einluden, hielt er meinen Arm fest und sprach sehr leise in einer Sprache, die ich nicht verstand.

«Du hast die Shillinge», sagte ich.

«Ja, B'wana», sagte er. Das war's nicht, worum sich's drehte. Das Geld stimmte.

Dann, als wir ins Auto einstiegen, ließ er mich los und begann von hinten auf die Ladung hinaufzuklettern. Garrick und Abdullah zogen ihn herunter.

«Du kannst nicht mit. Es ist kein Platz.»

Er redete wieder sanft auf mich ein, bittend und flehend.

«Nein, es ist kein Platz.»

Mir fiel ein, daß ich ein kleines Taschenmesser hatte, und ich zog es aus meiner Tasche und steckte es ihm in die Hand. Er schob es in meine Hand zurück.

«Nein», sagte er. «Nein.»

Dann war er still und stand an der Straße. Aber als wir losfuhren, begann er hinter dem Auto herzulaufen, und ich konnte ihn in der Dunkelheit schreien hören: «B'wana! Ich wollen mit B'wana!»

Wir fuhren weiter die Straße entlang, die uns, nach dem, wo wir gewesen waren, im Licht der Scheinwerfer wie eine Promenade erschien. Wir fuhren 55 Meilen auf jener Straße in der dunklen Nacht ohne Zwischenfall. Ich blieb wach, bis wir das schlechte Stück hinter uns hatten, eine lange Ebene von tief durchfurchtem schwarzem Baumwollboden, wo die Scheinwerfer den Pfad zwischen den Büschen sichtbar machten, und dann, als die Straße besser wurde, schlief ich ein, wachte gelegentlich auf und sah, wie die Scheinwerfer auf eine Wand hoher Bäume oder ein kahles Ufer schienen, oder wie das Licht vor uns aufwärts schrägte, als wir uns im ersten Gang eine steile Stelle hinaufquälten.

Schließlich, als der Geschwindigkeitsmesser 50 Meilen anzeigte, hielten wir an und weckten einen Eingeborenen in seiner Hütte, und M'Cola fragte nach dem Lager. Ich schlief wieder und wachte dann auf, als wir von der Straße auf einen Pfad einbogen und zwischen den Bäumen die Lagerfeuer vor uns auftauchten. Dann, als wir dort hinkamen, wo unsere Scheinwerfer ihr Licht auf die grünen Zelte warfen, rief ich, und wir fingen alle an zu rufen und hupten, und ich feuerte mein Gewehr ab, und die Flamme schnitt hoch ins Dunkel, und es machte einen Heidenlärm. Dann hielten wir, und ich sah Pop aus seinem Zelt kommen, dick und schwerfällig in seinem Schlafrock, und dann fühlte ich seine Arme um meine Schultern, und er sagte: «Sie gottverfluchter Stierkämpfer», und ich schlug ihm auf den Rücken.

Und ich sagte: «Kommen Sie sie ansehen, Pop.»

«Ich hab sie gesehen», sagte er. «Das ganze Hinterteil vom Auto ist ja voll mit ihnen.»

Dann hielt ich A. O. M. fest an mich; sie fühlte sich in der gesteppten Fülle des Schlafrocks sehr klein an, und wir sagten allerlei zueinander.

Dann kam Karl heraus, und ich sagte: «He, Karl.»

«Ich bin mordsfroh», sagte er. «Sie sind phantastisch.»

M'Cola hatte inzwischen die Hörner ausgeladen, und er und Kamau hielten sie so, daß alle sie im Feuerschein sehen konnten.

«Was hast du gekriegt?» fragte ich Karl.

«Auch noch einen von denen. Wie heißen sie bloß? *Tendalla.*»

«Prima», sagte ich. Ich wußte, daß ich einen hatte, den niemand schlagen konnte, und ich hoffte, daß er auch einen guten hatte. «Wie groß war er?»

«Ach, siebenundfünfzig», sagte Karl.

«Laß ihn mal sehen», sagte ich, und wir gingen hinüber. Es waren die größten, ausladendsten, dunkelsten, weitgewundensten, schwersten, allerunglaubhaftesten Kuduhörner der Welt. Plötzlich von Neid vergiftet, wollte ich meine nicht mehr sehen, nie mehr.

«Das ist fabelhaft», sagte ich, und die Worte kamen so vergnügt heraus wie ein Krächzen. Ich versuchte es noch einmal. «Das ist prima. Wie hast du ihn gekriegt?»

«Es waren drei», sagte Karl. «Sie waren alle so groß wie der. Ich wußte nicht, welches der größte war. Sie haben uns die Hölle heiß gemacht. Ich habe ihn vier- oder fünfmal getroffen.»

«Er ist ein wahres Wunder», sagte ich. Ich war jetzt so weit, daß ich es ein bißchen besser machte, aber es konnte noch niemand darauf reinfallen.

«Ich bin so schrecklich froh, daß du deine gekriegt hast», sagte Karl. «Es sind Prachtstücke. Morgen früh mußt du mir alles über sie erzählen. Ich kann mir denken, daß du heute abend müde bist. Gute Nacht.»

Er verließ uns taktvoll wie immer, so daß wir uns darüber unterhalten konnten, wenn wir wollten.

«Komm doch rüber und trink einen mit uns», rief ich.

«Nein, danke. Ich glaub, ich geh lieber ins Bett. Ich hab ein bißchen Kopfweh.»

«Gute Nacht, Karl.»

«Gute Nacht. Gute Nacht, arme olle Mama.»

Wir sagten alle «Gute Nacht».

Am Feuer bei Whisky und Soda unterhielten wir uns, und ich erzählte ihnen das Ganze.

«Vielleicht finden sie den Bock», sagte Pop. «Wir werden eine

Belohnung für die Hörner aussetzen und lassen sie zum Wildschutzwart schicken. Wie groß sind Ihre größten?»

«Zweiundfünfzig.»

«Über die Krümmung?»

«Ja. Vielleicht ist es ein bißchen mehr.»

«Zoll bedeuten nichts», sagte Pop. «Es sind verdammt schöne Kudus.»

«Gewiß. Aber warum muß er mich so verflucht gemein schlagen?»

«Das Glück ist auf seiner Seite», sagte Pop. «Mein Gott, was für ein Kudu! Ich hab in meinem ganzen Leben bisher nur einen über fünfzig gesehen! Das war oben auf dem Kalal.»

«Wir wußten, daß er ihn hatte, als wir das andere Lager verließen. Der Lastwagen kam, und sie erzählten es uns», sagte A. O. M. «Ich hab meine ganze Zeit damit verbracht, für dich zu beten. Frag Mr. J. P.»

«Sie können überhaupt niemals ermessen, was das bedeutet hat, als wir das Auto mit diesen verdammten, hinten rausstehenden Hörnern in den Feuerschein kommen sahen», sagte Pop. «Sie oller Halunke, Sie.»

«Es ist wunderbar», sagte A. O. M. «Kommt, wir wollen sie uns noch mal ansehen.»

«Sie können sich immer erinnern, wie Sie sie geschossen haben. Das ist ja das, was man wirklich davon hat», sagte Pop. «Es sind Prachtkudus, verdammt noch mal!»

Aber ich war verbittert, und ich war die ganze Nacht über verbittert. Am nächsten Morgen jedoch war es überstanden. Es war überstanden, und es kam nie wieder.

Pop und ich waren auf und besahen uns vor dem Frühstück die Köpfe. Es war ein grauer, bewölkter Morgen und kalt. Die Regenzeit war im Kommen.

«Es sind drei wunderbare Kudus», sagte er.

«Heute früh sehen sie ganz ordentlich neben dem großen aus», sagte ich. Sie taten es wirklich, erstaunlicherweise. Ich hatte mich jetzt mit dem großen abgefunden und freute mich an seinem Anblick und daß Karl ihn hatte. Wenn man sie nebeneinanderstellte, sahen sie ganz ordentlich aus. Taten sie wirklich. Alle waren groß.

«Na, ich freu mich, daß Ihnen besser zumute ist», sagte Pop. «Mir ist auch besser zumute.»

«Ich freu mich wirklich, daß er ihn hat», sagte ich aufrichtig. «Meine tun's.»

«Wir haben sehr primitive Gefühle», sagte er. «Es ist unmöglich, nicht zu wetteifern. Aber es verdirbt einem alles.»

«Ich hab's völlig hinter mir», sagte ich. «Ich bin wieder in Ordnung. Wissen Sie, das war allerhand von 'ner Tour.»

«Ach nein, wirklich?» sagte Pop.

«Pop, was bedeutet es, wenn sie einem die Hand schütteln und einen am Daumen packen und daran ziehen?»

«Es ist genauso wie Blutsbrüderschaft, aber etwas weniger formell. Wer hat denn das mit Ihnen gemacht?»

«Alle bis auf Kamau.»

«Na, Sie sind ja auf dem Weg, 'ne ganz große Nummer zu werden», sagte Pop. «Sie sind sicher einer von der alten Garde hier. Sagen Sie mal, taugen Sie eigentlich was als *tracker* und Hühnerschütze?»

«Zum Teufel mit Ihnen!»

«M'Cola hat das auch mit Ihnen gemacht?»

«Ja.»

«Denk mal einer an», sagte Pop. «Wir wollen die kleine Memsahib holen und frühstücken. Nicht, daß mir schon danach wäre.»

«Aber mir», sagte ich. «Ich hab seit vorgestern überhaupt nichts gegessen.»

«Aber wohl 'n bißchen Bier getrunken, was?»

«Natürlich.»

«Bier ist auch Essen», sagte Pop.

Wir holten die kleine Memsahib und Karlchen, und es war ein äußerst vergnügliches Frühstück.

Einen Monat später saßen wir, A. O. M., Karl und Karls Frau, die hergereist war und uns in Haifa getroffen hatte, an eine steinerne Mauer gelehnt in der Sonne am See von Galiläa und aßen zu Mittag und tranken eine Flasche Wein und beobachteten die Taucher draußen auf dem See. Die Hügel warfen Schatten aufs Wasser, das flach, ruhig und stagnierend aussah. Es gab viele Steißfüße, und sie machten beim Schwimmen auseinanderlaufende Spuren im Wasser, und ich zählte sie und wunderte mich, warum sie nirgends in der Bibel erwähnt sind. Ich kam zu dem Schluß, daß die Leute damals keine Naturforscher waren.

«Ich werde nicht auf ihm wandeln», sagte Karl und blickte hinaus auf den düsteren See. »Hat schon mal jemand gemacht.»

«Weißt du», sagte A. O. M., «ich kann mich nicht mehr erinnern. Ich kann mich nicht an Mr. J. P.s Gesicht erinnern. Und er ist richtig schön. Ich denke an ihn, und ich denke an ihn, und ich kann ihn nicht sehen. Es ist furchtbar. Er sieht anders aus als auf den Fotografien. Sehr bald werde ich mich überhaupt nicht mehr an ihn erinnern können. Schon jetzt kann ich ihn mir nicht mehr vorstellen.»

«Aber du mußt dich doch an ihn erinnern können», sagte Karl zu ihr.

«Ich kann mich an ihn erinnern», sagte ich. «Ich werde irgendwann mal eine Geschichte für dich schreiben, in der er vorkommt.»

Ernest Hemingway

Ernest Hemingway, 1899 in Oak Park, Illinois, geboren, setzte sich früh in den Kopf, Journalist und Schriftsteller zu werden. Als Korrespondent für den «Toronto Star» arbeitete er in Paris, wurde des «verdammten Zeitungszeugs» überdrüssig und begann, Kurzgeschichten zu schreiben. 1929 erschien «In einem andern Land» und wurde ein durchschlagender Erfolg. Hemingway reiste durch Spanien, unternahm Jagdexpeditionen nach Afrika, wurde Kriegsberichterstatter im Spanischen Bürgerkrieg. 1954 erhielt er den Nobelpreis für Literatur. Sein selbstgeschaffener Mythos vom «Papa», seine Krankheiten und Depressionen machten ihn schließlich unfähig zu schreiben. Am 2. Juli 1961 nahm er sich das Leben.

Von Ernest Hemingway sind u. a. lieferbar:

Gesammelte Werke *10 Bände in einer Kassette*
(rororo 31012)

Der Abend vor der Schlacht
Stories aus dem Spanischen Bürgerkrieg
(rororo 5173)

Der alte Mann und das Meer
(rororo 328)

Fiesta *Roman*
(rororo 5)

Der Garten Eden *Roman*
(rororo 12801)

Die grünen Hügel Afrikas
(rororo 647)

rororo Literatur

In einem andern Land *Roman*
(rororo 216)

Reportagen 1920 – 1924
(rororo 12700)

Schnee auf dem Kilimandscharo
6 stories
(rororo 413)

Im Rowohlt Verlag sind u. a. erschienen:

Lesebuch *Noch einmal glückliche Tage*
256 Seiten. Gebunden

Die Stories
500 Seiten. Gebunden

Sämtliche lieferbaren Titel von *Ernest Hemingway* finden Sie in der *Rowohlt Revue.* Jedes Vierteljahr neu. Kostenlos in Ihrer Buchhandlung.

Jack Kerouac

Als 1957 «Unterwegs» erschien, hatte die Beat-Generation in **Jack Kerouac** ihren Schriftsteller gefunden. Seine Romane waren die Kultbücher der 60er Jahre. Kerouac, 1922 in Lowell, Massachusetts geboren, besuchte nur kurz die Universität, fuhr statt dessen zur See und trampte jahrelang kreuz und quer durch die USA und Mexiko. Er starb 1969 in Florida.

Be-Bop, Bars und weißes Pulver
(rororo 4415)
Die Szene: die Bars, Betten und Bungalows von San Francisco. Die Personen: junge Schriftsteller, Maler und Jazz-Musiker, ihre Freundinnen und Frauen.

Engel, Kif und neue Länder
(rororo 1391)
Die volle Geschichte des Beat-Aufstandes, jenes aufregenden JAZZ-KOKS-MARIHUANA-LYRIK-GEDANKEN-ORGASMUS-GOTT!

Maggie Cassidy
(rororo 4561)
An einem Silvesterabend lernt Jack Duluoz das Mädchen Maggie kennen. Sie ist so anders als alle andern ... Eine bittersüße Liebesgeschichte.

The Town and the City
(rororo 4971)
In seinem Erstlingsroman schildert Kerouac seine eigene Kindheit und Jugend zunächst in einer intakten Gemeinschaft auf dem Land, später in der bedrückenden Enge New Yorks.

Gammler, Zen und Hohe Berge
(rororo 1417)
«Eines Tages Ende September 1955 sprang ich zwölf Uhr mittags vor Los Angeles auf einen Güterzug ...»

Lonesome Traveller
(rororo 4809)
Acht Prosaskizzen, die abgehen «wie eine Dampflok, die hundert Waggons zieht».

Unterwegs
(rororo 1035)
Das literarische Manifest einer Jugend, die inmitten der schlechtesten aller Welten ein lautes Bekenntnis zum glückseligen Leben ablegt: Tempo, Jazz, Marihuana, Sex und Freiheit.

rororo Literatur